KB011428

세상의
모든

ㅂ 들을
위하여

at|noon books

나는 ㅂ이다.

바보 같고 불량한 이 삶을 어떻게 해야 할까.

툭하면 슬퍼지는 깊은 병을,

어느 순간 불현듯 찾아오는 불안을,

탕진하고 탕진해도 차오르는 긴-긴 밤을,

대체 어떻게 보내야 할까

날마다 괴로운

나는 ㅂ이다.

전쟁 같은 삶 속에서 여기까지 온 것은
긴 겨울 끝 봄처럼 찾아와 준 벗들
운명처럼 동시대를 타고난 사람들의 힘이었다.

그런데 어느 날 친구가 떠났다.
사랑하는 이들을 뒤로 하고
작별 인사도 없이, 간다는 말도 아니하고.

별이 하얗게 부서지던 어느 가을날
자신만의 전쟁을 끝내 버린 그녀를
나는 이제 어디를 가야 다시 만날 수 있을까.
우리, 다시 만날 수 있을까.

바보.
바보.

놓쳐 버린 친구의 손을 그리며 자책하며
나는 이듬해 봄 무작정 길을 떠났다.

길 위에서 자주, 떠난 이들과 마주쳤다.

그리고 그 길의 끝에는 아직 오지 않은
아주 오래된 내가 있었다.

바람이 몹시 불던 봄이었다.

이 글은 자신을 ㅂ이라 여기는 모든 이를 위한
짧은 기록이다.

차례

00-1 **나는 오랫동안 ㅂ으로 살아왔다**

불쑥 튀어나오는 어떤 순간들 앞에서 ¨ 017
백수, 시험, 방황 그리고 그해 여름밤 ¨ 020
비켜나 앉은 채로 가만히 아이들 곁에서 ¨ 024
발전할 수 있는 부분에 주목한다는 것 ¨ 031
비싸도 너무 비싸지만 ¨ 036
번호 불러주시면 주문해 드리겠습니다아 ¨ 043
바람이 단단히 든 이런 딸이라서 ¨ 048
부족한 영어, 커져 가는 자괴감, 맨땅에 헤딩 ¨ 052
버벅버벅 끊임없이 Sorry만 백만 번 ¨ 059
비행기를 바꿔 타라고? 그럼 내 가방은? ¨ 065
빛의 속도로 공항을 질주한 끝에 만난 사람 ¨ 072
보란 듯이 꺼낸 포춘 쿠키에는 웬 호러가 ¨ 083
바보도 이런 바보가 없다 ¨ 088
보고 싶어서, 라는 너의 메시지 ¨ 093
분 내음 나는 작고 빛나는 세계를 볼 때면 ¨ 097
방, 그 밤 어둠 속에 박혀 숨죽이던 순간들 ¨ 103

반갑게 고개를 끄덕이던 푸른 섬의 아이들에게 ¨ 112
붉은 볼을 하고 씩- 웃던 A ¨ 118
밤과 새벽 사이를 홀로 나는 어린 엄마들 ¨ 122
보이지 않는 얼굴을 하고 오는 층간 소음 ¨ 125

00-2 **내 글은 단 한 줄의 위로도 되지 못했다**

병원, 그날 저녁 ¨ 135
바보같이, 곧 보자던 말을 믿었다 ¨ 142
빈자리를 채워도 채워도 다시 빈자리가 된다 ¨ 148
불면의 밤과 낮, 일주일 ¨ 153
밤은 여전히 길고 깊고 죽음처럼 고요하고 ¨ 158
밤 목욕을 다녀왔다 ¨ 162
BYE, 라고 말할 수 있는 시간을 갖는다는 것 ¨ 170
볼펜에서 묻어나온 잉크일까, 엄마의 눈물일까 ¨ 174
방랑벽은 잊을 만하면 돌아오고 다시 돌아와서 ¨ 183

00-3 결국 당신들도 모두 사라질 겁니다

바로 지금 여기, 암스테르담 ¨ 193
보도블록은 드르륵 쿵쿵 가방 바퀴를 날려버릴 듯 ¨ 197
불가사의한 풍경의 시작 ¨ 206
비정함과 선량함과 악과 선이 공존하는 세상 ¨ 221
번잡하게 뒤엉켰던 마음을 풀어내며 ¨ 227
버스 타고 국경 넘으니 별안간 소매치기 ¨ 234
베를린 자유대학의 토요일을 엿보며 ¨ 245
부디 베르겐-벨젠에 잘 도착하게 해 주세요 ¨ 250
반드시 알아야만 하는 목소리 '너도 곧 사라진다'고 ¨ 263
밤, 이국땅 그 울적한 설렘이 주던 정서들 ¨ 272
빈센트 반 고흐, 그가 떠난 자리 ¨ 278
빈 공간 그대로 1944년 8월에 멈추어 있다 ¨ 285
별을 달고도 환하게 웃었던 사람들 ¨ 293
벨기에에 온 이유는 '안 가 봐서'입니다 ¨ 297
비밀의 화원이었을까 내가 다녀온 그곳은 ¨ 304
본 적 없는 나라를 그리워한 적이 있다 ¨ 311
바람이 파도처럼 밀려오고 다시 밀려가고 ¨ 316

00-4 **죽기 전까지 자라고 있겠다**

발걸음을 멈추고 난 자리에 어느덧 깊은 봄 ¨ 327
빛의 끝을 그리다가 먹먹해진 밤에는 ¨ 336
번듯한 선풍기 그 하나를 주시려고 ¨ 340
불신, 불평, 불안 3종 세트에 결국 면 생리대 주문 ¨ 344
불빛 한 점에 기대어 네 생각 ¨ 349
밤은 앞으로도 운명처럼 다가오고 ¨ 354

ㅂ **중의** ㅂ ¨ 363

VINTAGE STAMPS

00-1

나는 오랫동안 ㅂ으로 살아왔다

불쑥 튀어나오는 어떤 순간들 앞에서

산다는 게 막막해진 순간이 있었다.
돌이켜 보면 아주 사소한 순간이었다.

아무렇게나 엉킨 빨래 더미들을 세탁기에서 끄집어낼 때, 싱크대에 위태롭게 쌓인 지저분한 그릇들을 볼 때, 하수구를 틀어막은 축축한 머리카락 뭉치를 손가락으로 건져낼 때, 하루 세 번의 끼니를 모두 채우고도 앞으로 무수히 남은 끼니들이 생각날 때, 걸어 놓은 씨디가 한 바퀴를 돌고 아무도 모르는 새 스르륵 멈추었을 때, 아무 말도 할 수가 아무 글도 쓸 수가 없어서 아무런 말을 하고 아무런 글을 쓸 때.

산다는 게 먹먹해진 순간이 있었다.
돌이켜 보면 아주 사소한 순간이었다.

이 순간들은 나도 모르는 곳에서 내가 모르는 때 불쑥 튀어나와 섬광처럼 가슴을 베고 지나가는데 그런 때 전신으로 퍼지는 핏물 같은 감정들은 다스릴 길이 없다.

무엇을 위한 삶인가.

매 순간 던지는 이 질문이 마지막 날이라고 특별할 것은 없다. 다만, 마지막 날이라서 좀 더 오래 가슴에 남아 있기를 바라 본다.

백수, 시험, 방황 그리고 그해 여름밤

그해 여름밤은 참 깊었다.

까만색 중에서도 까맣고 까맣고 까만색을 골라 천 번쯤 칠한 듯 빈틈없이 어두운 하늘. 7월이었나, 8월이었나. 숫자는 잘 기억나지 않는다. 더웠고 축축했고 나는 이십 대 끝자락에 위태롭게 매달려 있었다.

그해 여름에는 비가 참 징하게도 왔다. 아침에 감은 머리가 늦은 오후가 되도록 마르지 않던 날도 있었다. 물속에 잠긴 듯 말도 글도 별로 필요하지 않던 나날들. 그때 나는 대학원을 졸업하고 막 백수가 된 참이었다. 뒤늦게나마 전공을 살려 뭐라도 해 보려고 봄부터 시험을 준비했다. 시험은 가을에 있었다. 그날을 위해 학교 도서관에서 종일 공부를 했다. 공부가 잘 되는 날도 있었지만 여름으로 접어들면서 잘 안 되는 날이 더 많아졌다. 깊숙한 여름으로 들어가면 갈수록 여름 밖으로 뛰쳐나가 도망쳐 버리고 싶었다. 그런데 방법도, 방향도 몰라 그대로 머무는 시간이 길었다.

사람이, 자신이 속한 계절을 벗어나기란 쉬운 일이 아니다.

그럴 때면 학교 구석 나무 그늘에 그림자처럼 앉아 담배를 피웠다. 그리고 음악을 들었다. 음악에는 묘한 힘이 있어서 눈앞에 보이는 까만 풍경들에 색을 입혀 주었다. 하나하나 제 빛깔을 찾는 풍경들을 보며 내가 걸어가고 있는 시간들에 대해 생각했다. 들숨 날숨에 모였다 흩어지는 연기들처럼 내 시간들도 지금 이 자리에서 끊임없이 흩어지고 있겠지. 시간은 어쩌면 권총 같은 게 아닐까. 내가 시간을 관통하는 것인지, 시간이 나를 관통하는 것인지 모르겠지만 어쨌든 녀석이 지나간 자리는 허하고 쓰리고 아프다. 그러니까 시간은 모든 생명들을 겨는 총구, 총구 같은 것일 테다. 하루에도 몇 번이나 관통상을 입은 것처럼 쓰리고 아프다면 그건 흐르고 있는 시간 때문이다. 나를 관통하고 있는, 내가 관통하고 있는 시간 때문이다.

담배를 비벼 끄고 나면 음악도 사그라들었다. 가끔은 늦은 밤까지 매미가 울기도 했는데 그 말을 알아들을 길 없어 조금은 외로워지곤 했다. 이따금씩 멀리 교내를 운동 삼아 도는 동네 주민들의 웃음소리가 연기처럼 흩어졌다. 어쩌면 매미도, 울고 있는 게 아니라 웃고 있는 것일지도 모른다. 인간들처럼. 자리로 돌아와 노트에 이런 글들을 남기곤 했는데 그런 건 시험 문제에 안 나왔다.

그해 가을 나는 시험에 떨어졌다. 그리고 반년을 더 방황한 끝에 취업 막차를 탔다. 간신히 회사에 들어갔고, 연구원이 되었다. 일을 하는 동안 내 책상 서랍 깊숙한 곳에는 항상 담배가 있었다. 그건 일종의 카세트테이프 같은 것이었다. 재생하지 않아도 알 수 있는 선율들. 테이프에 잔잔하게 적힌 제목을 읽어 내려가는 것만으로도 어떤 마음이 되는 일. 내게 담배는 그랬다. 꺼내 물지 않더라도 그 담배곽을 보고 있으면 어떤 계절, 어떤 사람, 어떤 시간들이 생각났다.

때로는 시민단체 활동가이던 시절이 떠올랐고 가끔은 그해 여름밤이 생각났다. 일이 바빠 대부분은 잊고 살았지만 클립을 찾느라 메모지를 찾느라 벌컥벌컥 서랍을 열다가 저 한구석에 자리한 담배를 보면 고장 난 라디오처럼, 정지 버튼을 눌러도 계속해서 재생되는 기억들이 있었다.

회사를 나오며 짐을 정리할 때 담배는 버리고 라이터만 챙겨왔다. 하나도 피우지 않은, 낡은 새 담배는 쓰레기들에 뒤섞여 어디론가 사라졌다.

올해 여름은 더울까. 덥겠지. 여름밤은 까만빛일까. 까맣겠지. 매미가 울까. 울겠지. 여전히 시간은 나를 관통하고, 화인(火印)처럼 남은 기억들이 이따금 잠을 앗아가겠지만 여름밤이라면-

시간이 커피의 온기를 가져갔다. 그사이 나도 조금 더 죽음에 가까워졌다. 이제 곧 11일이 피어날 것이다.

겨울이 깊다.

비켜나 앉은 채로 가만히 아이들 곁에서

갓 대학에 입학했던 시절, 나는 야학 동아리에서 잠시 교사 활동을 했다. 야학 교사는 고교 시절부터 간직해 온 꿈이었다.

매주 수요일 저녁 7시. 조용한 골목을 따라 깊숙이 들어가면 환한 불빛과 함께 나를 맞이하던 아이들. 생각나는 이름들이 많다. 모두들 건강히 잘 있을까. 낮에는 선반과 기계 조립, 금속 가공을 배우고 밤에는 검정고시를 준비하던 우리 아이들. 열의에 불타올라 수업 첫날, 시 '해에게서 소년에게'를 준비해 간 내게 녀석들은 첫 만남부터 말이란 게 1%도 먹히지 않는, 어마어

마한 세계를 선사했다.

귀걸이를 사 달라며 수업 내내 시위하듯 괴성을 지르던 아이, 부모의 폭력으로 몸과 마음을 다친 아이, 중국에서 노동자로 살다 온 아이, 누구도 거두지 않아 결국 시설이 보호자가 된 아이, 사고로 허리에 긴 흉터를 가진 아이(내게 그 상처를 보여 주며 아이는 씩 웃었다), 새벽 2시에 전화를 걸어 지금 바깥인데 돈이 없다던 아이. 나는 그 부름에 선뜻 응하지 못했다. 용기가 없었다.

대체 누가 누굴 가르친다는 것인지.

나는 삶에 대해 과연 이 아이들보다 무엇을 더 알고 있는지.

알량한 내 경험과 일천한 지식이 아이들에게 어떤 도움이 될 수 있는지.

그래, 나는 용기가 없었다. 아이들이 처한 잔인한 현실을 마주할 용기가 없었고, 무엇보다 나 따위가 그 앞에 선다는 게 미안하고 괴로워서 야학에 가는 발걸음은 점점 무거워져만 갔다. 매주 수요일 밤 야학 수업을 마치고 집으로 돌아갈 때면 발이 늪에 빠져드는 것 같았다. 발밑이 푹푹 꺼져 앞으로 도저히 나아갈 수 없겠다는 먹먹한 기분으로 터덜터덜 걷다 보면 어느새 집 앞. 그렇게 돌아온 집은 늘 그렇듯 환하고 따뜻하고 그리고 평화로웠다. 믿을 수 없게도.

이제 막 스물한 살이 된 참이었다. 그때까지 당연하다고만 여겼던 모든 것들이 사실은 무엇 하나 당연하지 않은 것이었음을, 그리고 이것들은 결코 내가 잘나서거나 무언가를 열심히 해서 주어진 것들이 아님을 그때서야 비로소 생각해 보기 시작했으니. 내가 가진 세계란 이 얼마나 비좁고 편협했는가. 내 삶의 BGM은 어째서 이런 선율로 흐르는가. 그리고 아이들의 세계는 왜 그래야만 하는가. 이건 그러니까, 내 능력 안이 아니라 내 능력 밖의 일이다. 나는 그걸 알아야 한다. 이것이 어떤 이유에서 도래하는 결과인지 알아야겠다. 알 수 없다면, 뭐라도 해야겠다.

그러고 나서도 오랫동안, 무엇을 해야 할지 몰라 헤맸다. 사회학을 공부하면 알 수 있을까 싶어 반대를 무릅쓰고 대학원에 갔고, 다니던 중 책으로만 보는 세상이 답답해 시민단체에 들어갔다. 그 후 복학하고 졸업하기까지 2년이 더 걸렸다. 그러고 나니 어느새 이십 대 후반이었다. 졸업 후엔 예약해 둔 것처럼 자연스럽게 백수가 됐다. 그사이 얻은 것은 자괴감. 득의만만하게 세상으로 나섰다가 낭패를 본 느낌이었다.

그래 봤자 변하는 것은 아무것도 없어. 그냥 편하게 살아.

그런 충고를 받기도 했다. 맞는 말이었다. 세상은 여전히 거대하고 나 같은 미미한 존재의 어설픈 방황 따위야 옆집에 사는 이웃조차 모를 일이었다. 그렇지만 나는 그 후로도 오랫동안 헤맴을 멈추지 않았다. 사실 멈추고 싶을 때조차 어디에서 어떻게 멈추어야 할지 몰랐다. 멈춘다고 더 나아지거나 더 기쁘지도 않을 것 같았다. 어딘가에 정착해서 돈을 벌고, 생활을 하고, 결혼을 하고, 아이를 낳고, 살아간다. 내 가족을 위하여 최선을 다해 행복해지고자 가끔은 지지고 볶고 싸우기도 하며 울리고 울며, 살아간다. 하지만 그것이 편한가? 편한 길인가? 그렇게 살면 정말 이 모든 불편한 마음과 괴로움을 놓아 버릴 수 있는가? 그렇게 사는 것 역시 아무나 못하는 일이다. 하지만,

이것인가 결국.
삶이라는 것이, 이것인가.

이렇게 살기 위해서
우리들 모두는 이 세상으로 왔는가.

이것이 아니면? 그렇다면 뭐? 다른 뭔가가 있는가? 아무런 대안 없이 이건 아니다, 라고 이야기하는 것만큼 무모하고 멍청한 일이 또 있을까. 내가 그랬다. 무모하고 멍청했다. 그게 뭔진 모르겠지만 아무튼 이건 아닌 것 같다는 생각. 그 막연함이 나를 오랫동안 방황하게 했다. 그럼에도, '역사적 사명'까지는 아니더라도 뭔가 이유가 있을 것 같았다. 내 자신, 우리 가족의 안위와 행복을 찾는 것 이상으로 중요한 '무언가'가 있을 것만 같았다. '수신제가치국평천하'의 '제가'는커녕 여전히 '수신'조차 제대로 못하고 있는 주제라 할 말이 없지만.

왜 삶은 이토록이나 불공평한가? 누군가에게는 넘치도록 허락된 것이, 왜 누군가에게는 한 치도 허락되지 않았는가? 종교에서 말하는 것처럼 전생의 업 때문인가? 인간의 원죄 때문인가? 롤스(J. Rawls)의 말대로 자연의 복권 추첨 결과인가? 이도저도 아니면 그냥 운인가? 운명인가?

아주 오래전부터 내 안을 떠돌며 나를 쿡쿡 찌르던 이 질문들은 아직도 해결되지 않았다. 그래서 나는 여전히 답을 찾아 헤매고 있다. 여기저기를 쑤시고 다니며 부표처럼 떠돌았고, 떠돌고 있다. 그 무엇을 찾아서. 해야 할 그 무엇을 찾아서. 그게 무엇인지 아직 잘 모르겠다. 솔직히 모르겠다. 아는 게 없이 모르는 것들로만 가득 찬 이 좁은 세계를 어떻게 하면 끝까지 포기하지 않고 갈 수 있을까.

야학 교사로 선 지 한 달쯤 지나 서로가 더 이상 설지 않게 되었을 때 어느 날은 K가 뜨거운 자판기 커피 한 잔을 양손으로 감싸고 조심스럽게 교실 안으로 들어왔다.

다 비켜! 쌤! 이거 드세요. 제가 쌤 드릴라구 뽑아 왔어요.

K를 둘러싸고 개글개글 웃으며 오올- 하는 야유인지 탄성인지를 보내던 아이들. 그러면서도 다들 커피가 한 방울이라도 바깥으로 흐를까 작은 손들을 오그려 모으고 K 옆에 둘 셋씩 붙어서 교탁 앞으로 들고 나오던 아이들. 그 커피 한 잔 때문에 나는 그날 집으로 돌아오며 찔끔찔끔 울었다. 300원짜리 자판기 커피. 그 300원이 아이들에게는 얼마나 소중한 돈이었는지.

어떤 마음이어야 몇 날을 아끼고 모은 300원을 다른 사람에게 내어줄 수 있는 것일까. 내가 뭐라고 그 돈을, 그 귀한 300원을. 커피가 다 식도록 아끼고 아껴 마셨다. 내가 뭐라고. 정말.

비켜야 할 것은 아이들이 아니라 바로 나였다. 뭐라도 되는 것처럼 그 앞에 서서 이런저런 되도 않는 이야기들을 주워섬길 것이 아니라, 비켜나 앉은 채로 가만히 아이들 곁에서 그들의 이야기를 들었어야 했다.

우리 아이들. 그때 그 소년들.

'해에게서 소년에게'가 다 무엇인가. 해도 소년도 없던 그 시절 그곳에서 아이들은 소년을 가지고 놀며 함부로 다루었다. 그건 차가운 세계가 가르쳐 준 삶의 방식이었다. 그럼에도 가끔은 너무나 소년답고 너무나 뜨거워 해처럼 타오르던 아이들이, 보고 싶다.

발전할 수 있는 부분에 주목한다는 것

온 세상이 꽝꽝 얼었다. 하필 독서 모임 친구들을 집으로 초대한 날이었다.

독서 모임은 친한 친구들 네 명이 모여 만든 책 읽는 모임으로, 벌써 햇수로 6년을 넘어서고 있다. 이 조합은 독특한 구석이 있다. 친구들끼리 소박하게 시작한 모임이지만 지금은 제법 다양한 일을 하는 사람들이 모여 있다. 자주는 못 보아도 한 달에 한 번 정기 모임 때 보면 그렇게 반가울 수가 없다.

물론 일상에 치이고 삶의 노곤함에 휩쓸리다 보면 한 달에 한 번 만나는 것도 버거울 때가 있다. 하지만 무엇이 될지 모르는 삐죽삐죽한 시기에 만나 같이 이십 대를 통과하며 서른 너머까지 살아낸 사람들이라는, 일종의 유대감이랄까. 그런 것들이 서로를 꽉꽉 묶어주고 있다. 이를 테면, 독서 모임 멤버들은 내게 눈길 위를 걸어가는 앞사람의 발자국 같아서.

넘어질 것처럼 위태로운 순간에 눈을 들어 앞을 보면, 이미 눈길을 건너간 친구들의 발자국이 남아 있었다. 그럴 때마다 나도 그 발자국들을 골라 짚으며 안심하고 지나올 수 있었던 것 같다. 어디 다녀오면 꼭 과자 하나, 책갈피 하나라도 독서 모임 친구들 준다며 챙겨 오는 사람들. 가끔은, 인간들만 잘 살면 무슨 재미냐며 환경을 위한 약속 같은 것도 만들고, 또 가끔은 술을 퍼 마셔서 해롱대고. 어쩌다 책 안 읽고 그냥 와서 서로 꼬집으며 민망해해도 나는 그런 독서 모임과 친구들이 좋다.

이 모임의 새해 첫 만남이 바로 어제 있었다. 올해는 심지어 내가 회장...이라 큰일 났다. 잘 할 수 있을까? 열심히 해 보자고 마음은 먹었지만 걱정이 크다. 나는 얼렁뚱땅이어도 친구들이 있으니 그 힘으로 또 어떻게든 한 해를 잘 지날 수 있겠지. 모임 장소는 우리 집이었다. 작년 가을에 이사 와 놓고 오랫동안 초대를 못 해 미안했는데, 겸사겸사 나까지 다섯 명이 모였다.

오후 1시부터 만나 점심을 같이 먹고 책 이야기를 나누기로 했다. 참가자는 혜린, 보희, 정화 그리고 발제를 맡은 원우였다.

날씨 탓에 원우가 조금 늦는 사이 우리들은 같이 점심을 먹고 차를 마시며 오랜만에 수다를 떨었다. 특히 임신 중인 정화가 추운 날임에도 기쁘게 와 주어 정말 고마웠다. 그냥 오는 것도 힘들 텐데 베트남에서 사 온 과자와 복숭아차에다 곶감까지 바리바리 싸 왔다. 그리고 집들이 선물로 디퓨저까지 들고 왔다. 향기가 참 좋았다. 바로 개봉해 침실 화장대 위에 놓았다. 솜씨가 없어 음식을 몽땅 시켜 먹은 것이 못내 미안했다. 다정한 사람들. 작은 집이 모처럼 사람들의 온기로 북적북적하니 신기하고 따뜻했다.

발제를 진행하는 사이사이 다양한 이야기들이 쏟아져 나왔다. 독서 모임을 하면 친구들이 가지고 있는 평소의 고민과 생각들을 엿볼 수 있어 좋다. 오늘은 특히 '내가 추구하고자 하는 이상적인 나'와 '현실적인 나' 사이의 괴리감을 발견할 때의 절망과 자괴감에 대해 많은 이야기가 오갔다. 발제자 원우의 말이 인상 깊었다. '나는 이미 대학생 때 모든 것을 내려놓고 내가 할 수 있는 부분, 내가 발전할 수 있는 부분을 보기 시작했다'라는 답변이었다. 아직 이를 제대로 놓지 못해 자주 괴로움에 빠

지곤 하는 나는, 연신 고개를 끄덕였다.

서른이 넘어서도 이렇듯 '여전한' 시간을 갖는다는 것. '여전히 그러하냐'고 한다면 그렇다고.

팍팍한 삶의 고개를 넘을 때 쉬어갈 수 있는 이런 매듭 같은 시간들 덕분에 미끄러지지 않고 다시 나아갈 수 있다고. 그런 생각을 해 본다.

날이 저물어 다들 집으로 간다고 나서는데 뒷모습들을 보자 괜히 마음이 쓸쓸해져 왔다. 추운 날 먼 길 와 준 게 고마워 지하철역 앞까지 배웅을 나갔다. 다들 이제 간다며 손을 흔든다. 옆 동네 사는 정화는 택시를 탔다. 잘 갔나 궁금해 연락을 하니 십 분 만에 도착했다고. 다행이다. 우리 제법 가까운 곳에 살았구나. 시간이 지나 다른 친구들도 속속 도착했다는 메시지를 보내왔다. 멀고도 가까운 곳에 사는 친구들. 자주 얼굴 보고 그렇게 살았으면 좋겠다.

비싸도 너무 비싸지만

몇날 며칠을 고민하며 끙끙 앓다가 어제 눈 딱 감고 덜컥 저질러 버렸다.

올 4월에 미국 미네소타에서 열리는 ADEC(Association for Death Education and Counseling)이라는 학회에 참가하기로 마음먹은 것이다. 우리말로 하면 '죽음교육 및 상담학회' 정도가 될까.

뜬금없이 웬 죽음교육?

언제부터였을까.

딱히 언제라고 할 수 없는 먼 기억. 그러니까 꽤 오래전부터 나의 주된 관심사 중 하나는 바로 '죽음'이었다. 의료 분야에 있는 것도 아니고, 관련 공부를 한 것도 아니면서 나는 언제부터 죽음에 관심을 가지게 된 걸까.

그렇게 묻는 친구에게 언젠가 농담처럼 '그건 무협 때문이야'라고 한 적이 있다. 여섯 살 무렵인가. 어쩌다 보게 된 어린이 무협 드라마를 시작으로 무협 소설과 영화들에 푹 빠지면서 툭하면 찔리고 찌르고 죽고 살아나는 장면들을 많이 보아서 그런가. 그 전설 같은 이야기들을 보며 왜 저 사람은 죽어야 할까, 왜 이 사람은 살았을까 그런 게 늘 궁금했다. 사람의 목숨이 한 순간에 사라지고, 죽었던 사람이 우여곡절 끝에 살아나고. 물론 개연성 없는 전개들도 많았지만 그때마다 나는 잠시나마 삶이란 무엇이고, 죽음이란 또 무엇일까 생각해 보았던 것 같다. 그리고 무협 드라마에 꼭 빠지지 않던 장중한 음악들도 알게 모르게 영향을 미쳤다. 드라마가 시작될 때면 웅장하게 흐르던 타이틀 곡의 가사들은 또 얼마나 심오한 것이었는지. '한 잔 술에 시름을 잊고 산처럼 무거운 삶을 벗는다'처럼 어딘가 익숙하지만 서늘한 문장들을 읽으며 혼자 전율하곤 했다. 그래서 고등학교에 들어가 처음 만든, 문예 동아리 문집에 '다시 태어나면 고대 중국의 무술인'이 되겠다고 진지하게 적었던 그런 순간도 있었다. 그건 아직 유효한 꿈이다. 꿈에서나 이룰 수 있겠지만. 음. 그런데 정말 무협 드라마 때문일까?

아무튼 이런저런 이유로, 나는 꽤 오래전부터 Thanatology, 그러니까 '싸나톨로지'라고도 하는 이 분야에 대해 관심이 많았다. 한국에서는 사생학(死生學) 혹은 사망학(死亡學)이라는 엄청난 이름으로도 불린다. 전 세계적으로 이 분야에 대한 관심이 점점 높아지고 있고, 관련 연구도 활발하게 진행되는 중이라 한다. 최근 들어 한국 사회에서도 '죽음'과 '죽음 준비'에 대한 관심이 많아지는 것을 보면 앞으로 더 많은 연구들이 나오지 않을까.

언젠가는 이 분야를 좀 더 깊이 연구하며 삶과 죽음의 문제를 두고 고찰해 보고 싶다는 내 말에 누군가는 철학을 해 보라고, 다른 누군가는 사회복지학을 하라고, 또 다른 누군가는 왜 그런 '우울한 것(?)'에 관심을 두냐며 그냥 하던 일이나 잘 하라고 그랬지만. 한번 마음을 두니 쉽게 사라지지 않는다. 그래서 습관처럼 괜히 인터넷 이곳저곳을 떠돌며 정보를 찾아보곤 했는데 보름 전인가. 우연히 ADEC이란 곳을 발견한 것이다.

올 4월 미국 미네소타에서 총 닷새간 열리는 학회는 벌써 38회째를 맞았다고 했다. 홈페이지에 들어가 보니 아침부터 저녁까지 죽음 관련 강의와 상담 워크숍, 흥미로운 세미나들이 줄

줄이 진행된다. 마침 개최 두 달여를 앞두고 회원 등록과 사전 참가 신청을 받고 있었다. 당장 고민이 되기 시작했다. 소속 대학이라도 있으면 학생으로 신청해 조금이라도 할인을 받을 수 있을 텐데 그것도 아니고 그렇다고 관련 분야 종사자도 아니어서 등록해서 간다고 하더라도 그 다음엔? 모든 게 다 돈인데? 이리저리 대충만 생각해 봐도 학회 등록비에 비행기 삯, 숙소와 식사, 교통비와 자료비, 책값과 기타 비용까지 합하면... 비용은 둘째 치고, 이런 데가 이렇게 막 뜬금없이 개인이 가도 되는 곳인가? 하나도 모르겠다.

일단 산술적으로만 보면 안 가는 게 나았다. 게다가 지금 하고 있는 교육 디렉터 일도 일주일은 쉬어야 한다. 그래, 뭐! 다음에 또 기회가 있겠지. 그러면서도 못내 아쉬워 며칠 밤을 고민했다. 아니야, 말도 안 돼. 가 봐서 아무것도 아니면? 그냥 돈만 날리면? 당장 안 하면 죽는 것도 아니고, 갔다 와서 뭘 어떻게 하겠다는 것도 아니면서? 그럼 대체 왜? 그렇게 간신히 마음을 다잡고 잠자리에 누우면 기다렸다는 듯 다른 내가 나타나 이런 말들을 속삭였다.

다음은 없어.

아무것도 아니면 뭐 어때?

궁금했잖아. 보고 싶어 했잖아.

그러다 그냥 벌떡 일어나 버렸다. 그래! 뭘 기다리는 거야. 지금이 가장 좋은 때라고! 아무도 없는 방에서 미친 것처럼 혼자 중얼거리며 컴퓨터를 켰다. 그리고 ADEC 사이트에 들어가 결국 질러 버렸다. 학회 등록과 듣고 싶은 코스 신청까지 순식간에 마쳤다. 결제를 마치자 학회 측으로부터 득달같이 결제 확인 이메일이 날아왔다. 컴퓨터 화면에 뜬 숫자를 보자 정신이 번쩍 들었다.

'Total $1095.00'

일십백천... 엄마야! 나 지금 뭘 한 거야? 이대로라면 나는 돌아오는 4월에 미국 미네소타에서 열리는 학회에 참석하는 거다. 그것도 학회가 열리기 전에 미리 시작하는 사전 워크숍까지 신청했으니 가서 영어로 강연도 들어야 한다. 에라이 모르겠다! 일단 자자.

그리고 아침에 일어나 얼마나 머리를 쥐어뜯었는지. 등록은 그렇다 치고 그럼 이제 진짜 가야 하나. 비행기 표를 구하고 숙소를 구하고 일정을 짜는 건가. 발길 닿는 대로 다니는 노 플랜(No Plan)주의자로서 처음으로 좀 막막해졌다. 아니 참, 우선 회사에 휴가를 내겠다고 말해야지. 하, 이런 직원이라니. 나는 정말 쓰레기야. 우주 먼지 같아. 먼지도 나보다는 낫겠지. 휴!

무슨 자신감으로 덤볐는지. 아직도 잘 모르겠다. 정말로 갈 생각인지. 하지만 너무 궁금하다. 세계 각국의 사람들이 모여 '죽음'에 대한 이야기를 나누고, 죽음에 '애도'를 표하고, '상담'을 한다니. 그 풍경들이 너무도 궁금하고 보고 싶다. 가서, 기대만큼의 무언가를 얻어오지 못한다고 해도 그냥 가는 것만으로도 내게는 큰 공부가 될 것 같다. 하다못해 미네소타가 어떻게 생긴 곳인지 그거 하나라도 배우고 오겠지.

번호 불러주시면 주문해 드리겠습니다아

자정 무렵 텔레비전 채널을 돌리다가 우연히 홈쇼핑 광고를 보았다. 늘 스치며 보기만 했지 아직 한 번도 이용해 본 적은 없었다. 그런데 오늘따라 유독 자세히 보고 싶은 것이다. 품목은 여행 가방으로 유명한 A사의 '캐리어 7종 세트'.

내가 5종만 되었어도 대충 보고 넘기는 건데 7종이라니. 사은품으로 뭐도 주고 뭐도 주고 뭐도 준단다. 게다가 10개월 무이자!

한 달에 3만 원도 안 됩니다 고객니임-

0시에 채널 돌리다가 캐리어와 눈이 맞아 버린 초보 고객은 굉장히 집중해서 보기 시작했다. 그리고 3분 만에 갑자기 휴대폰을 찾기 시작했다.

초보 고객의 머릿속은 빠르게 돌아갔다.

뭐, 마침 가지고 있던 캐리어에 금이 가 당분간 못 쓸 것 같은데 중얼중얼... 뭐, 어차피 곧 미네소타도 가야 하니까 필요했잖아? 기내용 캐리어도 그렇고... 중얼중얼... 여행용 가방도 주고, 목 베개도 준다잖아... 중얼중얼... 아무튼 7종 세트라잖아? 중얼중얼...

그런데 자세히 보니 화면 오른쪽 위에 LIVE라는 글자가 번쩍이고 있다. 뭐야, 그럼 이게 지금 생방송인가? 시간은 자정 넘어 새벽으로 가는데? 그렇다면, 지금 전화하면 받는다는 이야기? 그건 싫은데. 모르는 사람하고 전화 통화하는 건 왠지 어려워... 아, 자동주문전화면 기계가 알아서 설명해 주는 건가? 아, 하나도

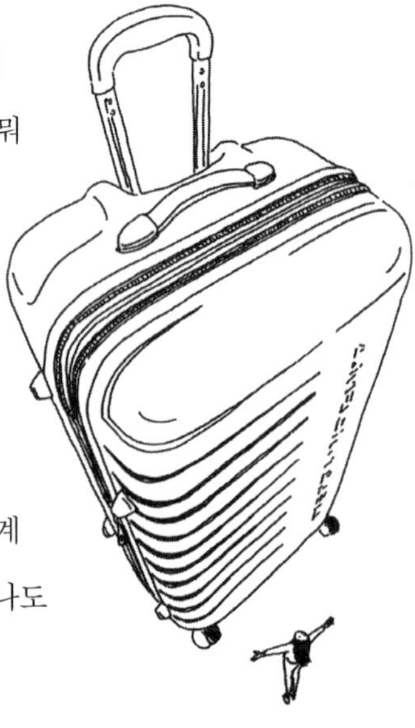

모르겠다. 흐흐... 그냥 일단 한번 눌러나 보자.

그렇게 나는 대낮에도 걸어 본 적 없는 홈쇼핑 전화를 야밤에, 아무 생각 없이 그냥 눌러나 보자는 마음으로 걸었다가 모 사의 홈쇼핑 상담사와 통화를 하게 됐다. 내가 구매한 이력이 없는 신규 고객이라 자동주문은 안 되고 상담사와 직접 통화를 해야 한단다. 결제할 신용 카드를 미리 등록해야 한다나. 친절한 기계음의 설명을 들으며 그런가 보다 하고 멍하니 있으려니 정말로 상담사와 연결이 되어 버렸다.

네, 고객님 무엇을 도와 드릴까요오-

피곤함이 밴 밝은 목소리(이게 가능하다는 것이 좀 슬프다)가 귓전을 때렸다. 흠칫 놀랐다. 지금이 그러니까, 자정 넘은 것 맞지...? 흘끔 벽시계를 본 후에 조용히 입을 열었다.

먹고 살기 힘드시죠...

...라는 이야기를 정말로 하고 싶었지만 그랬다가는 같이 붙잡고 통곡이라도 할 것 같은 시간이라 다른 이야기를 꺼냈다.

이게 그... 저... 캐리어 7종 세트... 맞나요?

네네, 맞습니다. 고객님. 카드로 하시겠습니까?

아, 네. 카드로...

번호 불러주시면 주문해 드리겠습니다아-

그냥 전화나 한번 해 보려던 것이 그렇게 주문이 되었고, 결제가 되었고, 나는 여행용 캐리어 7종 세트를 가지게 되었다.

고객니임- 색상은 어떤 걸로 하시겠습니까?

아... 라임이요. 라임색.

네네, 라임색으로 하시고요. 네, 도착은 8일 경입니다아. 또 다른 궁금한 점은 없으십니까?

아, 그런데 맨날 이렇게 근무하시나요? 언제까지 하시나요?

...라는 걸 묻고 싶었지만 그랬다가는 2차로 같이 붙잡고 울먹거릴 것 같아서 관두었다.

네, 없습니다. 잘 부탁드려요.

네네, 감사합니다.

무엇을 잘 부탁드린다는 것인지 모르겠지만 나는 그렇게 말했고, 수화기 너머의 그녀는 상냥하게 알겠다고 했다. 이 카드가 뭐기에 긁기만 하면 상품이 오는 것일까. 신용 카드라. 일단 믿고 준다는 거지. 나중에 갚아라. 믿고 줄게. 신용, 카드. 무서운 말이다. 뭔가 무서운 세상이야. 내 밤이, 밤이 아니고 내 낮이, 낮이 아니다. 서로의 시간은 다르게 흐르는 것이 맞았어.

이불 속에 기어들어 가 낼모레 도착한다는 라임색 여행 캐리어 7종 세트를 생각하다 보니 헛웃음이 나와서 낄낄 웃었다. 이 밤에도 수많은 사람들이 깨어 있고, 깨어서 세상은 돌아가고 끊임없이 이어지는 소비와 소비를 위한 미디어의 향연들과 이를 위해 노를 젓고 있는 수많은 사람들.

노를 저어 어디로 가나. 어디로 가고 있나.
내 캐리어는 노를 저어 내게로 오겠지, 곧.

바람이 단단히 든 이런 딸이라서

순식간에 3월이 되었다. 정말로 가긴 가는 걸까.

한 달 새 비행기 표 예매와 숙소 예약까지 다 마쳤다. 무사히 휴가도 낼 수 있었다.

학회가 열리는 곳은 미네소타 H 호텔. 길에 관한 한 불치의 병을 지닌 길치라 마음 같아서는 그곳에 머물고 싶었다. 하지만 그랬다가는 당장 파산이므로 학회장에서 버스로 30분 정도 걸리는 곳에 숙소를 구했다. 잘 모르는 곳이라 걱정이 많았는데, 다행히 주인이 매우 친절하시다. 미네아폴리스 공항에서 숙소까지 제대로 찾아갈 엄두가 안 나 공항 라이드까지 추가로 신청했다.

항공편은, 직항이 없어 인천공항 출발 후 중간에 다른 도시를 들렀다가 미네소타로 들어가야 한다. 연결편 항공기를 구하면 편하기는 하지만 가격이 너무 비쌌다. 그래서 조금이라도 더 싸게 가려고 인터넷을 한참 뒤져 두 개의 항공권을 따로 구했다. 우선 인천에서 시카고까지 가는 표 하나, 다시 시카고에서 미네소타로 들어가는 표 하나. 싸게 구한 것이 맞나...? 비용 정산을 해 보다가 때려치웠다. 돈 생각을 하니 다시 마음이 작아져서 안 되겠다. 그냥 싸게 구한 거라고 믿고 떠나기로 했다.

아! 그래도 일주일 동안 집을 비우니 부모님께도 말씀드려야지(이렇게나 빨리 생각해 내다니 이런 똥멍청이). 시골집에 전화를 걸었다. 한창 농사철이라 바쁘신 중에 받으셨다.

"엄마, 저 미네소타에 가요."
"뭐?? 어디??"
"미국이요. 미네소타."
"언제??"

"4월 10일요."

"누구랑??"

"저 혼자요."

"너 혼자?? 왜 가는데??"

"그... 학회... 죽음교육학회..."

"뭐?? 죽음 뭐???"

난 결국 이런 딸이다.

뭐든지 선(先)지름 후(後)통보. 내가 엄마라도 나 같은 딸이 갑자기 전화해 이런 식으로 앞뒤 다 잘라먹은 통보를 해 대면 뒷목이 엄청 땡길 것 같다. 어디 이번뿐인가. 엄마, 저 대학원 가요. 엄마, 저 휴학했어요. 엄마, 저 시민단체 가요. 엄마, 저 연구소 들어가요. 엄마, 저 연구소 나왔어요. 엄마, 저 여행 가요. 엄마, 저 회사 들어가요. 엄마, 저 이사 가요......

그때마다 엄마는 '뭐?? 그래, 알았다. 어쩌겠니. 네가 한다는데'를 반복하며 어쩔 수 없이 고개를 끄덕여 주시곤 했다. 엄마, 저만 그런 걸 아닐 거예요. 세상의 모든 자식들은 이렇게 크는 거 아닌가요! ...라는 말은 차마 못했다. 다 나 같지는 않을 것 같다. 서른 넘도록 뭐 하나 제대로 하는 것도 없으면서 큰소리나치고. 그저 엄마 앞에서만 제일 잘난 척이지. 아아- 나는 대체 왜 이렇게 생겨 먹은 걸까. 왜 이토록이나 바람이 단단히 든 딸이어서- 지구 쓰레기도 아니다. 우주 쓰레기다, 정말. 대체 나는 밥 먹고 하는 일이 뭘까. 죽기 전까지는 내 삶의 효용 가치에 대해 글 한 줄 정도는 남길 수 있을까. 제발 그럴 수 있기를.

회사 들어가서 이제 뭐 좀 하나 싶었는데 갑자기 또 궁금한 게 생겼다며 불쑥 미국에 다녀온다는 딸에게, 그럼에도 엄마는 잘 다녀오라며 다시 선선히 손을 흔들어 주신다.

나는 우리 엄마 같은 엄마는 못 될 것 같다.
아니, 세상의 모든 엄마처럼은 못 살 것 같다.

"너도 엄마가 되면 다 하게 되어 있어."

그 '다 하게 되어 있다'는 말에는 얼마나 많은 시간과 눈물과 노력과 좌절과 슬픔과 그리고 형언할 수 없는 기쁨이 끝의 끝에야 숨어 있는 것일까. 가 보지 않아 알 수 없는 길을 생각할 때면 늘 멀고 아득한 마음이 된다.

부족한 영어, 커져 가는 자괴감, 맨땅에 헤딩

미네소타에 온 지 이틀째. 맨땅에 헤딩 중이다.

학회의 사전 워크숍 첫날. 지금 막 오전 수업이 끝났다. 점심 시간을 틈타 짧게 소감을 남겨 본다. 반나절 참가한 결과.

사라지고 싶다.

땅으로 꺼지거나 하늘로 솟고 싶다.

다들 삼삼오오 어울려 밥을 먹으러 나가는데, 낯선 곳에 가면 주눅부터 들고 초면에는 낯을 꽤 가리는 편인 난... 우물쭈물

하다가 약속 있다고 뻥치고 그냥 호텔 로비 구석에 처박혀 버렸다. 약속은 무슨. 누가 봐도 나 홀로 삽질 중인 게 눈에 훤한데... 에휴. 그 와중에도 배는 고파서 로비 한쪽에 마련된 카페에서 요기도 하고 정신도 좀 차릴 겸 커피 한 잔과 빵 하나를 시켰다. 우걱우걱 먹으며 쓴다.

마음이 왜 이렇게 자꾸만 수그러드는 걸까.

대체 내가 진짜로 원하는 게 뭘까. 그 어느 것도 내가 원하는 게 아니라는 생각이 든다.

이 정도면 정말 병이 아닌가.

정착하지 못하는 병. 떠도는 병. 아니 그냥 병.

나는 진짜 사생학이라는 학문을 깊이 있게 공부하길 원하는 걸까? 하지만 그래서? 그 다음에 뭐 어쩌려고? 그냥 현실 도피는 아닐까? 맨땅에 헤딩도 정도껏이지 이제 곧 서른 중반인데 아무런 계획도 없이? 하고 싶다고 다? 그냥 막? 여전히 요원하게만 느껴진다. 학문적 호기심은 분명 있지만 너무 막연하다. 하고 싶다는 마음만으로는 아무것도 되지 않는다는 건 이미 오래전에 깨달았잖아, 이 바보야! 머릿속이 블랙홀처럼 깜깜하고 복잡하다.

게다가! 'Pre-Conference'라고 해서 신청한 사전 워크숍은 무려 이틀짜리였다. 그냥 간단한 브리핑 강의인 줄로만 알았는데 아침 8시 30분부터 오후 5시까지 꼬박 이어지는 수업이었다니! 이런 걸 신청해 놓고도 모르고 있었다는 게 더 충격이다. 이 멍충아!! 이래 가지고 뭘 하겠다고오!! 어쩐지 비싸더라.

일단 지금까지의 일정을 정리해 보자면 이렇다.

엊그제 미네소타에 도착해 어제는 학회 장소인 H 호텔까지 사전 답사를 와 보고 숙소 근처 서점에서 책을 보았다. 그리고 오늘 아침 7시에 숙소에서 서둘러 빠져나왔다. 학회 장소까지 버스로 30분이기는 한데 그건 예정 시간이 그렇다는 것이고 도어 투 도어로 따지면 꽤 빠듯했다. 게다가 이놈의 버스가 배차 시간이 무려 시간당 한 대. 어제 그 사실을 알고 얼마나 놀랐는지. 이걸 놓치면 끝장이라는 생각으로 멀리서 버스가 나타나자마자 길 복판까지 나가 손을 흔들어댔다. 누가 보면 히치하이킹이라도 하려는 무전여행자처럼 좀 안 돼 보이는 모양새로.

서둘렀는데도 수업 십 분 전에야 간신히 도착했다. 스무 명 중 대략 열아홉 번째로 들어갔나 보다. 들어가니 벌써 강의실이 사람들로 꽉 차 있다. 이틀 동안 강연해 주실 레나 선생님의 자리를 가운데 두고 이를 둘러싸듯 둥그렇게 원형 회의실처럼 앉았다. 들어서는 순간 G20이나 APEC 회담에 온 줄 알았다. 그리고 그 순간 바로 깨달았다. 나는 이제 망했다는 것을...!

왜 깨달음은 늘 뒤늦게 오는 걸까.

빈 곳이 선생님 바로 옆자리밖에 안 남아 있어 엄청 눈치를 보며 그곳에 앉았다. 자연히 모두의 눈길이 흘끗흘끗 머무는 곳이다. 하아. 학회 시작하기 전에 배경지식이나 쌓을까 하는 마음으로 신청한다는 게 이렇게 큰 일이 될 줄은. 뒷자리에 구겨져 있다가 몰래 듣고 나가야지 했는데 이게 지금 무슨 상황...! 이런 강의 구조는 분명 발표가 많은 활동 수업인데... 뒷자리에서 듣다 나가기는 개뿔! 남들 말할 동안 나는 내가 말할 걸 영작이나 하고 있겠구나 싶었다.

아니나 다를까. 레나 선생님께서 오시자마자 우리는 돌아가면서 자기소개부터 하게 됐다. 아이들한테 자기소개를 시킬 때는 재밌고 신났는데(?) 생전 처음 보는 외국인들 앞에서! 그것도 영어로! 죽음교육학회에 왜 왔는가를 이야기하려니 죽음교육 이전에 내가 죽을 판이었다. 게다가 나를 빼고는 모두가 영어권 국가 출신이 아닌가! 저 멀리 보이는 유일한 동양계 동지

들은 알고 보니 싱가포르 출신이었다. 네이티브들만이 할 수 있는 '범접할 수 없는 영어'를 들으며 자신들이 왜 이곳에 왔는지 소개하는 걸 듣고 또 들으며 머릿속으로는 빛의 속도로 '자기소개 예문'을 찾아댔다.

'Let me introduce myself...'였나?

아니, 나는 왜 열두 살 때 배운 예문을, 발전이라고는 1%도 없는 날것의 상태 그대로 서른셋에도 쓰고 있어야 하는 거지? 그리고 듣다 보니 왜 아무도 Let me 예문을 안 쓰는 거지? 역시 이건 교과서 영어인가? 이러다 정말 누구 말처럼 옆 사람이 'How are you?'하고 툭 치며 물어보면 허옇게 질린 얼굴로 'I'm fine thank you, and you?'하게 생겼다. 미치겠네. 게다가 엄(Um)...은 왜 이렇게 많이 하게 되는지. 미칠 것 같은 지점이 미국에 체류한 지 하루 반나절 만에 만 오천 개는 쌓인 기분이다. 이래 가지고 남은 학회 잘 버텨낼 수 있을까. 그러고 있는데 내 차례가 되었다.

"Um... As you know, South Korea, my country had so many tragedies before time. That is why I'm here today..."

내가 지금 여기에 와 있는 것도 나한테는 비극 같았지만... 일단 급한 대로 막 주절거렸다. 어법은 모르겠고, 막 하는 건 좀 자신 있으니까 그냥 되는 대로 뱉어 버렸다. 다행히 다들 고개를 끄덕이며 경청해 주어 너무 고마웠다. 내가 불쌍해 보여서 그런 건가. 음, 아니야. 좋은 사람들이야. 아무튼 그렇게 간신히 자기소개 시간을 마치고 나니 그래도 마음이 좀 나아졌다. 앞으로가 더 첩첩산중이겠지만. 그래도 이후 수업은 큰 무리 없이 재미있게 들을 수 있었다.

레나 선생님이 보여 주시는 여러 가지 이미지들과 영상을 보고 과연 죽음이란 게 무엇일지, 전 세계 사람들은 이를 어떻게 받아들이고 있을지 생각해 보는 시간을 가졌다. 다양한 질문들이 쏟아졌고 저마다 자신이 생각하는 답을 자유롭게 내놓았다. 물론, 나도 그랬다. 마음속으로만... 마음속으로만 대답을 오십 번은 한 듯... 그사이 당장 내일까지 해 와야 하는 과제도 받았다.

네? 뭐요?? 과제요???

아니, 과제라니?! 오 마이 갓! 숙소에 가서 숙제부터 하게 생겼다. 사실 언어만 자유롭다면 그렇게까지 어려운 건 아닌데.

울적하고 답답하다.

하지만 이러한 답답함을 느껴 보는 것도 내게는 좋은 트레이닝의 기회가 되겠지. 부족한 가운데 성장이 있을 것이라 믿......어지지가 않는다. 부족해도 너무 부족하다. 너무 부족해!

내 부족함을 깨닫고 성장해 가는 것. 말은 쉬운데 막상 부딪혀 보니 힘들고 아프다. 그래도 여기까지 왔는데, 이제 겨우 하루 지났는데 너무 울적해하지는 말아야지. 좀 더 노력해 보자. 수그러들지 말자. 어제 들른 서점에서 파는 귀여운 자석에 이런 글귀가 있던데 한 번 외쳐 보고 수업에 들어가야겠다.

YAY-!! Miracles!!

버벅버벅 끊임없이 Sorry만 백만 번

오늘로 학회 일정이 모두 끝났다. 겨우 일주일이 지났는데 체감상으로는 한 달 정도 된 듯 내가 살던 시공간이 멀게만 느껴진다.

여기에 와서 내가 한 말의 90%는 Sorry라는 단어가 차지하는 것 같다.

영어 공부에 손을 놓은 지 여러 해. 그래도 어찌어찌 말은 되어 나오지 않을까 하는 소박한 바람은 첫날부터 여지없이 무너졌다. 게다가 내가 멋도 모르고 신청한 사전 워크숍은 현직 카운슬러, 학자, 호스피스 봉사자 등 실무자들을 대상으로 하는 코스. 신청할 때 'Introduction'이라고 되어 있길래 막연히 내 관심 분야를 이해하는 데 도움이 되는 소개 강연 정도로만 생각하고 간 내게 이 시간은 절망스러움 그 자체였다.

"난 그렇게까지 바보는 아니라구."

첫날 워크숍 중 쉬는 시간. 학회가 있었던 호텔 로비에 앉아 중얼거리고 있자니 큰돈을 들여 여기까지 와서 이러고 있는 내가 참 한심하게 느껴졌다. 마음은 계속 수그러들었고, 어떻게든 뻔뻔하게 버텨 보자라는 마음도 금세 숨이 죽곤 했다. 아침부터 저녁까지 이어진 첫날의 수업에서 나는 참 많이 버벅댔고 끊임없이 'Sorry!'를 외치며 나와 파트너가 된 이들에게 미안해했다. 표현력이 부족한 나 때문에 좀 더 고차원적인 생각을 나눌 수 없는 것은 아닐까. 나 때문에 이 고급의 코스를 초급 단계로, 아니 숫제 엉망으로 만들어 버린 것은 아닐까. 나 지금 여기에서 뭐하고 있는 걸까. 고작 이런 나를 보려고 여기까지 왔나. 그날 밤은 잠이 오지 않았다.

그렇게 맞은 둘째 날. 풀이 죽은 채 강의실에 도착해 앉아 있다가 문득 정신이 번쩍 들었다. 질문에 대답 조금 못했다고, 내 마음대로 표현이 되지 않았다고 지금 풀이 죽은 채 앉아서, 나 뭐하는 걸까. 비행기 표를 끊고, 숙소를 예약하고, 학회 등록을 하면서 내가 보려고 했던 것이 이런 것들은 아닐 텐데. 나는 왜 이렇게 수그러들고만 있는 걸까. 아직 아무것도 안 했으면서 시작도 안 했으면서 마치 모든 것이 끝난 것처럼 왜.

고개를 들었다. 하나둘 클래스메이트들이 들어오고 있었다. 모두가 밝은 표정이었다. 죽음을 이야기하고 애도를 이야기하는 학회장에서 모두가 살아 있는 채로 웃고 있는 사람들. 삶을 사랑해서 사람을 사랑해서 여기 이곳에 모였다는 이들. 그때 내 옆에 앉았던 제니가 나를 툭툭 건드리더니 명함을 건넸다.

"태주, 만일 네가 괜찮다면 우리 앞으로도 연락하자. 여기는 내가 있는 대학교이고, 나는 상담학과 조교수로 재직 중이야."

"와, 멋있네. 나는 아직 이 분야를 잘 모르지만 앞으로 잘 부탁할게. 열심히 해서 너와 더 많은 이야기를 나누고 싶다."

괜히 주눅이 들어 꽁꽁 숨겨만 두었던 내 명함을 꺼냈다. "거의 한글이지만 이메일 주소는 알아볼 수 있지?" 제법 농담도 하며 이 사람 저 사람에게 명함을 건넸다. 모두가 환하게 웃으며

내 명함을 받아들고 내 이름의 발음을 다시 한 번 확인했다. 그렇게 데이브, 에디, 조앤, 이반, 세라와 친구가 되었다. 그리고 드디어 워크숍이 모두 끝났을 때, 이틀 동안 멀리서 바라만 보았던 레나 선생님께 같이 사진을 찍자고 용기를 내 이야기했다. 환하게 웃으며 흔쾌히 포즈를 취해 주신 선생님. 그녀가 어깨동무를 하며 내 귀에 속삭인 말이 있었다.

“태주, 너는 아직 젊고 가능성이 많아. 너의 조국은 변화가 많고 그만큼 슬픈 일도 많았지. 용기를 내서 가 보렴.”

한국에서, 그냥 들어 보고 싶다는 이유 하나로 소속 하나 없이 날아온 내게 일주일간 만났던 수많은 사람들은 저마다 내게 ‘할 일이 많다’고 말해 주었다. 아직, 할 일이, 많다.

절망도, 그 안에 포함될 것이다. 끝없이 절망하고 더 좌절하고 더더 수그러드는 것. 그렇게 나이가 들며 자꾸만 낯설어지는 괴로움의 감정을, 배움이 주는 서걱대는 감정들을, 깨지고 부서지는 경험들을 ‘살아 있음’의 증거로 여기며 가는 것. 배움에 동반되는 절망과 괴로움을 좀 더 끌어안을 수 있는 포부를 가지는 것. 내게 공부란 끝없이 절망하는 것이다. 버텨 보자는 마음이 매 순간 무너지고 또 무너져도 그럼에도 끝까지 걸음을 멈추지 않는 것. 미네소타에서의 시간들이 그것을 가르쳐 주었다.

그런 시간들이 있었고, 그 시간들 끝에 여기에 있다.

비행기를 바꿔 타라고? 그럼 내 가방은?

어제 서울에 도착했다. 정말 긴- 하루였다.

이만하면 무사히 일주일 잘 보냈다 안심하고 미네소타 공항에 도착했을 때 그만 생각지 못한 일이 벌어졌다. 하마터면 학회 자료가 가득 든 캐리어를 통째로 날릴 뻔한 것이다.

시작은 귀국편 비행기의 지연이었다.

비용을 조금이라도 줄여 보려고, 귀국편 역시 미네소타에서 시카고로 가는 비행기 표를 1차로 구하고, 다시 시카고에서 인천으로 가는 표를 구했었다. 이때 환승 시간은 4시간 이상으로 넉넉히 잡는 게 좋다고, 해외 경험 많은 친구 소라가 누누이 일렀다. 하지만 그때 나는 뭔 일 있겠어? 하며 한 귀로 듣고 한 귀로 흘려버렸다. 환승 시간은 약 2시간. 연결편이 아니라서 짐을 찾았다가 다시 부쳐야 하지만 그 정도면 괜찮지 않을까? 역시! 미네소타로 들어갈 때는 아무 일이 없었다. 그것 봐. 괜찮지. 나는 괜히 우쭐해져서 시간도 아끼고 돈도 절약한 내 자신을 마구 칭찬했다. 돌아올 때 어떤 문제가 발생할지 꿈에도 모른 채.

마지막 날 아침. 여유 있게 공항에 도착해 짐도 잘 부치고 끼니도 챙겼다. 서점에서 책도 구경하고 기분 좋게 탑승구로 향했다. 출발 20분 전. 좋아! 딱 좋은 시간이다. 어디 그럼 이제 여기를 떠나 볼까. 올 때 시카고 공항을 제대로 못 봤으니 이번에는 좀 여유 있게 둘러보자. 응? 근데 저게 뭐지?! 탑승구 옆 전광판에 뭔가 불길한 느낌의 메시지가 뻘겋게 번쩍이고 있었다.

D** 5710 DELAYED

08:57am → 11:20am

뭐??? 비행기가 11:20am에 뜬다고??? 시카고로 출발 예정이었던 비행기가 무려 2시간 30분이나 늦게 출발한다는 것이다. 따라서 시카고 도착 시간도 10:26am에서 12:49pm으로 변경되었다. 아무런 설명도 없이. 어떠한 전조도 없이. 문제는 12:49pm이면 나는 이미 인천공항을 향해 날아가는 비행기 속에 들어앉아 있어야 한다는 것. 오 마이 갓! 당장 안내 데스크로 날아갔다. 단정하게 웃는 데스크 앞의 그녀에게 속사포처럼 막 영어를 쏟아냈다.

"안녕! 나 시카고 공항에서 12시 30분 비행기를 타야 하는데 망한 것 같아! 좀 봐 주겠니?"

"아, 그렇구나."

"(아, 그렇구나는 무슨! 나 이거 놓치면 어떡하라고!!) 나... 어떡해?? 12시 30분 비행기??"

"아, 그럼 미드웨이 공항으로 가는 이 비행기를 타."

"미드웨이??(처음 들어봄) 거기도 시카고야??"

"응, 네가 가야 하는 시카고 오헤어 공항까지는 전철로 한 시간이야. 갈 수 있어."

네?? 전철로 한 시간이요?! 갈 수 있는 것 맞나요... 미드웨이 공항에 도착하는 시간이 11시가 넘겠구만. 어떡하지...? 심각한 얼굴로 멍하니 있는데 그녀가 말을 이었다.

"근데 문제가 있어."

"(뭔 문제가 이렇게 많니) 뭔데?"

"이 비행기가 10분 후 이륙인데 탑승구가 여기에서 좀 멀어. 반대편 끝이야."

"뭐라고? 내가 지금 가면 탈 수는 있는 거니?"

"일단 연락을 해 놓을게. 정 안 되면 가다가 카트를 타."

"카트??"

맙소사. 갈수록 태산이었다. 갑자기 이게 웬 날벼락. 미드웨이는 대체 어디고 10분 후 출발 비행기는 다 뭔가!! 불과 1분 전의 그 여유로웠던 마음은 다 어디로 가고 순식간에 지옥의 문이 입을 벌리고 있는 것 같았다. 그리고 가장 중요한 것은 내 캐리어!! 난생 처음 홈쇼핑 주문으로 산 내 캐리어!! 아까 체크인 하면서 시카고 오헤어 공항으로 먼저 부쳐 버린 소중한 내 캐리어!! 무이자 10개월이라 아직 반년은 넘게 내야 하는데!! 그 안에는 학회 자료들, 책들, 선물들!!! 망했다......

"근데, 비행기를 바꿔 타면 내 가방은?"

"가방?"

"내가 원래 타려던 비행기에 실은 내 캐리어 말이야."

“아, 그거? 어, 그건 말야... $##%$^)#($(@%”

여기서부터 그녀의 말이 하나도 안 들리기 시작했다. 아니, 듣고는 있는데 머릿속이 복잡해 해석이 꼬이기 시작했다. 내가 이해한 바에 따르면 내 짐도 지금 새롭게 타려고 하는 비행기로 옮겨 준다고 했는데, 그래서 내가 몇 번이나 확인했는데...

“아, 그럼 내 캐리어도 지금 내가 타려는 그 비행기에 실린단 말이지?”

“그래, 맞아.”

난 분명 이렇게 들었다. 뭔가 찜찜했지만 일단 알았다고 하고 잽싸게 새로운 탑승구를 향해 뛰기 시작했다. 캐리어야, 너도 새로운 비행기를 향해 가고 있니? 나는 지금 엄청 뛰고 있어. 죽을 것 같아. 내년도 죽음교육학회는 포틀랜드에서 열린대. 다들 오냐고 물어보길래 당연히 간다고 그랬는데 다시 생각해 봐야겠어. 이렇게 5분만 더 뛰었다가는 가기 전에 죽을지도 몰라. 아, 운동 좀 할 걸!

멀리 카트를 타고 공항을 누비는 사람이 보였다. 목덜미를

낚아채고 빨리 내 몸뚱일 실으라고 닦달하고 싶었지만 차마 그러지 못했다. 그러기에 나는 너무 소심하다. 젠장! 유사 시 쓸모있는 게 하나도 없구나. 빛의 속도로 카트를 스쳐 지나갔다.

이륙 5분 전!

이 비행기를 놓치면 나는 어떻게 되는 거지?

이륙 3분 전...!

빛의 속도로 공항을 질주한 끝에 만난 사람

예전부터 여행을 하면 곧잘 알 수 없는 일들에 휘말리곤 했지만 이런 일은 또 처음이었다. 100미터를 20초에 뛰던 실력으로 반대편 탑승구까지 가려니 죽을 맛이었지만 어떻게 꾸역꾸역 찾아갔다. 이륙 60초 전쯤 되었을까? 사색이 되어 도착하니 역시 단정한 미소의 승무원들이 나를 맞는다.

"미즈 움?"

"헉헉, 네네... 헉헉, 그게 나요, 헉헉..."

움이고 엄이고 뭐고 일단 한시라도 빨리 시카고에 닿아야 한다는 심정으로 앞뒤 잴 것 없이 훌렁 새로운 비행기에 올라탔다. 시카고 오헤어 공항이 인천공항쯤 된다고 보면 지금 이 비행기가 향하는 미드웨이 공항은 김포공항쯤 되나 보다. 두 개씩 붙은 좌석이 양 옆으로 한 줄씩 총 두 줄. 그러니까 한 80여 개 좌석쯤 될까. 우연히 생긴 공석에 나를 앉혔는지 내 자리는 비행기 꼬리 쪽 맨 끝이었다. 일단 자리에 앉아 한숨 돌리고 나니 이내 비행기가 떴다. 가만, 내 캐리어 실렸나? 아니, 그것도 그렇고 이게 지금 미드웨이인지 어딘지로 간다는데 그럼 오헤어 공항까지는 또 어떻게 가지? 비행기 안이라 인터넷도 안 되고 걱정이 태산 같았다. 안내 데스크에서 이리저리 쭉쭉 선을 그어 알려준 종이 지도 한 장으로는 한 뼘도 안 되는 가까운 거리지만 나는 길치에 눈썰미도 없고 무엇보다 시간이 없잖은가!!! 아, 마지막 날 왜 이런 시련이… 그때 문득 친구 소라의 목소리가 들렸다.

"환승 시간은 네 시간 정도로 넉넉히 잡아 둬. 그래야 안 당한다니까."

"그렇게 지연이 잘 돼?"

"그렇다니까. 아무 설명 없이 한두 시간 되는 건 예사야."

“에이, 설마……”

그때의 나에게 주먹을 날리고 싶었다. 말 좀 들으라고!! 아니, 내가 이럴 줄 알았나… 내가 나를 혼내며 머리를 쥐어뜯는데, 내 바로 옆 통로에 있는 작은 간이 의자에 승무원이 와서 앉았다. 호오? 그럼 이럴 게 아니라 승무원한테 물어볼까? 오헤어 공항까지 정말 한 시간이면 가는지. 어떻게 해야 갈 수 있는지.

“저기… 제가요… 내리자마자 오헤어 공항에 가야 하는데 정말 한 시간이면 갈 수 있나요?”

“아… 미안해요…”

“……?”

“제가 오늘이 첫 비행이라 미드웨이는 저도 처음이에요…”

몰래 카메라인가? 지금 나 트루먼 쇼 같은 것에 당하고 있는 건가? 설마, 아니겠지? 차라리 누가 ‘수고하셨습니다아!’ 하고 튀어나왔으면 좋겠다. 하, 이건 또 무슨… 농담이 아니라 진짜다. 정말 그녀는 아주 미안한 듯이 겸연쩍게 웃으며 그렇게 말했다. 나는 그 순간 모든 걸 내려놓았다. 이륙 후 받은 쿠키 봉지를 까서 입에 넣으며 창밖을 보았다. 기도가 절로 나왔다. 신이시여, 정말 아무것도 안 바라고 딱 하나만... 그냥 제 캐리어 잘 찾아서 12시 30분 비행기 잘 타게 해 주세요. 너무 큰 욕심인가요. 그럼 캐리어만 잘 찾게 해 주세요. 흑흑.

기도를 마치고 아무래도 불안해서 고개를 번쩍 들고 혹시 여기 나 같은 사람 또 없을까 하는 마음에 휘휘 기내를 둘러보았다. 그런데 저 멀리 앞쪽에 까만 머리를 한 중년의 남성이 나처럼 불안하게 기내를 살피는 것이 눈에 띄었다. 엇, 혹시...? 뭔가 느낌이 왔다. 음, 아닌가? 그냥 내 마음이 너무 간절해서 그렇게 보이는 건가. 하긴, 다른 나라 사람일지도 모르지. 에라, 모르겠다. 나는 다시 좌석에 고개를 묻고 곰곰이 다음 행로를 그려 보았다. 아무래도 택시나 리무진 버스를 타는 게 좋을 것 같다. 한 30분이면 도착할까. 돈은 또 얼마나 나올지 가늠조차 안 된다. 비용 좀 아끼겠다고 머리 썼다가 이렇게 당하는구나. 역시 세상에 공짜는 없어. 힘들긴 하지만 좋은 배움이다. 아니, 그만 배워도 좋으니 누가 절 좀 오헤어 공항에 떨어뜨려 주세요. 흑흑. 제 캐리어랑 같이요. 흑흑.

비행기는 금세 미드웨이 공항에 닿았다. 나는 한시가 급해 죽겠는데 사람들은 참 여유로웠다. 난 일분일초가 급하다구욧!

하지만 맨 끝자리라 어쩔 수 없이 줄을 서서 기다리는데, 아까 보았던 까만 머리의 중년 남성이 저 앞에 서 있는 것이 보였다. 화물칸에 실은 가방이 나오기를 기다리고 있는 듯 했다. 미네소타에 있었던 일주일 중 가장 큰 용기를 냈다.

"저기... 혹시 한국 사람이세요?"

"아, 네."

"앗, 그럼 혹시 오헤어 공항..."

"맞습니다. 지연이 되는 바람에 우선 여기로 왔어요."

오, 세상에!! 알고 보니 그분은 출장으로 미국에 오신 모 기업의 부장님이셨다. 그분의 가방은 금세 나왔다. 기내용 캐리어의 경우, 기내 선반에 싣거나 이렇게 화물칸에 직접 실어 꼭 컨베이어 벨트에서 기다리지 않더라도 내리기 전에 바로 짐을 찾아 시간을 아낄 수 있다고 했다. 그때까지 기내용 캐리어를 써 본 적이 없던 나는 당장 다짐했다. 앞으로는 먼저 부치지 않고 기내용을 쓰리라. 진짜 절대 정말.

"그럼, 같이 가시죠. 근데 가방은요?"

"아, 가방...!!"

퍼뜩 정신이 들었다. 분명 이 비행기에 실어 준다고 했는데? 왜 안 나오지? 내 캐리어는 지금 어디에 있는 거야?

"아, 기내용 가방이 아니면 거기 있겠네요."
"네? 어디요?"
"거기요. 우리가 원래 타려고 했던 비행기."

하아. 역시 내가 잘못 들은 거였어. 하긴 비행기도 10분 만에 엄청 뛰어서 탔는데 무슨 수로 그 사이에 가방을 옮긴담.

"그럼, 제 캐리어는 어떻게 되죠? 거기 중요한 자료가 많이 들었는데요."
"흠, 일단 공항 데스크로 가 봅시다."

이렇게 해서 나는 일분일초가 급한 상황이기는 하지만 일단 시카고 미드웨이 공항 사무실로 찾아갔다. 정말 감사하게도 그 분께서 기꺼이 동행해 주셨다. 공항 사무실에 도착해서는 주절주절 내가 지금 여기에 왜 왔고, 뭘 찾고 있는지 설명했다. 사실 내가 지금 왜 여기에 있는지 나도 잘 모르겠지만.
작은 사무실 안에는 책상 하나가 있고 그 앞에 분실물 담당 직원이 앉아 있었다. 마음이 급해서 그런지 내 눈에는 그녀의 모든 동작 하나하나가 슬로 모션처럼 느릿느릿 답답하게만 보였다. 보다 못해 그분이 내 대신 나서 분명하고 강한 어조로 또박또박 말씀해 주셨다.

"이건 당신들 잘못입니다. 우리 잘못이 아니니 꼭 찾아 주셔야 합니다."

"아, 네. 찾을 수 있을 거예요."

"비행기 지연에 대한 설명도 없고, 지금 우린 큰 손해를 보고 있다구요."

그사이 나는 내 것과 비슷해 보이는 모델을 손으로 가리키며 크기와 색깔을 말해 주었다. 최종 도착지는 인천공항이라고 거듭 강조했다. 왠지 내 캐리어가 나 없는 시카고 오헤어 공항에 도착해 컨베이어 벨트를 돌다가 어디론가 사라져 버릴 것만 같았다. 그분의 말씀이 효험이 있었는지 직원은 거듭 고개를 끄덕이며 알았다고 했다.

"이런 문제는 강하게 얘기하는 게 좋습니다. 우리 잘못이 아니니까요."

사무실을 나와 택시 타는 곳으로 바쁘게 걸어가며 그분이 조언을 해 주셨다. 확실히 내 식으로 말하다가는 일이 영 해결될 것 같지가 않다. 내가 전철을 이용해 가는 방법을 들었다고 하니 그분이 그랬다가는 또 비행기를 놓친다며 택시를 타자고 하셨다. 마침 기다리는 사람이 별로 없어 금방 탈 수 있었다. 탑승까지 이제 40분 정도 남았다. 다행히 내가 들고 있던 여정표에 '5번 터미널'이라는 정보가 있어 바로 그 앞에 내릴 수 있었다. 택시비가 한화로 8만원이 넘게 나왔는데 그분이 결제해 주셨다. 세상에! 너무나 감사했다. 택시는 딱 이륙 10분 전에 도착했다. 미드웨이로부터 이미 연락이 가 있었는지 날 보자마자 데스크의 직원이 또박또박 묻는다.

"엄태주 씨?"

오늘 대체 이름만 몇 번을 불리는 것인지. 네, 접니다. 한국계 승무원인 그녀는 얼른 나를 탑승하는 곳으로 데리고 갔다. 사람이 적은 비즈니스석 라인을 따라 가니 금방이었다. 마침 그분은 비즈니스석이라 갈림길에서 몇 번이나 감사 인사를 하며 헤어졌다.

그렇게 덜렁 자리에 앉았다. 숙소를 나온 지 겨우 6시간 만의 일이었다. 아직 하루가 절반이나 남았는데 밤을 샌 듯 온몸에 기운이 쫙 빠졌다. 눈을 감았다가 떴다. 모든 게 꿈인 것 같았다

내가 지금 무슨 일을 하고 온 거지? 쿠르르릉 하고 기체가 흔들리더니 비행기가 속력을 내기 시작했다. 이내 기체가 둥실 하늘로 떠올랐다.

내 캐리어는 지금쯤 어디서 뭘 하고 있을까. 저 땅끝 아래로, 책이 잔뜩 든 캐리어가 곤두박질치는 상상을 하는 것도 잠시 나는 이내 곯아떨어졌다.

한국 시각으로 다음 날 오후가 되어서야 인천공항에 내렸다. 짐 찾을 것이 없으니 가뿐하게 밖으로 나와 당장 공항 사무실로 쫓아 들어갔다. 미국에서 이쪽으로 연락을 해 준다더니 제대로 안 된 건지 어째 한국에서는 잘 모르고 있었다. 더 이상 뭘 바라나. 잘 돌아왔으니 가방을 못 받으면 뭐 운명이려니 해야지. 책이 좀 아깝기는 하지만.

그런데 공항 직원이 그쪽에다가 분명하게 잘 말했으면 아마 무사히 도착할 거라고 걱정 말라고 말해 주었다. 아마도 빠르면 오늘밤 아니면 내일 중 공항에 도착할 것 같은데, 도착하는

대로 택배를 통해 집까지 잘 보내 주겠다고 약속도 했다. 미심쩍었지만 할 수 있는 것이 없어서 집 주소를 꼼꼼하게 적고 일단 집으로 돌아왔다. 배낭 하나 덜렁 메고 빈손으로 터덜터덜 돌아오려니 뭔가 허전했지만 어쩔 수 없었다.

그리고 그날 밤.

띵동- 하더니 정말 인천공항에서 부친 커다란 택배가 도착했다. 내 캐리어였다. 지금까지 받아 본 택배 중 가장 큰 택배였다. 우왓! 드디어 왔구나!! 어디를 어떻게 구르다 왔는지 여기저기 때가 묻었지만 나머지는 모두 온전한 그대로였다. 한 가지만 빼고. 바로 손잡이 태그(Tag)에 붙은 도시명이었다. 시카고 오헤어 공항에서 무려 뉴욕 JFK 공항을 들렀다가 온 것이다. 나는 반갑기도 하고 샘도 나서 문간에 오래도록 세워 둔 채 괜히 투덜투덜 말을 걸었다.

"야, 너 혼자 뉴욕 갔다 오니까 좋냐? 나는 얼마나 고생을 했는데 씨이-" 하고.

이렇게 일주일간의 학회 일정이 비로소 끝났다. 집에 돌아오기까지 나를 스쳐간 무수한 도움의 손길들 덕분에 오늘도 다치거나 죽지 않고 잘 살아남았다. 내 목숨을 이어가기 위해 얼마나 많은 이들의 도움을 받고 있는지. 그런 생각을 하면 마음이 천천히 가라앉아 깊은 호수가 되는 느낌이다.

그곳에 찬찬히 나를 비추어 보며 오늘 밤을 맞는다.
여전히 살아 있다는 것은 당연한 일이 아니다.

삶에서 그 무엇도, 당연한 일은 없다.

보란 듯이 꺼낸 포춘 쿠키에는 웬 호러가

미국에 다녀온 건 겨우 일주일인데 온 세상 시차를 혼자 다 품은 것처럼 왜 이리 졸리고 힘든지. 귀국 후 일주일을 병든 닭처럼 꾸벅거리며 지내고 있다.

그래도 오늘은 모처럼 마음먹고 집을 나섰다. 한 달 만에 독서 모임 친구들을 만나는 날. 지난달에 학회 다녀온다고, 가서 많이 배워 오겠다고 호언장담을 하고 떠나서 다들 내가 들고 올 소식들을 궁금해 했다(고 혼자 믿고 있다). 미국에 가서 가장 크게 배워 온 건 역시 '비행기 환승 시간은 넉넉히 잡자'. 모두에게 알려 줘야지. 조금 비싸더라도 연결편을 타라. 그리고 피치 못할 경우에는 환승 시간을 넉넉히 잡아라. 아주 넉넉히.

잠시 자리를 비운 사이 정화가 애를 많이 썼다. 나 대신 이모저모를 챙겨 모임 날짜를 잡고 공지를 올리고 이번 달 참가자를 모아 주었다. 오늘 모임은 고속터미널역 근처에서 가졌다. 지난 세 달간 읽은 책들을 종합해 서로 소감을 나누고 이와 관련해 쓴 글을 발표하는 날이었다. 우리는 연초에 1년을 3분기로 나누어 분기별로 주제를 정해 서로 관련된 책 세 권을 읽기로 했었다. 그리고 나머지 한 달은 그에 대한 소감문 겸 에세이를 한 편씩 쓰기로 했다. 1분기 주제는 '공부'였다.

나는 미네소타 학회에 다녀온 후 느낀 점들을 글로 옮겼다. 과연 우리에게 공부란 무엇인가. 배운다는 것은 또 무엇인가. 수영, 혜린, 정화의 글도 크게 와닿았다. 수영은 그동안 읽어온 책 제목들을 중심으로 우리가 어떻게 고민하고 성장했는지 위트 있는 글을 남겼다. 혜린은 직장 생활을 하며 느낀 점들과 그럼에도 우리들이 포기하지 않고 다시 배워야 하는 이유에 대해 솔직한 마음을 썼다. 정화는 대학에 들어와 공부를 하고 직장을 얻고 생활을 하며 공부가 어떻게 자신을 살아 있게 했는지 썼다. 계속해서 자라고 있는 우리들이, 죽는 날까지 끝나지 않을 '공부'를 어떻게 하면 '제대로' 할 수 있을지 생각해 본 시간이었다.

'공부'만으로도 충분했던 시절을 지나 '공부'만으로는 안 되는 시기를 거쳐 다시 '공부'가 더 필요한 지금에 이르기까지. 다들 서로가 서로를 돌보지 못했던 시간을 이렇게 건너왔구나.

글에서 미처 다 말하지 못한 절망과 어려움들도 숨어 있겠지. 다들 밝게 웃으며 괜찮다고 말하고 있지만 괜찮지 않은 순간들이 더 많겠지. 나 역시 한껏 절망할 수 있어서 좋은 경험이었다고 웃으며 말했지만 돌고 돌아 지금 서 있는 이곳이 내게 정말로 어떤 의미인지. 이 하루하루가 정말 내가 바라던 그런 삶이 맞는지. 내 정수리에 서서 나를 내려다보며 스스로에게 묻는 순간에는 그저 침묵할 수밖에는 없는 것이다.

지금 나는 내가 원하던 일을 하고 있는가? 지금 나는 행복한가? 행복이 뭐지? 이런 생각을 하는 것 자체가 이미 행복하지 않다는 건가? 아니, 너무 행복해서 복에 겨워 그런가? 배가 불렀나? 학회에 다녀오고 다시 사무실에 나가고 일을 하며 생각이 더 많아졌다. 우리들은 지금 행복하게 살고 있는 것일까? 죽음을 향해 하루하루 걸어가는 이 순간들마다?

이런 이야기를 가감 없이, 자유롭게 할 수 있는 친구들을 가졌다는 사실이 다행스럽다. 모임을 마치고 자리를 옮겨 점심을 먹었다. 식사가 어느 정도 마무리되었을 즈음 준비해 온 선물을 꺼냈다. 바로 포춘 쿠키!! 새해도 연말도 아닌 4월에 갑자기 이런 걸 꺼내는 게 좀 그랬지만 모두에게 행운이 깃든 한 해가 되기를 바라며! 미국에서부터 포춘 쿠키 박스를 소중히 품고 왔다. 서로 기뻐하며 하나씩 나누어 가졌다. 그리고 쿠키를 쪼개 자신의 메시지를 보여 주기 바빴는데... 엥? 쿠키 안에 든 쪽지 속 내용들이 좀 이상했다.

뭐야? 이게 무슨 뜻이지?

보통 포춘 쿠키에는 올해 이런저런 일이 있고, 이런 면에서 어떻게 해라 뭐 이런 메시지가 들어 있지 않나? 내가 사 온 포춘 쿠키들에는 한 할아버지와 할머니의(아마도 부부인 듯) 대화 혹은 그들의 일상에서 벌어지는 일이 짤막하게 콩트처럼 담겨 있었다. 그런데 좀처럼 해석이 되지 않았다. 일종의 블랙 유머인가? 이렇게 저렇게 해석을 해 봐도 당최 이게 무슨 뜻인지. 왜 이런 게 포춘 쿠키에 들어가 있는지 모르겠다. 친구들은 와하하 웃는데 정작 나는 당황해서 아니, 이게 이럴 리가 없다며 꾸역꾸역 해석을 해 보았다.

기억에 남는 하나는, 할아버지한테 밤늦게 갑자기 웬 전화가 왔는데 그는 귀찮았던 나머지 전화를 확 끊어 버렸다(hang up). 그러자 다시 전화가 왔다. 할아버지는 전화를 받아 상대에게 당신이 찾는 그는 죽었다고(hang up) 대답했다. 음? 지금 'hang up'을 가지고 농담한 건가?

으익, 그게 뭐야!!!!

모두 쿠키를 하나씩 집어 들고 두려움에 떨었다. 이렇게나 '언 포춘'한 기운을 가진 포춘 쿠키라니! 나는 대체 뭘 사 온 거야?? 죽음학회에 다녀오더니 선물마저 이런 것을...! 보란 듯이 꺼낸 모처럼의 선물이 무색해졌다. 하지만 친구들은 해석이 잘 안 되어 오히려 기분 좋게 맛있게 먹었다고 했다. 참 다정들도 하다.

바보도 이런 바보가 없다

왜 마감일이 닥쳐서야 몸을 움직이게 되는 것일까?

작년부터 아르바이트로 스토리 각색 작업을 가끔씩 하고 있다. 오늘까지 원고 2개를 넘겨야 했는데 백날 머릿속으로 구상만 해 대다가 출장 가는 지하철 안에서 급히 첫 원고를 쓰기 시작했다. 미국에 다녀온 뒤 시차적응을 못해 근 2주는 그냥 날린 것 같다. 밤낮없이 왜 그렇게 졸음이 쏟아지는지. 출근 시간대라 자리도 없어서 한 손으로 노트북을 서빙하듯 들고, 나머지 한 손으로 키보드를 띄엄띄엄 두드리고 있자니 스스로가 굉장히 멋있기는 개뿔! 바보도 이런 바보가 없다.

다행히 자리가 나서 앉은 후에는 제법 써 내려갔다. 역시 나는 마감 효과에 두뇌가 파바박 움직이는 그런! 그러니까, 일종의 집중력이 좋은 사람이기는 개뿔! 그냥 게으른 거다.

일과를 마치고 사무실에 남아 나머지 원고 하나를 마무리 했다. '라면'에 대한 이야기였는데 그래서 그런가. 써 내려갈수록 라면이 먹고 싶어졌다. 뜨겁고 얼큰한 국물. 꼬불꼬불한 면. 맵싸한 향을 더하는 김치 한 조각. 아, 빨리 마무리하고 라면 한 그릇 사 먹고 들어가야지.

원고 전송 후 후다닥 뛰쳐나와 근처 식당에 들어가니 메뉴 중에 '짬뽕 우동'이 눈에 띄었다. 해물과 오징어, 조갯살, 파와 어묵이 푸짐하게 들어간 얼큰한 우동이었다.

비바람이 몰아치고 거리를 오가는 사람들도 점점 잦아들 무렵 식당 안에 드문드문 앉아 있던 손님들도 하나둘 자리를 떴다. 아유, 바람 한번 엄청 나네. 아저씨더러 마중 나오시라 그래에- 바람에 날아가면 어떡해- 아, 남편이 날아가지 않게 내가 가야지이- 어머! 뭐야아-! 까르륵 웃음이 터진 주방 어머님들의 수다. 달그락 달그락 부지런히 그릇을 씻으며 하루를 마감하는 그분들의 그런 자연스러운 대화가 참 따뜻했다.

어허이- 여기 한반도는 그나마 지진 안전지대라는데 그것도 모르는 일이지?

어디나 다 매한가지여.

어따, 바람 많이 부네-

다들 조심히 가소-

그려요오- 하고 문을 나서는 아저씨들. 후루룩 후루룩 우동을 먹으면서도 부지런히 밖을 보고 부지런히 대화를 엿들었다. 뭔가 두근거리는 밤이었다. 그러다 문득 아! 내가 한국의 어느 날 저녁, 일상 풍경 속에 자연스레 섞여 있구나. 그러니까 말하자면, 나도 풍경이 되어 몰래몰래 함께 하고 있구나, 알게 모르게 같이 살아가고 있구나 싶어 기분이 좋았다.

느지막하게 다 먹고 일어서는데 내가 나오자마자 식당 불이 꺼졌다.

기다려 주신 거구나.

다 먹고 일어설 때까지.

여유롭게 이야기를 하며, 서로 오늘에 대한 안부를 건네며.

돌이켜 보면 작고 사소해서 눈여겨보지 않던 순간들이다.

잘 돌보지 않았던 그 순간들에 물을 준 것은 누구였을까.

자라며 내게 풍경이 되어 주었던 수많은 사람들이겠지.

비바람이 미친 듯이 몰아쳤는데 뭔가 기분이 좋아 빙글빙글 웃으며 집으로 돌아갔다.

보고 싶어서, 라는 너의 메시지

어버이날이었다.

해마다 어버이날이 되면 괜스레 마음이 무겁다. 오래도록 제대로 된 딸 노릇을 못하고 있다는 죄책감 때문일까. 어디에서 기인하는지 모를 이 마음은 어떻게 해야 사라질 수 있을까? 대체 '제대로 된 노릇'이라는 건 뭘까? 정년까지 보장 받을 수 있는 안정적인 직장을 얻고 결혼을 하고 아이를 낳고 주말에 쉬고 평일에 일하고 그러면 그게 바로 '제대로 된 노릇'이라는 걸까? 하지만 그렇게 살기에 나는 너무 들쑥날쑥한 마음을 가졌다. 어느 곳에도 오래 머물지 못하는 성정을 가졌다. 낮에는 맥을 못 추고 밤에야 그나마 좀 불이 켜지는 머리를 가졌다. 이마저도 다 핑계가 아닐까. 그런 것마저 다 누르고 없애고 죽이고 나서야 제대로 살 수 있는 게 아닐까. 그러니 다시 '제대로 산다는 것'은 결국 무엇일까.

우리 부모님은 언제부터인가 이런 나를 조금씩 이해하고 받아들이려 노력하시는 것 같다. 하긴. 두 분의 깊은 속내까지야 나는 알 수 없다. 내가 없는 자리에서 두 분이 어떤 말씀을 주고받으실지 나는 모른다. 그냥 이렇게 사는, 바람 든 딸이 당신들의 두 번째 자식이려니 하시면 좋겠다. 그래도 나는 그렇게까지 나쁜 자식은 아닌 것 같은데. 아니, 그러니 나는 왜 이토록이나 경계에 서서 눈치를 보고 사는지.

오늘은 그러니까, 어버이날이었다.

매해 꼬박꼬박 챙기려 노력하지만 세월이 흐르고 나 혼자만 '여전한' 모습으로 뒹굴뒹굴 아무렇게나 살고 있다는 마음이 들수록 시골집에 잘 안 가게 된다. 혹은 여럿이 모일 때를 피해 혼자 훌렁 다녀오게 된다. 나는 잘 살고 있다고!!! 라고 스스로 이야기해 보지만 여전히 내가 사는 이런 모습들이 사실은 내 자신에게도 확신이 없는 모양이지. 그런 생각을 하면 마음이 또 무거워진다. 하지만 사는 일에 무슨 방법이 있나. 방법도, 답도 없는데 나는 어린 시절의 습관대로 자꾸만 모범적인 답을 찾고 싶어 하는 것 같다. 그러면서 가끔 학교에 나가 진로 관련 강의를 할 때면 '정답은 없으니 자유롭게 살라'고 주문을 해 대지. 표리부동하다, 나는. 어느새 내가 그토록 피하고 싶어 했던 어떤 어른의 모습을 닮아가고 있는 건 아닌지.

지난주에 시골에 다녀와 오늘은 안부 전화만 드렸다. 내내 집에 있다가 오후에 바람을 쐬러 밖으로 나갔다. 마침 보희가 집에 있다기에 오랜만에 얼굴이나 볼까 해서 사당역 즈음에서 만나기로 했다. 도착하니 점심 무렵이 되었다. 무엇을 먹을까 하다가 파전 골목이 있어 들어갔다. 슬렁슬렁 술을 마시고 이야기를 나누고 커피까지 한 잔 걸친 뒤 집으로 돌아오는 길. 문득 휴대폰을 보니 수아가 전화를 했다. 한창 술 마시던 시간에 왔다. 정화의 문자 메시지도 들어와 있었다.

태주야~~ 뭐해~? 우리 집 놀러올래? 수아가 놀러 왔는데 보고 싶어서~~

이런, 시간이 너무 흘렀다. 급히 답장을 썼다.

정화야! 그래서 전화를 했구나! 에구...

한 시간이 지나 답장이 왔다.

응응. 근데 생각해 보니 어버이날이라 부모님 댁 갔을 것 같더라 크크.

으아~ 너무 아쉽다. 흑흑. 다음에 또 불러 줘.

그러고 보니 정화의 출산이 얼마 남지 않았다. 이제 곧 어버이가 되겠구나. 우리들은 어느새 이렇게 먼 시간을 건너온 것일까. 재작년 집들이 때도 못 가 보고, 근처에 살지만 마음만큼 제대로 챙기지 못한 채 시간만 흘렀다. 벌써 늦봄이다. 참 빠르다.

분 내음 나는 작고 빛나는 세계를 볼 때면

지난번에 정화의 메시지를 받고 생각난 김에 아기 옷을 사러 다녀왔다. 서른이 넘고 친구들이 하나둘 결혼을 하면서 종종 선물로 아기 옷을 사게 된다. 누군가를 위해 선물을 사는 일엔 기분 좋은 설렘이 있다. 생명을 위한 일이라면 더더욱.

처음 아기 옷을 산 건 스물셋이 되던 2006년 2월. 프랑스 파리에서였다. 한 달 동안 배낭 하나 덜렁 메고 이곳저곳을 다니느라 잔뜩 추레해진 몰골로 마지막 나라인 프랑스에 도착했다. 몸도 지치고 마음도 헐거워져 남은 일주일은 그냥 길에 나앉아

개선문이나 구경하고 센강(Seine River)에서 음악이나 듣고 그랬다. 겨울이라 그런지 내내 어둡고 가끔 비가 흩뿌렸다. 그날도 그렇게 길가에 앉아 사람 구경을 하고 있는데, 문득 사촌오빠 내외에게 곧 예쁜 아기가 태어날 것이라는 데 생각이 미쳤다. 그러자 아기에게 선물을 해 주고 싶다는 마음이 들었다. 당시 함께 여행 중이던 친구 선화에게 툭 던졌다.

"아기 옷을 사고 싶은데 어디로 가야 할까?"

그때만 해도 아직 스마트폰 같은 문명의 이기가 없어 책 한 권 달랑 들고 이 나라 저 나라를 돌고 있던 터였다. 파리에선 대체 어디를 가야 아기 옷을 살 수 있지? 일단 눈대중으로 파리 골목을 돌며 이쯤이려니 싶은 곳들을 찾아다녔다. 그러다가 정말 우연히 발견한 아기 옷 가게. 엄밀히 말하면 아동복을 파는 곳이었는데 한쪽 구석에 신생아용 옷들도 걸려 있었다. 아기자기한 그곳이 얼마나 반가웠는지. 당장 뛰어 들어갔다. 안 되는 언어로 어버버버 내가 찾고 있는 것을 설명했는데 사실 아기 옷을 사는 건 처음이었기 때문에, 나도 내가 뭘 원하는지 잘 몰랐다. 직원과 한참 동안 주거니 받거니 물음표만 그리다가 간신히 골라든 것은 눈처럼 새하얀 턱받이와 모자.

지금 생각해 보면 그냥 가재 손수건도 괜찮고, 내복도 좋았을 텐데. 아기가 커서도 꽤 오래 쓸 수 있는 유용한 선물들 대신 나는 왜 그런지 모자와 턱받이를 골랐다. 특히 모자는 신생아용으로 나와 아주 작았는데, 한 달만 지나도 못 쓰지 싶은 그 작은 것을 나는 경이로운 마음으로 들여다보다가 덜컥 사 버린 것이었다.

눈처럼 새하얗고 보들보들한 모자 그리고 턱받이.

우리들도, 모양새는 다르지만 이런 작고 작은 세계에서 살다가 여기에 건너와 있는 거겠지. 이런 말들을 주고받으며 행여 구겨질까 닳을까 가방 구석에 곱게 모시고 다녔다.

사촌오빠는 그해 2월 22일에 예쁜 딸을 낳았다. 그리고 아기는 쑥쑥 자라 벌써 열한 살이 되었다. 나중에 지나가듯 새언니에게 그 이야기를 하니 프랑스에서 사 온 선물 너무 잘 썼다고 고맙다고 했다. 너무 작아서 한 달은 쓰셨나 모르겠다.

하지만 유용함의 정도와는 별개로 나는 그 선물을 생각하고 사고 들고 다니는 동안 얼마나 설레고 좋았는지 모른다. 아기의 분 냄새가 나는 듯 포근포근하고 작고 앙증맞은 세계. 잊고 살던 그 작은 세계를 소중히 품에 안아 보는 시간이 너무 좋아서 이런 날은 자꾸만 웃음이 난다.

십 년 전 그랬던 것처럼 나는 오늘도 조심스레 아기 옷 가게에 들어가 이런저런 옷가지들을 살펴본다. 그 사이에 다양한 아기 선물들을 골라 봤다. 우주복도 있고 알록달록 생활복도 있지만 결론은 늘 작고 하얗고 포근한 내복이다. 아기가 쑥쑥 자라 얼른 이 내복이 작아졌으면. 그래서 이 분 내음 나는 작고 작은 세계를 지나 더 큰 세계로 더더 큰 세계로 자꾸자꾸 나아갔으면.

정화의 아기는 이달 말에 태어난다고 한다. 그때면 벌써 여름이니 얇은 여름 내복을 추천 받았다. 흰색 바탕에 진청색 무늬가 귀엽게 박힌 내복을 샀다. 아기가 좀 더 크면 여러 가지 장난감들도 사 주고 싶다. 세상을 가슴에 품은 큰 사람으로 자라면 좋겠다. 아- 이래서 자식이 생기면 부모의 마음이 자꾸만 투영될 수밖에 없나 보다.

곱게 포장된 내복을 봉투에 담아 들고 돌아오는 길. 어서 전해 주고 싶다. 정화가 기뻐했으면 좋겠다. 그 얼굴만 봐도 기쁠 것이다.

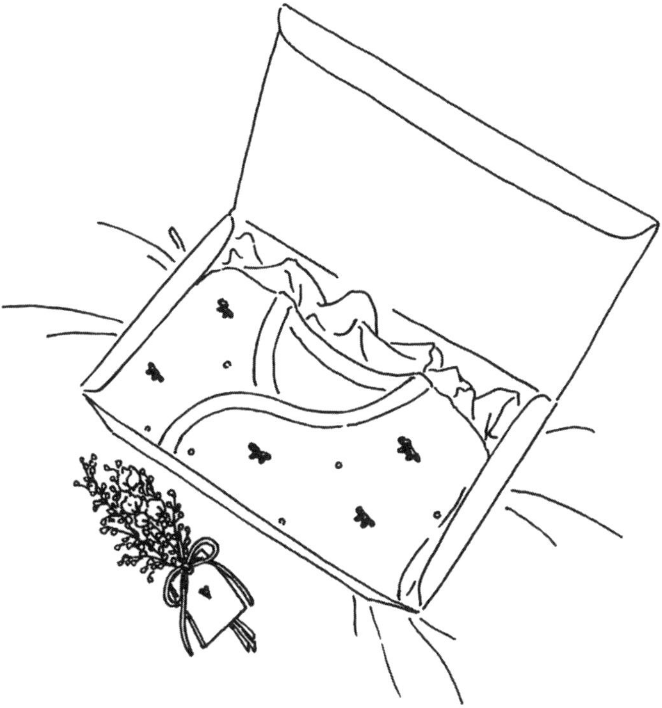

| 후일 첨가 |

정화가 아들을 낳았다. 이제 슬슬 더워질 때라 힘들지는 않은지 모르겠다. 사진을 독서 모임 커뮤니티에 올려 주었다. 아기가 너무너무 귀엽다. 어쩌면 이렇게나 작고 귀여울까.

방, 그 밤 어둠 속에 박혀 숨죽이던 순간들

나는 얼마 전까지 원룸에서 살았다.

원룸도 엄연히 하나의 집이건만 나는 3년간 그곳에 머물며 한 번도 '집'이라고 부른 적도 생각해 본 적도 없다. 그곳은 늘 내게 그저 '방'이었다. 집에서 '산다'는 느낌이 아니라 뭐랄까. '버티고 있다'는 느낌이랄까. 세상이라는 험한 산의 중턱까지는 어찌어찌 왔는데 날씨 때문에 오도가도 못 하게 되어 어쩌다 비박을 하게 된 곳이 바로 그곳인 것만 같은 그런 마음이었다.

지하철역을 빠져 나와 한동안 걷다 보면 원룸으로 향하는 좁은 골목길이 나온다. 골목 초입 양옆으로는 낡은 숙박업소 두 곳이 얼굴을 마주 보고 서 있다. '최고급 물침대 완비'나 '최신 영화'와 같은 글귀가 세월에 바래고 흐려져 역설적인 풍경을 만들어 내던 곳. 골목길을 따라 50미터 정도 올라가면 보이는 5층 빌라 건물의 2층이 내가 살던 곳이다.

쉬이 어둠이 내리고 좀처럼 햇살이 들지 않던 그 방은 잠조차 느리게 왔다. 자주 불면에 시달렸고, 골목으로 난 창에 나무 그림자라도 비치면 괜히 흠칫 놀라곤 했다. 그곳에선 무엇을 해도 기쁘지 않았다.

가끔 골목길을 오가는 술 취한 중년 남자들이 툭툭 부딪혀 오거나 왁! 하고 장난처럼 나를 놀라게 하는 순간들이 있었다. 그럴 때면 당장 울음이 터질 것 같은 마음으로 방을 향해 뛰곤 했다. 대체 왜들 그랬는지. 쿵쿵대는 가슴을 진정시키며 방으로 뛰어 들어가던 길엔 늘 '도우미 항시 대기' 같은 전단지들이 아무렇게나 흩뿌려져 있었다. 그렇게 방에 들어가고도 한동안은 어둠 속에 박혀 그림자처럼 숨죽이고 있었다. 혹시나 누가 보고 있지는 않을까. 내가 사는 곳이 들키지는 않을까. 정신병자가 된 것 같았다. 망상이겠지. 하지만 무서웠다. 실제로 어느 날 밤엔 빌라 앞을 웬 모자 쓴 남자가 서성이고 있었는데 담배를 피우는 것도 아니고, 빌라를 뚫어지게 보고 있어 현관 비밀번호를 누르고 들어가면서도 무척 겁이 났다. 방에 들어가고도 한참 동안 불을 켜지 않고 밖의 동태를 살피는 습관이 든 건 그때부터이다.

내가 어쩌다 이렇게 된 걸까. 열심히 살았던 것 같은데. 내게 남은 것은 다달이 내야 하는 월세와 금방이라도 누군가 쳐들어올 것 같은 종잇장 같은 방과 사람에 대한 두려움이라니.

얼마간을 그렇게 어둠에 묻힌 채로 가만히 있다가 스르르 일어나 불을 켜면 아침의 풍경 그대로 남아 있던 방.

아무런 무기 없이 전쟁터에 던져진 것처럼 막막함이 몰려왔다. 아무나 나를 좀 이곳에서 꺼내 줬으면 좋겠다고. 그냥 누군가 나를 이 시간에서 끌어내어 저 먼 시간으로, 아주 오랜 과거나 아주 멀고 먼 미래로 던져 버렸으면 좋겠다고. 그런 말들을 중얼거리고 있노라면 으레 눈물이 솟았다.

나는 그곳에 살고 싶지 않았다.

원룸에 살고 싶어 사는 사람이 어디 그리 많겠는가마는 나는 정말로 그곳에는 살고 싶지 않았다. 하지만 별다른 대안이 없었다. 부모님의 귀농과 오빠의 결혼으로 원가족이 해체된 후에야 깨달았다. 혼자가 된 이후를 알아서 잘 살 수 있도록 미리 준비를 했어야 했는데, 나는 너무나 준비가 안 된 사람이었다. 서른 가까이 되도록 여기저기를 흘러 다니다가 취업 막차를 간신히 탄 직후라 변변한 저축도, 뚜렷한 미래에의 계획도, 아무것도 없었다. 예정된 수순처럼 그 원룸에 흘러 들어간 것은 사실 누구의 잘못도, 실수도 아닌 자연스런 결과였다.

한 1, 2년 그곳에서 살다가 곧 시집을 가겠지 하는 부모님의 계산도 없지는 않았겠지만. 그것이 나의 계획은 아니었으므로 나는 그곳에서 수용된 죄수마냥 벌을 받듯 하루하루를 버텼다.

그곳에서 유일하게 나를 위로하던 것은 창 가까이 서 있는 가로등이었다. 밤이면 붉게 번지는 빛에 기대어 낮 동안의 피로와 우울감을 희석하곤 했다. 하지만 창 때문에 괴로운 순간도 있었다. 창은 골목을 향해 나 있었는데 그 옆으로 배관이 길게 건물 외벽을 따라 올라가 있었다. 마음만 먹으면 누구든 배관을 타고 오르내릴 수 있지 않을까. 스산한 소식이 많은 계절이면 괜히 그런 이상한 상상에 사로잡혀 창을 잠그고도 불안에 떨며 잠을 자는 둥 마는 둥 했다. 돌이켜 보면 괜한 걱정이었나

싶지만- 그땐 서성이는 사람 그림자만 봐도 무서워서 잠을 이루지 못한 밤도 많았다.

무엇보다 고역은 한여름 밤이었다. 비염 때문에, 옵션으로 설치돼 있던 에어컨은 장식으로 두고 땀을 비 오듯 흘리며 지냈다. 창문을 열면 될 일이었지만 그곳에선 아무리 더워도 창문을 꼭꼭 걸어 잠그고 잤다. 그런 날 밤에는 이상한 꿈을 많이도 꾸었다. 안 좋은 상상도 많이 했던 것 같다. 왜 나쁜 생각은 더 오래, 깊숙하게 이어지는 걸까? 그 때문일까. 원룸에 살았던 그 여름의 풍경들이 어땠는지 잘 기억나지 않는다. 기억하고 싶지 않은 것 같기도 하다. 그저 대문을 열면 훅- 하고 달려들던 숨 막히는 열기로 남아 있다. 그 뜨겁고 축축하던 습기.

밤새 지글지글 익어가는 고기처럼, 아무리 노력해도 잠이 오지 않는 그런 날 밤엔 곧잘 울었다. 왜 우는지도 모른 채 우는 밤이 길었는데, 정말 왜 울었던 것인지. 스스로도 알 수 없었지만 나는 계속 울었다.

아마도 학창시절부터 입고 있었던 모범생이라는 옷을 여전히 못 벗어서. 자주 사람들 앞에 서는 직업을 가졌다는 사실 때문에. 그게 뭐라고 정말. 그런 것들이 내게는 '나는 끝까지 괜찮은 사람이어야 한다'는 강박처럼 자리하고 있었나 보다. 괜찮지 않은데 괜찮은 척 살려니 몸과 마음이 모두 고장 난 것처럼 아팠다. 그런데 아픈 줄도 몰랐다. 그런 상태로 3년을 보냈다. 매일 밤이 관 속에 누운 것처럼 이렇게 사는 오늘이 과연 언제나 끝날까. 끝에는 무엇이 있을까. 한없이 침몰하는 기분이었고, 내일이 오는 것이 싫었다.

그럼에도 전국을 떠돌며 청소년들을 만나 희망적인 미래를 이야기하고, 새로운 꿈에 대해 이야기했다. 어떻게 하면 더 나은 진로를 고민할 수 있을지, 대학 입시라는 정글에서 살아남을 수 있을지 끊임없이 내일을 이야기했다. 그런 날 집에 돌아와 자리에 누우면 무척 허탈했다. 불쑥불쑥 화도 났다.

꿈을 찾으라고, 열심히 살라고, 하고 싶은 걸 하라고. 나는 그렇게 배웠고 배운 대로 했는데 왜 난 지금 이 순간이 괴로운가. 왜 이렇게 살고 있나. 노력이 모자랐나? 능력이 부족한가? 더 치열해야 할까? 나는 아직 멀었나? 난 지금 대체 뭘 하고 있는 걸까? 왜 삶이 더 나아지는 게 아니라 더 몰락하는 것 같지? 왜 행복이 자꾸만 달아날까? 서른이 넘어서도 이렇게 살 줄은 몰랐는데. 돌아보니 가족도, 친구도, 무엇도 내게는 가까이 있는 것이 없구나. 성인이 되고 십 년 동안 나는 뭘 한 걸까. 추락하는 것에는 날개가 있다고 했나 없다고 했나. 아니, 애초부터 날개란 게 있었나. 추락하고 있는 것 같다. 그러니 내가 교육학을 배웠답시고 아이들 앞에 서서 미래에 대한 희망을 가지라 어쩌라 하는 것부터가 우스운 일 아닌가. 내가 이런데, 이런 꼬락서니로 누가 누구한테. 대체 뭘.

다들 그렇게 산다고 너만 그런 게 아니라고 배가 불렀다고 아직 멀었다고. 지금에야 그런 말들에 고개도 제법 끄덕일 수 있게 되었지만 그때는 우울감이 극에 달해 아무것도 들리지 않고 아무것도 보이지 않았다. 쓴 조언도, 달콤한 위안도 그것을 견뎌낼 수 있는 사람에게나 가능한 이야기라는 것을 그 시절을 벗어나서야 조금씩 깨닫고 있다.

그럼에도 그 방에서 여러 날 여러 계절을 어떻게든 보낼 수 있었던 얼마간의 이유가 있다면, 그건 자주 창밖으로 쏟아지던 빗방울들 때문이었다. 깊은 밤, 비가 내리면 창문 옆 가로등 불빛을 타고 흐르던 빛나는 물기들.

그렇게 밤을 지나고 다음 날 아침 말갛게 갠 거리를 걸으며 비가 짚고 간 자리마다 남은 짙은 풀향 같은 것들을 생각했다.

살아 있는 모든 생명들은 살아 있어 아프겠지.

아프지만 어떻게든 살고 있는 걸 테다. 어떻게든. 자주 울면서도, 어떻게든.

반갑게 고개를 끄덕이던 푸른 섬의 아이들에게

쌤- 제주도 사람이에요?

왜, 그래 보여?

그냥 물어봤어요.

어, 제주도 사람이야-

진짜요오?

아니, 사실은 서울 살아.

아, 뭐야아-

쌤! 서울 좋아요?

늬들은 어때? 제주도 좋아?

제주도 좋아요.

서울은, 나는 별로 안 좋아해.

왜요오?

글쎄……

쉬는 시간을 틈타 아이들이 개글개글 웃으며 이런저런 질문들을 던졌다. 나도 장단을 맞추며 빙글빙글 웃었다. 무더위에 땀을 뻘뻘 흘리면서도 책상 앞에 다소곳이 앉아 있던 아이들. 한번은 시작 시간이 가까웠는데 한 명도 안 와서 왜 그런가 했더니 교실이 너무 더워서 음악실에 있었단다. 음악실은 왜 갔어? 거기가 가장 시원하거든요. 거기서 뭐 했어? 피아노 쳤어요. 계속 있고 싶었겠다. 에이- 그래도 와야죠.

그래도 오게 만드는 것, 은 무엇일까.

여름 들어 제주도에 수업 차 짧게 다녀왔다. 그래도 제법 멀리 떠나는 양 새벽부터 짐을 부려 공항에 나앉아 있노라면 이상스레 기분이 좋았다. 커다란 짐 가방들을 이고 지고 저 많은 사람들은 다 어디로 가는 것일까. 어디에서 자고 어디에서 먹고 무엇을 보고 무엇을 생각하며 이 여름을 보내고 있을까. 휴가, 라는 말 속에는 얼마나 많은 풍경과 시간들이 담겨 있는지. 제주도에 세 번째 내려온 날 아침 공항에서 휴가 삼아 내려온 만큼 휴가다운 무엇인가를 해야겠다고 마음을 먹었는데 돌이켜보니 푸른 섬의 아이들을 만난 것. 그게 휴가였다.

쌤! 이거 먹어도 돼요?

아이들과 한참을 북적이며 마시멜로 챌린지 게임을 하고 난 직후였다. 어떤 녀석이 내 대답을 듣기도 전에 마시멜로를 낼름 먹어 버렸다. 분명 게임 시작 전에 마시멜로는 먹지 말고 다시 내라고 했는데 못 들었거나 안 들었거나. 나는 짐짓 엄숙한 얼굴로 야, 그거 엄청 오래된 거야! 너 인제 배 아프다- 그래 보았다. 억! 진짜요? 친구들도 신이 나 얼레꼴레 놀리는데 문득 천연덕스러운 얼굴로 에이 몰라, 안 죽어 안 죽어 그런다. 그래, 마시멜로 하나쯤 먹으면 어떠냐. 또 사면 되지. 누구에게랄 것도 없이 내가 먼저 나서서 큰 소리로 그랬다. 그래그래! 그래! 그래그래! 도돌이표처럼 여기저기서 툭툭 그래그래가 튀어 나왔다.

정신없이 이런저런 시간을 보내고 마지막 두 시간을 남기고

서는 한 명 한 명 앞으로 불러 자기소개서 쓴 것을 봐 주는데, 헉헉대며 뒤늦게 뛰어 들어온 아이 중 하나가 내 옆으로 안 오고 멀찍이 떨어져 앉는다. 왜, 이쪽으로 와. 아니요, 여기 앉을게요. 왜, 이리로 와야 쓴 걸 같이 보지. 아- 그게- 망설이던 아이가 조심스레 입을 열었다. 땀 냄새가 나서요. 야, 뭐 어때! 괜찮으니까 여기 앉아. 아니에요. 너 엄-청 뛰다 왔구나? 네에- 뭐 했는데? 축구요. 축구 좋아해? 아오, 좋죠. 그러고 보니 체육과 지망생이다. 체육 전공해서 뭐 하고 싶은데? 생활 체육을 정착시키고 싶어요. 오호- 우리나라는 체육이, 너무, 그니까 너무 선수 쪽으로만 발달했잖아요. 그렇지. 그래서 일상에서 좀 즐기는 게 부족하고, 기초나 바탕도 없고 그렇잖아요. 그렇지. 그래서 약간 행정 쪽? 그런 거 해서 우리나라 체육 기초랑 문화를 좀 튼튼하게 만들고 싶어요. 멀찍이 떨어져 앉았는데도 목소리가 또렷하게 잘 들린다. 수줍어하면서도 자분자분 말을 참 잘한다. 근데 쌤- 응?

...대학에서 절 뽑아 줄까요?

아이의 눈이 참 똘망하니 빛나기도 한다. 음, 어디 보자아- 생활기록부를 들여다보면 합불이라도 적혀 있는 양 괜히 서류를 뒤적뒤적해 본다. 사실 나는 모른다. 붙을 수도, 떨어질 수도 있는 전국 단위의 경쟁에서 무엇이 아이를 붙게 하고 떨어지게 하는지 나는 모른다. 그건 모르지 하려다가 종이를 들여다보며 시간을 벌었다. 있잖아- 네. 아이들은 대답을 참 잘한다. 학교는 말이야- 네. 다시 아이의 눈을 보았다. 반짝- 반짝-

반짝이는 아이들을 뽑고 싶어 하거든.

네??

그러게. 아오, 이게 무슨 말이야. 말이야 방구야 뭐야. 하지만 짐짓 목소리를 가다듬고 그래 본다. 반짝이는 아이들을 원한다구. 오- 하고 아이는 금세 생각하는 눈빛이 되었다. 애, 생각하지 마. 그냥 해 본 말이야. 차마 그렇게는 이야기를 못하고 급히 살을 붙였다. 그러니까, 대학은 정말로 여기를 오고 싶어서 반짝반짝하는 아이들을 뽑고 싶어 하거든. 일단 성적은 이 정도면 준수하니까, 자기소개서로 네가 방금 나한테 말했던 그 하고 싶은 일 있지. 네! 그걸 잘 표현해 봐. 아하- 누구나 던질 수 있는 그냥 그런 말을 듣고도 아이는 반갑게 고개를 끄덕인다. 미안하고 고맙다. 잘 되었으면 좋겠다. 누구라도, 정말 누구라도. 남쪽 끝 섬부터 저 북쪽 꼭대기 그 끝까지. 사람이란 사람은 모두, 삶이란 삶은 모두, 생명이란 생명은 모두. 순하게 잘 살았으면 좋겠다.

야아- 그런 거 엄-

제주도 아이들은 끝말을 짧게 툭툭 끊어가며 이야기했다. 야, 그거 인? 아니, 언- 야아, 너 그런 거는 엄- 서로 그거 있냐고, 아니 없다고, 야, 너 그런 거는 없다고.

전국을 떠돌며 만난 아이들은 나고 자란 곳의 말씨를 썼다. 말꼬리를 수줍게 올리고 내리며 길게 끌거나 짧게 끊으며 박장대소를 하고 개글개글 떠들며-

몇 가지 자기소개서 문항으로, 생활기록부의 알파벳으로, 숫자로 이리 재고 저리 재다가 문득 하늘을 보았는데 제주도라 그런가 여름이라 그런가 그냥 시절이 그런가 깊고 푸르러서 뭔가 좀 아팠다.

사람은 제가 나고 자란 곳의 계절을 닮는 것 같다.

붉은 볼을 하고 씩- 웃던 A

은행잎은 어디에서부터 물드는 것일까.

한쪽은 노랑 한쪽은 파랑의 은행잎을 보았다. 아무 연관도 없이 A가 생각났다.

A를 처음 만난 것은 3년 전 겨울, 청소년 대상 진로 캠프. 여기에 오느니 차라리 죽어 버리겠다는 얼굴로 A는 내내 책상 위에 엎드려 있었다.

가끔 얼굴을 드는 것은 쉬는 시간, 담배를 피우러 갈 때. 눈이 크고 마알간 그 아이는 스스로를 골초라고 했다.

사실 제가 암에 걸려서 아이를 잘 돌보지 못했어요.

푸석한 얼굴의 엄마는, 아이를 내게 맡기며 슬픈 눈으로 그렇게 말했다. 아이를 내게 맡기며. 그러니까 나한테, 나한테 아이를 맡기며.

아이의 눈이 엄마를 많이 닮았다.

담배 좀 끊지 그래.

아오- 노력해 봤죠. 근데 잘 안 돼요.

그래, 노력해도 잘 안 되는 게 많더라.

엄마는 아침에 아이를 데려다주고, 저녁에 데리러 왔다. 아이는 끊임없이 툴툴댔고, 엄마가 어깨동무하는 걸 불편해했다.

내일은 두 대만 줄이자. 쉬는 시간 하나를 건너뛰란 말이야. 담배 피우러 가지 말고 나랑 놀아.

아오- 쌔앰-

왜에 이 자식아-

결국 A는 담배를 끊지도 줄이지도 못했다. 그래도 캠프가 끝나갈 무렵에는 좀 더 잘 웃었고, 고개도 반짝 들고 있었다. 그렇게 나는 A를 잊었는데.

어느 날 봄에, 그러니까 그게 그 다음 해 봄이던가. 그 다다음 해던가. 불쑥, A가 찾아왔다. 회사 인터폰으로 누가 날 찾는다고. 문밖에서 기다린다고.

누구지? 누구지?

회사 현관 밖 맞은편 전봇대 뒤에 숨어서 빼-꼼 보고 있는 건 그 녀석 A.

이야아- 어쩐 일이냐, 여기까지! 담배는 좀 끊었어?

아오- 그래도 쫌 줄였어요-

그래, 그럼 됐다.

어머니는 안녕하시고, 라고 왠지 못 물어보겠더라. 그래서 가족은 건강하시고, 라고 물었다. A가 가만히 고개를 끄덕였다.

이 생에서 아이 하나를 길러낸다는 것은 어떤 의미일까. 그리고 은행잎이 물드는 만큼 가을이 오는 걸까.

날이 제법 선선해졌다.

밤과 새벽 사이를 홀로 나는 어린 엄마들

어느새 완연한 가을이다.

이번 여름 더위는 정말 지독했다. 9월이 되고 서늘한 바람이 불었을 때 얼마나 놀랐는지. 이 대기가 이런 바람을 보낼 줄 안다니. 흡사 겨울이라도 온 것처럼 사람들은 긴 팔을 꺼내 입는다 어쩐다 하며 훅 밀치고 들어온 가을을 반겼다.

어제 독서 모임이 있었다. 오랜만에 만나는 친구들. 가을이 되어 만나니 더욱 반가웠다. 카페에서 서로가 써 온 글을 읽었다. 나는 9월 초에 쓴 글을 낭독했다. 출근길에 본 반은 노랗고 반은 파란 은행잎을 생각하다가 문득 떠오른 A와의 일을 쓴 글이다.

그 글을 보고 어제 자정이 넘은 시간에 정화가 댓글을 달았다. 안 그래도 육아로 힘든 시간을 보내고 있다는 이야기를 얼핏 듣고는 걱정했었다. 그러고 보니 아직도 아기 옷을 주지 못했다. 백일 남짓 된 아기의 엄마로 새로운 하루하루를 보낸다는 것은 어떤 걸까. 자정 너머까지 잠 못 이루고 아기를 보며 뒤척이는 밤이 길겠지. 감히 짐작도 되지 않는 그 마음을 헤아려 볼 때면 왜 그런지 아득한 마음이 된다.

A와 있었던 일을 쓰며 말미에 '이 생에서 한 아이를 길러낸다는 것'이 어떤 의미일까 질문을 던졌다. 그 질문에 정화가 응답하듯 단 댓글 밑에 보고 싶다고 다시 댓글을 달았다. 한번 보러 간다는 것이 계절이 바뀌고도 아직이다. 아기 옷을 넣어 놓은 옷장 문을 열 때면 늘 생각이 났는데 어쩌면 이렇게도 난. 여름 내복을 사 놓고. 이러다 못 주지 싶다.

저녁에 메시지를 보냈다. 네가 돌아오길 기다리고 있다고. 보고 싶다고. 태주야- 라고 다정히 이름을 불러주는 정화. 이 시간을 잘 견뎌 보겠다고. 가을이 지나고 보자고. 잘 지나기를.

이 밤과 새벽 사이를 어린 엄마들은 어떻게 지나고 있을까. 엄마가 처음이라 낯설고 힘들겠지만 그 모두가 건강하기를.

보이지 않는 얼굴을 하고 오는 층간 소음

쿵쾅거리는 소리에 번쩍 눈을 떴다. 새벽이었다. 밖은 아직 어두웠다. 베란다를 향해 두다두다 달리는 소리. 홱 문을 여는 소리. 다시 문을 닫는 소리. 이번에는 부엌을 향해 달리는 소리. 왜냐고 묻고 싶지만 누구에게 물어야 할지 몰라 이불을 뒤집어썼다. 여전히 벽을 따라 전해지는 진동에 머리가 울렸다.

제발, 익룡이 되어 주세요.

소음과 진동 때문에 이렇듯 고통 받게 될 줄은.

퇴근하면서 녹차 카스텔라 롤을 하나 샀다.

이번에야말로 올라가서 이야기해 보리라. 내 불면의 밤들을 덧대 주고 있는 분들께 드리는 마지막 전언의 마음으로 초인종을 누르는데, 아무도 없다. 아니, 이게 아닌데. 누구든 좀 나와 주세요. 내의 바람으로 복도에서 담배를 피우던 아저씨가 나를 힐끔힐끔 본다. 누가 봐도 수상한 느낌으로 1XXX호 앞을 서성이는 내가 좀 싫었던 순간이다. 시간이 일렀나 싶어서 잠자코 집으로 내려와 한참을 누워 있다가 다시 벌떡 일어났다. 쿵쿵- 오호라! 오셨다! 오셨어! 밖이 좀 더 어두워졌다. 저녁 8시가 조금 넘은 시각. 입구에 놓아둔 카스텔라를 집어 들고 다시 나서는데, 복도도 층계참도 너무 깜깜하다. 층간 소음 항의했다가 해코지를 당하거나 죽었다는 사람이 있었나. 엄마는 나의 결연한 마음을 듣고서는 최근 어떤 번역가가 층간 소음 문제로 항의했다가 이상한 사람한테 잘못 걸려서 망치로 머리 맞은 이야기를 해 주셨다. 그러면서 내 귀가 좀 예민하다고 하셨다. 확실히 그런 것 같은데, 돌이켜 보면 어린 시절에 열감기로 귀를 좀 상한 후로 유독 소리와 진동에 민감한 것 같기도 하고. 아무튼 감사해요, 우리 어무니. 간신히 솟아났던 용기가 쪼그라들었어요. 그런데 이대로 있다가는 정신병에 걸릴 것 같다. 어느 쪽이든 위험하니까 속 시원히 말이나 해 보자.

저기요, 아래층인데요. 저기 잠깐만 드릴 말씀이…

어두운 복도를 뚫고 그 집을 찾아가면서 중얼중얼 미리 연습을 해 보는데, 뭔가 불길하다. 기척도, 빛도 없다.

혹시나 해서 초인종을 눌러 보았다. 젠장- 아직이다. 깊숙이 눌러 쓴 모자처럼 보이지 않는 얼굴을 하고 오는 소음들. 소음의 주체들. 다시 뒤돌아 집으로 내려오는데 허탈하고 무기력했다. 이제 그 사람들이 올 시간이 되면 가슴이 먼저 알아차리고 마구 뛰기 시작한다. 집에 돌아와 문간에 카스텔라를 기대어 두고 다시 침대에 벌렁 누웠다. 이상스레 고요한 저녁. 아마도, 밤 열한 시 무렵이 되면 또 쿵쾅대겠지. 역시나 자정이 되어가는 지금, 윗집은 무한한 존재감으로 쿵쿵쿵 밤을 걷고 있다. 새벽이 되면 다시 뛰려나- 아니, 그러니까 이렇게 쬐그만 집에서 왜 뛰는 건가요. 그게 참 궁금해. 그렇게 빨리 뛰어서 단축하는 시간을 어디에 쓰시는 건지. 어린 아이들이라면 그나마 조금이라도 이해를 하겠는데 말이다.

그렇다. 내 위층에 사는 사람들은, 다 큰 어른이다. 내 또래 남매를 데리고 사는 중년의 여인. 이 세 식구가 사는 집을 나는 지난해 가을에 잠시 들여다본 적이 있다.

저, 아래층에서 왔는데요...

이사 왔다고 인사도 하고 층간 소음 문제도 해결해 볼 겸 고구마를 삶아 들고 간 그곳에서 나는, 세상에서 가장 피로하고 우울한 눈을 가진 중년의 여인을 보았다. 그 눈을 본 순간 아무 말도 할 수 없어서 하려던 말의 10%도 제대로 못 하고 돌아섰던 기억. 그래서 저녁에 가려던 건데 아무래도 내일 오전에 다시 들러야겠다. 역시나 다시 그 눈을 보면 하려던 말의 10%도 제대로 못 하고 돌아설 것 같긴 하지만.

그리고 무엇보다 목소리가 큰 아들을 그 중년의 여인은 이기지 못할 것 같다. 내가 전한 말의 절반이나 전달이 되었을까. 두 번째도 허탕치고 돌아왔다는 말에 엄마는 그 사람들 집 보러 간 거 아닐까 하셨다. 순간, 조금 기뻤다. 그러니까 이건 결국 어느 한쪽이 떠나야 해결되는 문제인가-

아들 그러니까 그 남자에게 직접 전하고 싶은데 용기가 나질 않는다. 온갖 벽면으로 만나는 남자의 행동들엔 거친 구석이 있다. 커다랗게 부풀어 과장된 그림자처럼 시끄럽고 과격하다. 얼굴을 본 적 없어 더 그런 것일지도 모른다. 새벽 한두 시까지

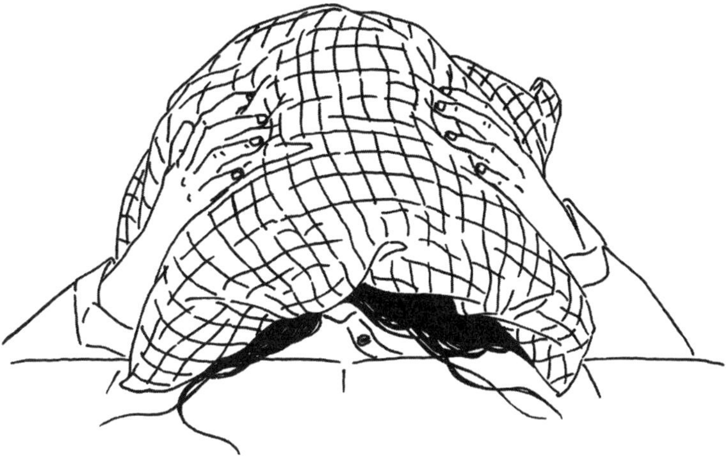

자지 않고 쿵쿵대다가 다시 새벽 다섯 시면 일어나 소란스럽게 구는 그는, 어떤 사람일까.

내일 아침에 다시 잘 이야기해 보아야지.

오늘 밤만큼은 공룡이 아닌 새처럼 사뿐히 지나주세요-

¨다음 날 추가

오전 출근길에 위층에 들렀다. 한참 만에야 부스럭 부스럭 나온 중년의 여인은 여전히 힘없는 눈을 하고 부르튼 입술로 나를 맞았다. 마음의 소리가 볼륨 2 정도로 줄어든다. 그 집도, 위층에서 쿵쿵댄다고 했다. 우리 아랫집에도 위층의 모든 소음들이 전달되겠지. 피해자인 동시에 가해자이고 그러니까 이 둘은 둘이면서 하나이고 하나인 동시에 둘인.

아무튼 나는 이야기를 했고 녹차 카스텔라를 건넸다. 안 받으려 하셔서 그냥 밀어서 넣어 드리고 왔다. 그걸 먹을 때만큼은 그래도 나의 어떤 말들을 기억해 주시지 않을까. 여인의 눈에서 붉은 물기가 조금은 씻겨 나가는 순간들을 기대해 본다.

¨밤에 다시 추가

자정이 가까워지는 지금. 슬프게도, 나의 어떤 말들을 기억해 주시지 않았다. 어머니는 아들에게 졌고, 그는 여전히 밤을 쿵쿵 걷는다. 공룡 발을 가진 지구인들은 이토록 잠에 들기를 어려워하고.

그럼에도 여인의 눈에서 붉은 물기가 조금은 씻겨 나가기를.

VINTAGE STAMPS

00-2

내 글은 단 한 줄의 위로도 되지 못했다

병원, 그날 저녁

옷장을 뒤져 검은 옷을 찾았다. 바지를 꿰어 입다가 넘어질 뻔했다.

이상하다.

바지 버클을 채우고 검은 셔츠를 걸쳤다. 또 한 번 중얼거렸다. 이상해. 그치? 이상하지? 그래, 그럴 리가 없어. 묻는 소리도 답하는 소리도 평소의 내 것은 아니었다. 셔츠 단추가 구멍에서 자꾸 빗나갔다. 결국 끝 몇 개는 풀어둔 채 일단 집을 나왔다. 전화를 받은 지 5분쯤 지났을까. 나오면서도 그 전화가 진짜였는지 혹시 꿈은 아니었는지 몇 번이고 다시 떠올려 보았다. 겨우 5분. 누가 찬물을 들이붓는 것 같다. 먹먹하다.

처음 전화를 받았을 때 나는 집에 있었다. 좋은 날이었다. 날씨가 좋았고, 기분도 좋았다. 하루 일과도 제법 잘 끝냈다. 오후 5시 즈음 되었을까. 기지개를 켜며 문득 휴대폰을 보니 부재중 알람이 떠 있다. 오랜만에 온 지수의 전화. 반가운 마음에 전화를 들어 꾸욱 통화 버튼을 눌렀다. 여어- 하고 밝게 말을 건넸는데, 나를 부르는 지수의 목소리가 이상하다. 건너편의 그 애가 울고 있었다.

왜 그래, 무슨 일이야. 정신이 아득해지는 느낌이었다. 저 편에 내 목소리를 던져 놓고는 기다렸다. 시간이 멈춘 것 같았다. 흐느끼던 지수가 가까스로 한 말을 똑똑히 기억한다.

정화가... C 병원에 있어...

이게 무슨 말이지? 순간 머릿속에 수많은 생각들이 떠올랐다. 병원? 어디 아픈가? 입원했나? 애기 낳은 지 얼마나 됐지? 올해 날이 참 더웠는데 그래서인가. 수화기 너머에서 지수가 기다리고 있다. 무슨 말이든 해야 하는데 그만 말문이 막혔다. 자꾸 소름이 돋았다. 간신히 물었다.

왜...?

지수는 대답하지 않았다. 어떻게든, 이 대화를 잇거나 끊거나 해야 하는데 둘 다 아무 말도 못했다. 어쩔 줄 모르는 침묵이 우리들 사이를 천천히 지났다.

그냥... 그렇게 됐어... 일단 와... C 병원 영안실이야...

C 병원, C 병원... 거길 어떻게 가더라? 머릿속이 텅 빈 것 같다. C 병원. 가는 길을 모를 리 없었다. 집에서 버스로 10분. 집 앞 정류장에서 버스를 타면 늘 지나다니며 보던 곳이다. 그곳을 모를 리 없었다. 그곳에 정화가 있다. 내 친구가 그곳에. 얼마 전까지만 해도 애기 낳고 돌아온다던 그녀가. 밝게 웃으며 헤어졌던 그녀가.

정류장, 정류장... C 병원 가는 정류장...

정류장으로 이어지는 길을 천천히 따라 걷기 시작했다. 내가 원래 이렇게 걸었었나? 중력이 한순간에 사라진 듯 발에 힘이 들어가질 않았다. 이게 내 다리가 맞나? 겨우겨우 정류장에 다다랐다. 멀리서 C 병원으로 가는 버스가 오고 있었다. 왜 바로 오는 거야? 불쑥 화가 났다.

어떻게든 천천히 가고 싶다.

아주 느리게, 아주아주 느리게.

아예 가지 않을 수만 있다면-

그래, 안 가도 된다면- 시계를 보니 오후 6시를 향해 가고 있다. 퇴근 시간대가 다가오면서 서서히 차가 밀리기 시작했다. 사람들이 앞다투어 꾸역꾸역 버스에 올라탔다. 뒷문에서는 한 줄로 엮인 사람들이 줄줄이 뛰어내렸다. 나는 버스 문 앞에서 주춤거리다가 결국 대열에서 밀려나고 말았다. 문이 닫히고 사람들을 가득 실은 버스가 C 병원 방향으로 휑하니 떠났다. 조금 안심이 되었다. 낙오된 게 차라리 기뻤다. 낙오된 게 기쁘다니. 이상하다. 확실히 이상한 날이야. 이게 지금 말이나 되나.

다음 버스를 기다리며 하늘을 보는데 내 머리 꼭대기에서 저녁놀이 핏물처럼 번지고 있다. 순간 머리털이 쭈뼛 섰다.

없다.

이제 너는 어디에도 없다. 내 눈에 비친 저녁놀의 풍경을, 내

귀에 들린 사람들의 웅성거림을, 내 뺨에 닿은 가을바람의 선선함을 함께 느끼고 기꺼워할 너는 이제 없다. 사라져 버렸다. 영영. 내 앞에서 흐르고 있는 이런 풍경과 아무런 시간 속 어디에도 너는 없다고 한다. 믿을 수가 없다.

수업을 마친 중고생들이 깔깔깔 봄볕처럼 웃으며 지나갔다. 왜 다들 아무렇지도 않지? 마치 아무 일도 없는 것 같다. 응, 그렇지. 저들은 아무렇지도 않지. 그냥 날씨 좋은 어느 가을날 저녁이다. 평화로운 저녁. 근데 어떻게 그럴 수 있지? 왜 그렇지? 나는 가슴을 두어 번 퉁퉁 쳤다. 답답했다. 그사이 버스가 왔다. 이번에는 어쩔 수 없었다. 훌렁 올라탔다.

두 번째 온 버스도 만원이었다. 서로를 겹겹이 둘러싸고 앉거니 서거니 한 사람들. 저마다의 일에 골몰해 있었다. 자는 사람도 있고 옆 사람과 무슨 얘기 끝에 웃는 사람도 있었다. 스마트폰을 보거나 전화를 하는 사람도 있었다. 이어폰을 낀 청년, 창밖을 보는 할머니, 갑자기 징징대기 시작한 아기... 온 세상 사람들이 다 이 버스 하나에 모인 양 갑자기 정신이 아득해졌다. 차창 밖으로 흐르는 10월의 풍경이 낯설게 느껴졌다.

영안실로 들어가는 입구를 못 찾아 한참을 헤맸다. 주차장 너머로 들어가 간신히 입구에 다다랐다. 유리문 너머로 먼저 도착한 친구들이 보였다. 차마 분향실에 들어가지 못하고 의자에 제대로 걸터앉지도, 그렇다고 서지도 못한 채 늘어져 있던 친구들. 그리고 밤이 되자 하나둘씩 모여들기 시작한 사람들.

우리들이, 왜 이런 곳에서 이렇게 만나야 하는가.

한 명, 한 명 발걸음이 더해질 때마다 우리는 울었다. 밤이 깊어갈수록 눈물 위에 눈물이 더해졌다. 이렇게 한 명의 친구가 이십 대를 함께 해 온 사람 하나가 삶을 그쳤다. 씩씩하게 날마다의 삶을, 전쟁과도 같은 서른 너머의 일상을 최선을 다해 살던 사람이 떠났다. 세상 누구보다 빛나던 친구는 그렇게 아직 전쟁 속에 남은 우리를 두고 삶 밖으로 떠나 버렸다. 이렇게나 별이 좋았던 날에.

무시무시한 외로움이 몰려왔다.

그날 나는 처음 알았다. 내가 사실은 죽음 앞에 아무런 준비가 되어 있지 않은 사람이었다는 것을. 죽음에 관심을 가지고 많은 책을 읽고 학회를 찾아다니고 이야기를 해 왔어도 정작 나는 '죽음'이라는 말을 입에 제대로 올리지조차 못하는 바보였다는 것을. 바보. 천치. 정말 아무것도 몰랐다. 나는 정화에게서 그토록이나 멀었다. 가까이 있다고 생각했지만 그건 그냥 내 생각일 뿐이었다. 삶 속에서 바라다 본 죽음도 그랬다. 말할 수 없이 아득하고 멀었다.

하지만 그럼에도 너무 이르다. 그렇게 떠나기에는 너무 일렀다. 떠난 친구에게 뒤늦게 건네는 이 부질없는 말들이 공허하게 이 세상 어딘가를 돌고 돌다가 끝내 닿지 못할 것이라는 생각을 하면 다시 망연하게 울고 싶어진다.

그토록 생생하게 살아 있던 아이가 왜.

너무나 빛나던, 나의 친구.

물어도 물어도 이제는 그 답을 들을 길이 없다.

바보같이, 곧 보자던 말을 믿었다

아침이 되고 친구들이 하나둘 자리를 비웠다. 각자의 일을 마무리 짓고 저녁에 다시 모이기로 했다. 나도 병원을 나왔다. 그런데 어디로 가야 할지 몰랐다.

푸석한 몰골로 멍한 상태에서 집으로 돌아왔다. 샤워를 하고 머리를 감고 침대에 가만히 누웠다. 눈을 감았지만 잠이 오지 않았다. 벌떡 일어났다.

어디로든 가자.

지하철에 올랐다. 딱히 목적지는 없었다. 이어폰에서 음악은 음악대로 흐르고 생각은 생각대로 아무렇게나 흘러갔다. 눈을 감으면 자꾸 어제 일이 떠올랐다. 언제나처럼, 지하철에는 일상이 흐르고 있었다. 여전히 아무렇지도 않아 보이는 사람들. 속마음은 어떨지 모르나 겉으로는 평온해 보이는 일상의 시간들. 사람들 눈에 나도 그렇게 보이겠지. 그러니 얼마나 많은 사람들이 구멍 난 마음을 안고, 괴로움을 머리에 인 채 일상을 나고 있는 것일까.

인파에 섞이어 아무렇게나 흐르고 있으니 제법 괜찮은 느낌이 들었다. 그렇게 얼마나 갔을까. 평소 자주 들르던 종각역에 내렸다. 카페에 들어가 아이스커피 한 잔을 샀다. 빈자리에 앉아 마시다가 조금 남은 커피를 들고 밖으로 나왔다. 하늘이 여전히 파랬다.

어제 이 시간에는 우리 같이 이 땅에 있었을까. 나는 아직 인사를 못 했는데. 네가 마지막으로 주었던 글. 그 글을 나는 멍청하게도 믿고 있었지. 내 글은, 네 절망에 아무런 힘도 도움도 되지 못했다는 걸 나는 몰랐어.

정화는, 떠나기 보름 전 내가 커뮤니티에 올린 글 아래 이런 댓글을 달았다.

아아.. 이 새벽에 태주의 글 읽으며 폭풍 눈물 흘리네요..

이 생에서 아이를 길러낸다는 것. 진짜 어떤 의미일까요.. 잠든 아가 얼굴 보며 엄마가 미안해 미안해 눈물짓는 초보 엄마, 이 글로 위로 받네요.

우리 아이들도 태주 같은 삶의 버팀목들을 많이 만나길.. 나도 누군가의 엄마이기도 하지만 또 누군가의 버팀목이 되어줄 수 있길.. 이 시간과 과정을 좀 더 단단하고 자신 있게 버티길..

친구들이 너무 보고픈 밤이네요.

다들 보고파요.

그건 청소년 진로 캠프에서 만난 한 아이를 생각하며 얼마 전 쓴 글이었다. 그때 한 엄마가, 암에 걸려 딸아이를 제대로 돌보지 못했다며 아이를 캠프에 데려왔다. 3일 동안 아침부터 저녁까지 나는 아이와 함께 투닥투닥 시간을 보냈다. 아이의 진로와 적성을 찾아보는 이런저런 활동도 같이 했다. 당시의 내 주된 업이었다.

캠프에 오는 게 죽기보다 싫다는 얼굴로 뾰루퉁하게 책상에 엎드려 있던 아이. 그 애는 마지막 날 웃으며 집에 가더니 해가 바뀌고선 불쑥 내 앞에 나타났다. 여전히 툴툴 겉으로는 뾰족

해도 웃음 사이사이 드러나는 착하고 순한 마음이 예뻐서, 기쁘고 애틋해서 쓴 글이었다. '이 생에서 아이 하나를 길러낸다는 것은 어떤 의미일까' 그렇게 말미에 던진 작은 물음에 답하듯 정화는 짧은 댓글 하나를 남겼다. 그리고 보름 후 떠났다. 작별 인사도 않은 채.

정화가 남긴 댓글을 보고, 메시지를 보냈었다. 보고 싶다고 잘 지내고 있냐고. 그는 이내 고맙다며 곧 보자는 짧은 답장을 보내왔다. 그래, 곧 보자. 나도 그렇게 다시 인사 겸 몇 자를 적어 보냈고 그게 마지막이었다. 나는 가을 어느 날 밤 그렇게 주고받은 메시지가, 그것이 마지막이 되리라고는 상상도 못했다.

내 글은 단 한 줄의 위로도 되지 못했다.

그럼에도 나는 정화의 마지막 말을 믿었다. 이제 그 믿음을 확인할 길은 영원히 사라져 버렸다. 내가 알지 못하는 사이 서서히 스러져 간 친구의 마음을 뒤늦게 깨닫는다. 아파하고 힘들어했을 낮과 밤들을 그려 본다. 하지만 너무 늦었다.

순간순간 차오르는 표현할 길 없는 감정들. 그 사이를 서성이다 해가 지고 다시 병원으로 들어가는 길에 하늘을 보았다.

하늘은 여전히 아무렇지도 않았다.

친구야, 지금 너는 어디에 있을까. 나는 여기 이곳에 아직 그대로 머물러 있는데.

빈자리를 채워도 채워도 다시 빈자리가 된다

정화야.

오늘 너를 보내고 마음 둘 곳이 없어 보희와 지예 나 셋이서 수원 화성 근처 융릉에 갔단다. 주말인데도 사람이 별로 없었어. 늦오후가 천천히 지나고 있었고, 하늘이 무척 아름다웠다.

올해 우리들은 서른세 번째 가을을 맞았지.

그곳에 잘 도착했을까.

그곳의 가을도 이렇게 깊고 푸른지. 궁금해서 소리쳐 물었는데 혹시 들었니? 돌바닥에 벌렁 누워 네가 있을 만한 곳을 유심히 살폈는데 아무것도 보이지 않더라. 한 번쯤 꿈에 다녀가 주면 좋겠는데.

그리운 사람들 차례로 다 들르고 아주아주 늦게 와도 좋아.

네가 찾아와 줄 때까지 기다릴게.

이제 곧 겨울이야. 아주 추운 겨울이 될 것 같아. 빨갛고 두툼한 털실로 짠 예쁜 목도리를 선물해 주고 싶은데.

이제 어디를 가야 널 만날 수 있을까.

우리 만나는 날 서로를 알아볼 수 있을까.

어디에 대고 무엇을 물어야 답을 얻을 수 있을까.

그런 생각을 하면 마음에 어둠이 쌓여 곧장 밤이 되곤 해.

그래도 불을 켜 주는 이들 곁에 있어 기운 내려고.

정화야. 내 친구야.

시간이 없는 마음속에서 오래오래 함께 살자.

마음으로 함께 하자.

좋아하고, 사랑했는데. 그랬는데. 정말로.

정화를 보내고 온 날 밤 자리에 누워 생각한다. 융릉에서 돌바닥 위에 누워 있는데 지예가 문득 말했다. 언니, 이제 언니와 친구들은 평생 끊어지려야 끊어질 수가 없어요. 다 같이 뭉쳐서 살아야 해요. 사랑하는 사람을 갑자기 보낸 사람들은 그 빈자리를 메우기 위해서 그렇게 살아요.

스물넷에 백혈병으로 친구를 떠나보냈다는 지예는 선선히 말했다. 아무렇지 않은 얼굴로 그저 앞을 보며. 아무렇지도 않을 리가. 6년쯤 되었니, 그때가. 네, 그 정도 된 것 같아요. 고향에 내려가면 늘 같이 가는 걸요. 친구 만나러. 친구는 어디에 있니. 그 애가 다니던 교회가 있는데 그 앞에 큰 비석이 서 있어요. 거기 뿌렸어요. 그렇구나.

빈자리.

어느 날 갑자기 비어 버린 자리를 당사자가 아닌 누가 채울 수 있을까. 영원히 뻥 뚫려 버린 채로 가슴속에 낭떠러지가 생긴 것처럼 아슬아슬한 채 사는 게 아닐까. 그냥 다 같이 손을 잡고, 낭떠러지로 굴러 떨어지지 않게 붙들어 주면서. 빈자리라. 그냥 자리 하나가 비어 버린 것이 아니다. 그 애가 떠난 자리 아래로 천길만길 알 수 없을 만큼 아득하고 어둔 낭떠러지가 생겨 버린 것이다.

그럼에도, 서로 추락하지 않도록 쓰러지지 않도록 손에 손을 잡고 간다, 라니. 이렇게 슬픈 연대는 없었으면 좋겠다. 이 세상 어디에도 없었으면 좋겠다. 하지만 이미 너무나 많은 슬픈 연

대들이 존재한다. 그런 생각을 하면 마음이 푹 꺼져 버리는 것 같다.

다시 하루가 지나고 나는 계속 오래되고 있는데, 누구에게 무엇을 물어야 답을 얻을 수 있을까. 이런 종잡을 수 없는 마음을 얼마간이라도 어느 곳에라도 털어놓을 수 있을까.

하루가 또 지났다.

불면의 밤과 낮, 일주일

• 2016. 10. 10 월 •

어젯밤 집으로 혼자 들어가는 게 괴로워서 보희네 집에서 잤다. 새벽 열차를 타고 출근하는 사람들 사이에 끼어 집까지 왔다. 집은 여전히 고요했다. 하루 동안 우리들은 내내 서로의 끼니를 묻고, 마음을 물었다. 지금 마음이 어떤지. 괜찮은지. 하루를 잘 날 수 있겠는지. 여전히 내 마음을 읽을 수가 없었다.

이제, 어디에 있니.

대답해 줄 정화는 없고, 나는 밤이 오는 게 두렵고 슬펐다.

• 2016. 10. 11 화 •

회사에 있는 것이 답답했다. 오전에는 사무실에서 근무하다 오후에 밖으로 나와 카페에서 남은 업무를 보았다. 다시 시작된 일주일이 너무 길다.

• 2016. 10. 12 수 •

여전히 아침이 오는 게 두렵다. 저녁나절 자리에 누워 밤늦게 일어났다. 근처에 사는 소라를 만나러 갔다. 카페에서 마주 앉아 자정까지 이야기를 했다. 비가 흩뿌린 길을 걸어 집으로 왔다. 길이 반짝반짝했다. 여전히 날이 아름다워서 괴롭다.

• 2016. 10. 13 목 •

오전에 사무실에 앉아 있는데 갑자기 또 견딜 수가 없어졌다. 점심 때 밖으로 나와서 서성이다 카페에 가 마저 일했다. 저녁에 오랜만에 정 선배를 만났다. 밥을 사 달라고 했다. 누구에게 밥을 사 달라고 먼저 말을 꺼낸 것은 거의 처음인 것 같다. 선배는 곱창과 술을 사 주었다. 아무런 말을 하다가 지나가듯 나중에 먼 훗날에 내가 작가가 되어 책을 내면 세 권만 사 달라고 했다. 선배는 열 권을 사 주겠다고 한다. 뭐라 말해야 할지 몰라서 그냥 고맙다고 했다.

• 2016. 10. 14 금 •

오전 근무를 하고 점심 때 또 밖으로 나왔다. 지하철을 타고 경마공원에 갔다. 푸른 하늘 아래 있으니 조금 안심이 되었다. 그새 가을의 눈이 깊었다. 벤치에 앉아 일을 했다. 노트북 배터리가 금방금방 닳았다. 어둠도 금방금방 찾아왔다. 날도 금방금방 추워졌다.

모든 것이 금방금방 사라진다.

나만 계속해서 오래되고 있는 것 같다.

• 2016. 10. 15 토 •

대전 지역 고등학교에 가 진로탐색 강의를 하는 날이었는데 뒤척이다 그만 늦잠을 잤다. 열차를 놓칠까 봐 택시 기사님을 닦달했다. 몸도 마음도 물에 젖은 종이처럼 쉽게 흩어졌다.

죄송해요, 기사님. 제가 원래 이러지 않는데-

괜찮습니다. 괜찮아요.

기사님이 마구 흔들리는 내 마음을 읽어주셨다. 아이들 속에서 북적이니 잠시 잊을 수 있었다.

• 2016. 10. 16 일 •

한 달 전에 뮤지컬 한 편을 예매했었다. 1930년대 문인 단체 '구인회'를 모티프로 한 극이었다. 잊고 있다가 함께 가기로 했던 친구의 연락을 받고 그제야 번뜩 정신이 들었다.

안 가고 싶으면 그래도 돼.

잠시 망설이다 가자고 했다. 공연 시간까지 여유가 있어 극장 근처 대학교의 노천카페에서 주스를 마셨다. 여전히 청춘들은 그곳을 지나고 있었다. 극중 노랫말들이 너무도 아름다워서 눈물이 났다. 구인회 사람들은 무엇을 그토록 사랑했던 것일까.

누군가를 사랑하고 미워하는 일조차 산 자들에게만 가능한 일, 이라는 것이 문득문득 미안하고 괴롭다.

• 2016. 10. 17 월 •

깊은 한낮을 지나는 게 아직 어렵다. 아무렇지 않은 얼굴로 내려앉는 햇살을 보고 있으면 기분이 이상해진다. 저녁에 군포에 사는 친구를 보러 갔다. 차 한 잔을 하며 두런두런 이야기를 나누었다. 함께 있어 위안이 되었다.

책을 읽으려 해도 집중이 잘 안 된다. 읽는 것도, 쓰는 것도 마음이 잡히지 않아서 밤늦게야 조금 읽고 조금 쓴다. 겨울이 오면 얼마간은 괜찮아질까.

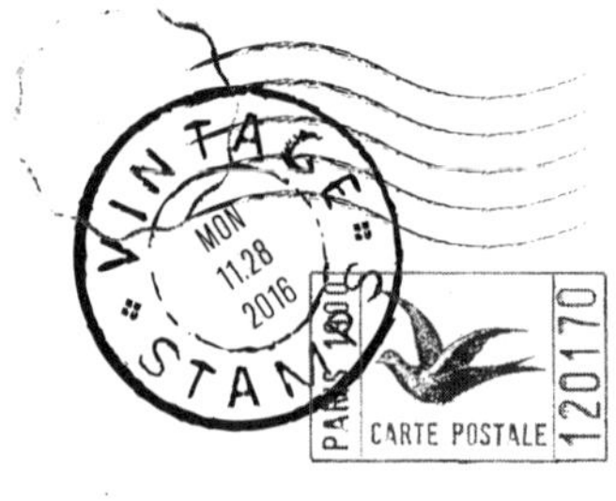

밤은 여전히 길고 깊고 죽음처럼 고요하고

새벽에 문득 눈을 떴을 때 이번에도 와 주지 않았구나 싶어 속상하고 슬펐어. 그런데 아침이 밝아올 무렵 문득 들려온 너의 말에 아직도 꿈결인가 해. 문장이었는지 소리였는지 모르겠지만 뇌리에 선명히 남은 너의 말이, 오늘 내 하루를 아주 오래도록 달래고 어르고 살펴 주고 있어 고마워.

"아니야, 나는 모두를 만나 너무 좋았어."

잊고 싶지 않아서 아침이 가기 전에 적어 두었어. 그건 꿈이었을까. 마지막까지 다정한 너는 내가 좋아한 너의 소리들로 인사를 건넨 걸까. 너를 너무도 보고픈 나의 원이 만든 문장이라 해도 나는 그저 고맙고 미안하고 그랬어.

결국 오늘도 이렇게 흘러가 버렸구나. 너도 지금쯤이면 잘 도착해 쉬고 있을까. 그곳에서 편히 쉬며 기다리고 있으면 우리들도 차례차례 도착할게. 알았지? 모두에게 따뜻하고 다정했던 너를 위해 우리들은 오래도록 노래할 거야.

오늘은 문정의 생일이었다. 틈을 보아 전화를 했는데 아가가 울어서 급히 끊었다. 저녁 무렵, 메시지 프로필에 올라온 가족사진. 케이크와 초와 귀여운 고깔모자가 있다. 예쁜 밤 보낸 것 같아서 좋다. 어느덧 서른세 번째 해가 가고 있다.

이렇게 우리들 모두는 거칠고 위태로운 생의 한가운데를 향해 걸어가는 것일까. 그쳐 버린 어떤 풍경을 가슴에 품고 오래도록 그치지 않을 노래를 부르며 절뚝이는 마음으로 계속해서, 계속해서.

밤은 여전히 길고 깊고 죽음처럼 고요하고.

마음은 밤하늘을 떠돌고 새벽이 되도록 아무 말이나 쓰고 지우고. 한 줌 온기를 나누어 가진 내 방과 나는 오랫동안 밀착한

27

채로 말이 없고.

비틀대며 오늘을 건너 내일에 도착하니 다시 오늘이다.

이 역설을, 이런 거칠고 위태로운 역설을 절뚝이는 마음으로 계속해서, 계속해서.

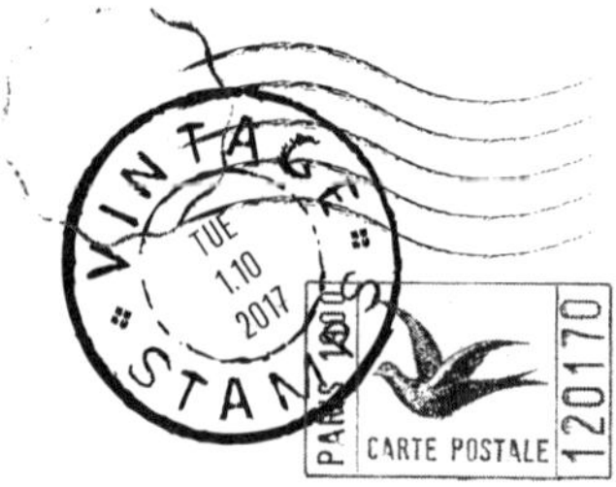

밤 목욕을 다녀왔다

회사에 메일을 썼다. 일을 그만두겠다고.

주말 내내 아니, 어쩌면 지난 해 내내 고민해 왔던 문제들을 처음으로 입 밖으로 냈다. 오랫동안 썼다 지웠다 하며 밤 9시가 넘어 메일을 보냈다. 마음이 산란하여 거리를 좀 걷다가 불쑥 밤 목욕을 다녀왔다. 날씨가 많이 추웠다.

밤 목욕은 처음이다.

크고 나서는 대중목욕탕에 잘 안 가게 된다는 사람들도 있지만 나는 마음이 복잡할 때 목욕탕을 찾는다. 뜨거운 욕탕에 들어가 아무 생각 없이 가라앉아 있으면 엉켰던 마음이 조금씩 풀린다. 눈을 감고 가만히 앉아 낮 동안의 일을 헤아려 본다. 뜻대로 되지 않는 내가 떠올랐다 사라지고 부끄러운 나도, 화내는 나도, 속상한 나도, 아무것도 아닌 나도 천천히 떠올랐다가 이내 사라진다. 눈을 감고 귓가에 들려오는 소리들에 집중해 본다. 낯선 사람들의 낯선 소리들. 조용한 수런거림. 물소리, 말소리, 웃음소리. 살갗에 가만가만히 부딪혀 오는 부드러운 물살. 이따금 물살이 출렁일 때 눈보다 살갗이 먼저 아는 사람들의 드나듦. 가끔 열린 문 사이로 차갑게 와 달라붙는 실내 공기. 금세 다시 덤벼드는 습하고 뜨거운 공기. 이 계절을 좀 더 순연하게 느끼며 몸을 씻는다.

답이 왔을까?

그런 생각을 하니 마음이 조금 두근거린다. 퇴사에 대한 이야기를 꺼내는 것이 처음은 아닌데, 이번에는 왜 그런지 더 긴장이 된다.

천장에서 내려온 희뿌연 빛이 물 표면에 닿아 뜨겁게 일렁였다. 빛을 따라 물살을 흩으며 조각내고 조각내도 빛은 그 자리

에 그대로 머물러 있었다.

2015년 7월부터 2017년 1월까지 1년 반.

그동안 만났던 많은 아이들과 멘토들의 얼굴이 떠올랐다. 나는 회사에서 청소년들을 위한 사이버 멘토링 프로그램을 만들고 관리하는 교육 디렉터로 일했다. 일은 재미있었다. 화상 채팅으로 외국에 있는 전문가 멘토와 멘티 청소년들을 연결해 강연 프로그램을 진행하는 일이었다. 하지만 갈수록 왜인지 모를 스트레스는 커졌고 자주 울적해졌다.

마음 맞는 사람들과 일했음에도 1년 반 만에 나오겠다고 말한 것은 대표님의 질문에 답을 찾을 수 없겠다고 깨달은 즈음이었다. 진짜로 원하는 것이 무엇인가? 그렇다면, 그 원하는 것을 바로 이곳에서 하라.

근본을 흔드는, 중요한 질문이었다. 나는 선뜻 답을 못했다. 쉬고 있을 무렵, 흔쾌히 입사 제안에 응한 것도 열심히 하겠다고 다짐한 것도 나였지만 막상 내가 진짜 원하는 것을 하라는 주문을 받으니 가슴이 내려앉았다. 정말로 내가 하고 싶은 일이 뭘까. 기업에서 여성 리더가 되어 사회적 영향력을 가지고 다양한 목소리를 내는 것? 훌륭하고 좋은 일이다. 하지만 내가 그런 일을 할 깜냥이 되는가? 할 수 있는가? 무엇보다 하고 싶은가? 왜, 그저 매니저의 역할에만 머물러 있으려고 하느냐는 마지막 질문에 이르러서야 나는 어렵게 답을 구했다.

저는 글을 쓰고 싶습니다.

참 황당한 답변이 아닐 수 없다. 진짜로 하고 싶은 게 뭔지 잘 찾아서 내년도에는 좀 더 적극적으로 업무에 임해 보라는 취지의 메일을 보냈더니 그 답으로 '글을 쓰고 싶다'며 그만 두겠다고 한다. 하... 이렇게 나는 다시 길도 없고 앞도 보이지 않는, 벌써 몇 번째인지 모를 백수의 길로 다시 들어서는 것일까. 하지만, 나는 정말로 이대로 살고 싶지는 않았다.

보이지 않고, 보이지 않아서 자꾸만 사라져 가는 무엇에 집중하며 그 작고 보잘 것 없는 것들을 기록하며, 자취를 남기며 살고 싶다.

몰랐나? 그런 삶을 살고 싶다는 스스로의 마음을? 아니. 내 안 저 깊숙한 곳의 또 다른 나는 알고 있었다. 분명히 알았다. 하지만 나는 내가 그 깊은 곳의 나를 모른 척 하고도 잘 살 수 있을 줄 알았다. 노력하면, 어떤 일이든 다 할 수 있을 줄 알았다. 그런데 아니었다. 그럼에도 나는 지금까지 해 오던 일을 박

차고 나갈 용기가 없어 여러 번 주저했다. 당장 먹고 살 일이 두려웠고, 지금도 생계는 두렵다. 원룸을 벗어나며 장기 대출금이 생겼고, 아직 나는 아무것도 아니다. 그리고 아마 앞으로도 아무것도 아닐 것이다. 하지만 여전히 아무것도 아닌 나는, 아무것도 아닌 채로 살기 위해 아무것이나 해야 할 것이다.

그래도 그 아무것이, 아닌 줄 알면서도 어쩔 수 없이 해야 하는 일은 아니었으면 좋겠다.

이 바보야! 멍충아! 서른이 넘어도 어쩜 그리 생각이 없니? 다들 그렇게 살아. 누가 그렇게 꿈을 찾는다고, 하고 싶은 대로만 하면서 산다고, 도대체 왜 그러니 너는.

머리끝까지 물속에 담갔다. 숨이 막힐 때까지 가라앉아 있었다. 숨이 막혀도 나는 살아 있고, 두렵고 겁이 나도 나는 살아 있고, 기쁘고 슬프고 배고프고 배불러도 나는 살아 있고. 어느 쪽이든 나는 아직 살아 있고. 흘끗 시계를 보니 어느새 밤 10시가 훌쩍 넘어 있었다. 나는 천천히 일어나 몸을 씻었다.

자정이 다 되었을 무렵에야 들어왔다. 메일을 확인할 엄두가 안 나 서성이다가 그냥 자리에 누웠다. 소심하다. 이래 가지고 일을 그만두고 먹고는 살려니. 커튼을 조금 열어 두었다. 멀리에서 희부연 가로등 빛들이 쏟아져 들어왔다. 휴대폰으로 빗소리를 틀어 놓았다. 쏴아- 마음이 다시 차분히 가라앉았다.

그래서 뭘 할 건데? 네가 쓸 글이라는 게 대체 뭐고 앞으로도 날마다 해결해야 하는 수천수만의 끼니는 또 어쩔 건데?

아직도 내 안에서 불안하게 서성이는 어떤 기억들을 물끄러미 바라보다 잠에 들었다. 이상한 목소리들이 자꾸 쫓아오는 꿈을 꾸었다. 내 목소리인지 남의 목소리인지 알 수 없었다. 나는 목소리를 피하고 싶지 않았지만 자꾸만 온몸을 찔러와 숨고 또 숨었다.

¨ 다음 날 추가

대표님의 메일을 확인했다.

놀랐지만, 진정으로 하고 싶은 것을 찾아서 다행이라고. 아쉽지만 또 다른 미래를 기약하며 안녕하자고. 언제나처럼 짧은 답이었지만 감사했다. 삐죽하고 모난 돌을 있는 그대로 살라며 등 두드려 주는 사람들을 나는 참 많이도 만났다. 잊지 않아야 한다.

31일까지 일하기로 했다.

그 후에는 다시 무엇을 하며 어떻게 살까.

밤이 깊다.

BYE, **라고 말할 수 있는 시간을 갖는다는 것**

작년 4월, ADEC 학회로 미네소타에 갔을 때 여러 권의 책을 구해 왔다. 그 중 하나가 사랑하는 이를 갑작스레 잃은, 남겨진 가족을 위한 책이다. 아버지를 자살로 잃은 자살 유가족인 저자. 그는 남겨진 사람들이 어떻게 슬픔과 마주하고 애도하며 남은 생을 건강히 살아갈 수 있을지에 대해 담담하게 썼다. 경험이 바탕이 된 글이라 그런지 마음속 깊은 슬픔을 건드리지 않으면서도 하나하나 이야기를 풀어가는 것이 인상적이었다.

사랑하는 사람을 갑자기 잃은 가족들의 애통함 가운데 큰 부분 중 하나가 바로 '작별 인사' 아닐까. 떠나는 순간에 인사를 할 수 없었다는 것에 대한 미안함, 괴로움, 안타까움. 미처 준비하지 못한 이별이기에 더욱 아프고 쓰리다. 책은, 이런 일을 겪은 사람들 특히 아이들을 위한 워크북 형태로 구성되어 있다. 아이들이 스스로 질문을 던지고 직접 대답해 볼 수 있도록 다양한 질문 예시들도 담겼다.

혹시 악몽을 꾸니? 그럼 기분이 어때? 죽음을 경험한 후로 네 인생에서 일어난 가장 큰 변화가 뭔지 한번 목록을 적어 볼래? 너희 가족의 애도 기간은 어느 정도나 되었니? 그때 입은 특별한 옷이 있니?

이제 막 '죽음'이라는 화두가 일상으로 깊숙이 들어오기 시작한 우리나라. 아이들과 죽음이라니. 전혀 어울릴 것 같지 않은 이 모순된 상황을 그러나 많은 나라들에서는 이미 오래전부터 준비하고 다루어 왔다. 미국의 경우 특히 '911 사태' 이후, 아이들을 위해 '사랑하는 사람의 죽음과 부재 그리고 삶'에 대한 많은 이야기들을 더 체계적으로 하기 시작했다.

우리에게도 있다.

말할 수 없는 비극들이 일상에 만연한 것은 우리나라야말로.

다시 한 번 생각한다. 죽음은 다른 누군가의 이야기가 아니다. 너나 나만의 이야기도 아니다. 나의 이야기이고 너의 이야기이자 우리 모두의 이야기이다. 누구도, 피해 갈 수 없다.

말은 이렇게 해도, 나야말로 얼마나 형편없이 준비되지 않은 자인가. 작년 봄에는 미처 모르고 덜렁덜렁 사 왔지만 정말로, 인사조차 제대로 못한 채 친구를 보내고 나니 책을 더 못 보겠다. 가끔 훌훌 넘기며 몇 자씩 읽어 본다. 그러다 다시 덮는다.

Bye, 라고 말할 수 있는 시간을 갖는다는 것.

세상의 모든 죽음은, 삶의 종결은 슬프고 아프다. 제대로 인사조차 할 수 없었던 갑작스런 이별은 더욱 그럴 것이다. 내가 내 삶의 마지막 모습을 감히 단언할 수는 없겠지만 가끔 그려 본다. 아주 짧아도 좋으니 '안녕'이라고, 만나서 정말 좋았다고 웃으며 말을 건넬 수 있었으면 좋겠다. 하지만 역시 한 치 앞도 알 수 없는 생의 속성을 보건대 이는 세

상에서 가장 큰 욕심 같기도 하다.

요즘 부쩍 그런 생각을 많이 한다. 새삼 어떤 이에게는 허락되고, 어떤 이에게는 허락되지 않은 이 작별의 인사가 참 아프고 슬프다. 그러니 삶의 모든 순간에서 먼저 손을 내밀고 마주 잡으며 '안녕'이라고 마음을 담아 인사해야겠다는 생각을 해본다. 늘 다짐은 앞서고 행동은 느려 후회가 먼저 오지만.

그럼에도.

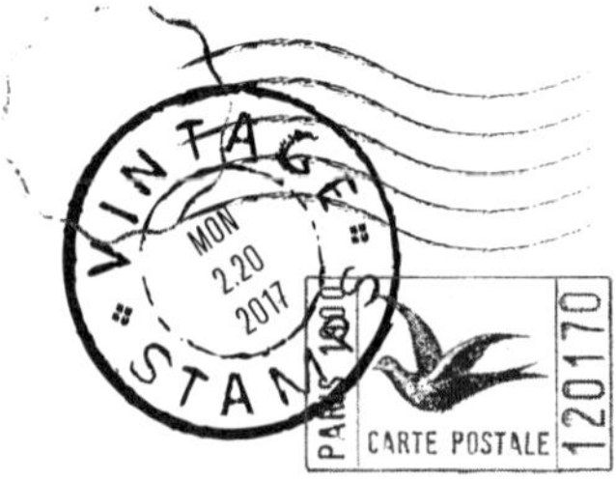

볼펜에서 묻어나온 잉크일까, 엄마의 눈물일까

처음부터 훔쳐볼 생각은 아니었다.

어느 볕이 좋은 가을날이었나. 그래, 그날따라 온 가족이 저마다의 일로 집을 비운 텅 빈 오후였을 것이다. 중학생이었나, 고등학생이었나. 우연히 발견한 어떤 세계. 너무나 많이 불러 닳고 닳은 이름, 우리 엄마에게도 그녀만의 세계가 있었음을. 그 안에 그녀만의 하루가 오롯이 담겨 있었음을 그제야 알게 되었다.

그러니까 이건, 아주 오래된 가계부에 대한 이야기다.

맞다. 우리 엄마, 이 여사님은 내가 알기론 '가끔 가다' 가계부를 쓰셨다. 십수 년 우리 식구들의 밥과 찬을 지탱해 준 붉은색 교자상. 그게 바로 엄마의 책상이었다. 어두운 부엌 불 아래에서 늘 뭔가를 끼적이던 엄마. 길게 누워 TV 채널을 돌리다 가끔 흘낏거리긴 했지만 그저 오늘 지출 내역들이 꼬리를 물고 이어지겠지 눈을 돌리고 말았던 순간들이 있었다. 고등어조림을 먹은 날에는 고등어 한 마리가 얼마, 무 한 개가 얼마 하는 식으로 말이다. 물론, 가끔 가다 몇 가지 사건들이 별표를 달고 첨언처럼 붙기도 했다. 이를 테면 이런 것. '우리 결혼기념일', '작은언니 생일', '어머니 제사' 등 스쳐가는 일상 속에서 다시 한 번 기억해야 할 날들 말이다.

그런데 이건 달랐다.

1992년, 1991년, 1989년, 1987년, 1986년, 1985년, 1984년, 1982년. 누군가 빌려간 후 반납을 잊어버린 문학 전집처럼 듬성듬성 빠져 있는 해들. 앞으로 갈수록 나달나달 빛이 바랜 그 책들은 엄마의 가계부였다. 안방에 들를 때면 몇 번 올려다본 적이 있던, 그러나 손을 뻗어 꺼내들기엔 좀 번거로워 이내 돌아서고 말았던 그 책들. 나는 무심한 눈길로 손을 뻗었고, 내 또래의 낡은 책장은 쉬이 마음을 열고 지난 과거들을 묵직하게 안겨 주었다.

• 1982년 1월 4일 월요일 •

생전 처음 대해 보는 가계부. 가슴이 두근거린다. 뿌듯한 기쁨도 느껴진다. 알뜰해야지. 우리의 조그만 가정을 위해서.

처음 펴든 1982년의 가계부. 파란 볼펜으로 꾹꾹 눌러 쓴 필체가 조금은 낯설다. 스물일곱이었을 엄마. 털실과 바늘을 3,000원에, 쇠고기를 1,400원에, 고등어를 500원에, 지우산을 400원에, 두부와 무를 각각 240원과 100원에 사고, 신문대금으로 2,000원을 납부한 새댁 엄마는 가계부 귀퉁이 작은 공란에 두런두런 속내를 풀어 놓았다. 누가 뭐라 하지도 않았는데 괜히 뒷목이 쭈뼛 당기고 가슴 한가운데가 뻐근해진다.

작은 두 식구에겐 아무리 적게 사도 낭비가 많다. 가뜩이나 솜씨 없는 음식을 매일 똑같이 식탁에 올려놓아 그이가 질리지나 않을까 걱정이다.

이튿날이다. 그이라면, 새벽이슬을 마다 않고 날마다 5시면 컴컴한 출근길을 재촉하던 우리 아빠다. 아니 글쎄, 거기 가니까 먹을 게 하나도 없더라구. 당신 내 입맛 모르우? 아, 모르긴 왜 몰라. 반찬이 그냥 다 남았겠지. 농을 주거니 받거니 만담 콤

비처럼 신나게 웃는 중년의 부부에게 있었을 지나간 시간들. 아직 서로를 잘 몰라 작은 것에도 애태우며 하루하루 보냈을 엄마와 아빠. 그 설익고 어설퍼 풋풋했던 흔적들.

• 1982년 1월 28일 목요일 •

마음이 답답해 기분을 바꾸려고 목욕을 했다. 자꾸 눈물이 나오려고 한다. 저녁에 오징어찌개를 그는 잘 먹는다. 오징어 1,000원. 두부 240원. 목욕비 750원.

볼펜에서 묻어나온 잉크일까, 아니면 눈물처럼 번진 엄마의 마음 자국일까. 손끝으로 문질러 보다가 이내 콧잔등이 뜨끈해진다. 목욕비 750원을 내고 목욕탕으로 걸어 들어갔을 엄마. 서울에서 나고 자란 엄마에겐 남도 끝 시골에서의 신혼살림이 결코 쉽지 않았을 것이다. 일하러 집을 비운 남편을 기다리며 보낸 그 하루의 수많은 틈들을 어떻게 메워 나갔을까. 스물일곱의 그녀는.

훌훌 스쳐 지나가는 엄마의 일상은 풋풋한 감성이 깃든 둥근 글씨들로 가득 차 있었다. 술 취한 아빠 모습에 속이 상한 날, 아빠가 날회를 먹고 배탈이 난 날, 이부장 내외가 놀러와 하룻밤 신세 지고 간 날, 친정에서 날아온 편지에 두 눈 가득 눈물이 솟은 날… 그렇게 흐른 1982년은 12월 10일, 오빠가 태어난 날에 정점을 찍고 있었다.

• 1982년 12월 10일 금요일 •

병원에 입원. 우리의 귀여운 아기를 수술로 얻다. 어머님과 식구 모두가 기뻐하셔서 아픈 중에도 다행으로 여겨짐. 과일 1,000원, 장갑 1,500원, 크린 베베 1,700원, 조카 내의 3,000원, 휴지 1,050원, 차비 500원.

그때부터였다. 엄마의 가계부에 아기 과자, 아기 기저귀 천, 아기 예방접종… 애물단지 자식들의 이름이 전면으로 등장해 가실 줄 모르고 짙은 자취를 여기저기 드리우기 시작한 것은. 오빠의 처음 돋은 젖니 두 개에 기뻐하며 펜을 잡고, 기침 한 번에 속이 상해 마음을 털어놓은 엄마의 하루들. 어느샌가 '그이'에서 '아빠'라는 호칭으로 슬쩍 바뀐 것도 귀여운 변화였다.

• 1984년 5월 26일 토요일 •

둘째 딸 낳음. (새벽)

엥? 이게 뭐야. 내심 좀 섭섭하다. 단출하다 못해 썰렁한 빈

칸. 무엇을 샀고, 무엇을 느꼈는지 아무것도 안 쓰인 것은 물론이고, 내내 텅 비어 있다가 그해 12월 27일 화요일에야 다시 들을 수 있었던 엄마의 목소리.

모처럼 다시 가계부를 접했음. 세금 14,710원, 저축 20,000원, 아빠 용돈 15,000원.

잠시 가계부를 덮고 가만히 천장을 보고 누워 있으려니 문득 떠오른 건 그 언젠가 엄마께 전해 들은 이야기다. 5월 말의 어느 새벽. 전날 야근을 마치고 돌아와 피로에 절어 곤히 잠든 아빠를 깨운 건, 두 달이나 빨리 세상 빛을 보겠다고 성화였던 둘째. 그 못생긴 꼬마는 바로 위 오빠와 하루가 멀다 하고 토닥이며 제 오빠가 하는 건 무엇이든 하겠다고 따라 나서던 고집쟁이. 1987년 이후의 가계부들을 볼펜이며 크레파스로 죄다 도배해 놓고, 어떤 건 겉표지를 반쯤 날려 버

려 간신히 제목만 알아보게 만든 장본인. 1982년 이래로 죽 이어진 엄마의 하루하루엔 이상하게도 엄마 당신은 거의 등장하지 않고, 그보다 한참은 아래인 꼬마 악동들만 줄기차게 등장했다. 그 꼬마들이 자라고 자라 학교에 들어가 대견하다는 이야기, 나가 놀다 다치고 들어와 마음 아팠다는 이야기, 시험을 잘 봐 기분이 좋았다는 이야기...

이렇듯 자식들의 이야기로 가득 찬 엄마의 가계부는 그 후로도 드문드문 이어졌다. 처음 가계부를 손에 들었던 1982년 1월의 두근거림과 떨림은 이젠 없을지라도, 흐린 불빛 아래서 하루를 정리하는 건 예나 지금이나 마찬가지. 조금은 빛이 바래고, 희미해진 습관일지라도 하나의 오래된 의식처럼 가끔은 빠지고, 가끔은 잊어도 끝내 손에서 놓을 수 없는 엄마만의 작은 세계. 날짜 밑과 지출 내역 위의 그 작은 공간. 네모 박스 안에 두런두런 적어 넣은 엄마의 이야기. 중간에 빠진 해들도 그 나름의 하루하루가 이어져 한줄기 역사를 이루고 있었음은 물론일 테지.

• 1988년 9월 23일 금요일 •

서울 출발, 추석. 아이들 신발, 양말 20,000원.

온 나라가 올림픽으로 들썩들썩 했을 그해 추석. 엄마는 아이들에게 새 양말과 새 신을 신기고 양손에 하나씩 걸리며 서울로 향했다. 가만히 있으면 눈물이 나오려고 해 목욕탕에 걸어 들어갔다던 그 서울 출신 새댁은 그렇게 '엄마'가 되어 씩씩하게 걷기 시작했다.

나는 꽤 오랜 시간을 들여 예닐곱 권들의 책들을 꼼꼼하게 읽어 내려갔다. 밖에는 저녁놀이 피어올랐는지 어둠이 내려앉았는지도 모르는 채 그저 과거로 날아가 마냥 푹 빠져 있었던 그날. 몰래 훔쳐본 엄마의 세계가 너무나도 소중해서 눈물이 핑 돌고 말았던 오후. 나는 그날따라 '웬일로' 다소곳하고 착한 딸이 될 수밖에 없었는데, 그것은 결코 모르지 않았던 그러나 너무나 오랫동안 잊고 있었던 사실 하나를 문득 깨달았던 까닭이다.

바로 엄마도, 엄마에게도 엄마만의 소중한 '세계'가 있고, 엄마만의 아름다운 '시절'이 있다는 것. 그래서 엄마를 이해하고 그렇기에 엄마를 사랑한다고 하면 우리 이 여사님, 이해해 주실까. 사랑해 주실까. 날마다 흔들리고 구르고 말도 많고 탈도 많아 엄마 속 썩이기로는 일등인 이 둘째의 마음을. 이렇게 적으면 혹시 통할지도 모르겠다. 마음 여린 초보 새댁을 지탱했던 엄마 세계의 언어로.

• 2008년 9월 30일 화요일 •

엄마, 사실은 정말로 사랑해요. 고맙습니다. (엄마가 좋아하시는 종류로 가득 채워서) 생과자 한 근 4,000원.

어제 새벽, 언제 썼는지 기억도 안 나는 글 한 편을 발견했다. 읽다 보니 스물다섯 그해 가을에 썼구나.

이마저도 오래된 이야기다.

요즘도 본가에 가면 몰래몰래 엄마의 가계부를 읽어 본다. 엄마가 안 계시는 날이 오면, 내가 간직할 테다. 이렇게나 여물고 예쁜 세계를 가졌던, 엄마의 젊은 날에 엎드려 인사 올리고픈 마음이다.

젊고 외롭던 엄마의 눈물들로 여기까지 왔다.

방랑벽은 잊을 만하면 돌아오고 다시 돌아와서

오늘 폴란드 크라쿠프(Krakow)로 가는 비행기 표를 끊어 버렸다.

아니, 멍청아! 대체 어쩌려고?
한 푼을 아끼고 아껴도 지금 반년을 버틸까 말까인데?

내일을 생각지 않고 일을 그만둬 버린 것을 보면 그리고 대책 없이 다시 또 떠나겠다고 마음먹은 것을 보면 나는 여전히 멍청한 이상주의자, 현실감각 제로인 바보가 틀림없다. 그래도 현실감각 없이 바보인 채로 살 때가 더 행복한 것 같은 느낌은 나만의 착각일까.

물론, 무리다. 현실적으로 '내일'을 생각하면 이렇듯 갑작스레 자, 또 어디든 가 보자 지르고 보는 것은 그다지 좋은 선택이 아니다. 하지만 '오늘'을 생각하면?

그러니까 오늘을 산다는 게 뭘까? 많은 자기계발서들에서 오늘을 살라고 하는데 인생은 한 번이니 너무 기다리지 말고 지금 이 순간을 살라고 하는데, 그렇다면 결국 '오늘'을 살고 '순간'을 산다는 것은 대체 뭔가? 아니, 그냥 '산다'는 게 뭘까.

나는 예전부터 내 자신이 왜 태어났고, 왜 살아가고, 어떻게 살면 좋을지, 어떻게 죽으면 좋을지에 대한 관심이 많았다. 왜 지구에는 사람이 살고 정해진 수명만큼만 살다 떠날 수밖에는 없는 것인지 왜 누구도 자신이 선택하지도 않은 삶을 부여받아 죽기 직전까지 생로병사와 희로애락을 겪으며 살아가야만 하는 것인지 너무도 궁금했다. 하지만 어디에도 명확한 답은 없었다. 자라면서 이런 의문들은 자주 쓸데없는 호기심이나 엉뚱한 공상으로 치부되었다. 일단 대학은 가야 하니까, 성인이 되고 나면 그때, 나중에 시간이 흐르면 저절로 알게 돼, 와 같은 알쏭달쏭한 답들만 흔하게 이어졌다.

그런가? 대학에 가고 어른이 되면 알 수 있을까? 그래서 대학에 가고 졸업을 하고 사회생활을 하고 그러다 이십 대를 건너 삼십 대가 되었다. 하지만 여전히 나는 아무것도 알 수가 없다. 그사이 나와 친구들은 서로 다른 궤도에 올라 다른 주기로 삶을 돌며 가까워지기도, 아주 멀어지기도 했다. 그냥 이런 게 사는 거겠지, 다들 이렇게 살겠지 하며 애써 마음을 누르고 모르는 척 해도 잘 잊히지가 않았다.

너도 이제 그만 정신 차리고 남들처럼 결혼도 하고 애도 낳아야지. 사람은 그저 의지할 데가 있어야 한다. 아이가 있으면 네가 그렇게는 못 살지. 결혼을 하고 아이를 낳아야 진짜 어른이 되는 거다. 네가 그렇게 사는 건 아직 너밖에 몰라서야.

그런가? 결혼을 하고 아이를 낳으면 알 수 있을까? 아니, 알지는 못해도 적어도 이렇게 날마다 마음속을 뚫고 올라오는 오래된 의문들에서 어느 정도는 자유로워질 수 있을까? 하지만 그걸 어떻게 알지? 나는 결혼을 해서 행복해질 수도, 불행해질 수도 있다. 나는 아기를 낳아서 행복해질 수도, 불행해질 수도 있다. 어떤 선택의 기로에서 어느 쪽이 나를 행복하게 할지 누구도 알 수 없다. 내 자신조차도. 아이가 삶의 의미가 될 수도 있지만 아닐 수도 있다. 배우자도, 결혼도 마찬가지이다. 서로가 서로에게 의미가 되고 싶어 하지만 그런 순간도, 아닌 순간도 있을 것이다. 어떤 선택 이후에 내가 행복하다고 해서 너도 행복하리라는 보장은 어디에도 없다. 삶은 모두에게 다르게 흐르고, 우리 모두는 서로 다른 시간을 산다. 나는 너와 다르고, 또 너는 나와 다르다. 우리들은 서로가 저마다 다른 존재들인데 어떻게 그럴 수 있을 거라고 함부로 단언할 수 있을까.

어떤 사람들에게는 사회가 말하는 정상 궤도로 잘 진입한 것이 큰 의미이고 행복이고 성장일 수 있겠지만 또 다른 어떤 사람들에게는 그 정상 궤도가 하나의 족쇄처럼 느껴질 수도 있는 것 아닌가? 아니 그러니까 대체 그 정상이나 궤도라는 것이 무엇이며 이게 다 무엇인가. 나도 아마 내가 만나는 많은 청소년들에게 어른이랍시고 이런 이야기들을 하고 있겠지. 그때마다 상처를 받는 건 아이만도, 나만도 아닌 우리들 모두일 것이다. 그러하므로 다시 우리들은 왜, 이렇게, 살고 있는가.

우리들은 왜 사는가.
어떻게 죽을 것인가.

다시 돌아와도 여전한 얼굴로 살아 있는 의문들 앞에서 나는 언제나처럼 무력하다. 내가 찾는 그 무엇도 결국 없을 것이다. 못 찾을 것이다. 그건 오래전부터 알고 있었다. 하지만 없는 줄 알면서도 찾고, 아무것도 아닌 줄 알면서도 무엇일까 고민하는 것이 결국 삶 아닌가. 나는 아무것도 아닌 동시에 모든 것이므로, 모든 것인 내가 '나'를 찾고 내 안의 의문들을 해결해 나가는 것은 결국 실존의 문제 아닌가. 그게 산다는 것 아닌가.

아, 이게 무슨 궤변인가. 이런 얘기는 됐고.

자, 그렇다면 다시 나는 왜 떠나는가. 솔직히 잘 모르겠다. 그냥 다 필요 없고, 어떤 방랑벽. 방랑벽 때문인 것 같다. 봄날, 길 위를 걸으며 이런저런 풍경들 위에 나를 놓아 보면 나는 또 어떤 민낯의 나를 만나게 될까.

아직 살아 있는 내가, 내게 주어진 끝 날까지 포기하지 않고 살아내기 위해서는 무엇이 필요할까. 무엇으로 나는 살 수 있을까. 그리고 언젠가는 나도 사라질 것이므로 사라지기 전에 이미 사라진 사람들의 마지막 풍경을 보며 인사를 하고 싶다. 폴란드 크라쿠프에서 시작하는 것도 그래서이다. 언젠가는 꼭 한번 가 보고 싶었던 그곳, 아우슈비츠 수용소. 수많은 사람들

의 마지막이 있었던 곳. 그곳에 가서, 알고 있었지만 모른 척 지나간 일들 혹은 몰라서 모르고 지나간 시간들을 마주하고 싶다. 나는 여전히 무력하고 먼지 같은 한 개인일 뿐이지만 혹시 내가 할 수 있는 일이 있다면- 이 삶이 다하기 전에, 사라지기 전에 할 수 있도록 노력하겠다고 그런 인사를 하고 싶다. 그게 무엇인지 아직도 잘 모르고 있지만.

4월 초에 떠나기로 했다. 3주간 또 집을 비우게 되었으니 엄마께는 3월 말쯤 전화를 드려야겠다. 일을 그만둔다고 바로 엊그제 말씀 드렸는데. 결국 난 이런 딸이다. 다녀오고 나면 여름까지는 버틸 수 있을까.

어떻게든 또 살아갈 수 있을 것이다.

하지 못한 일에 안녕을 고하고 할 수 있는 일을 찾아 다시 인사를 건네며-

VINTAGE STAMPS

00-3

결국 당신들도 모두 사라질 겁니다

바로 지금 여기, 암스테르담

암스테르담 스키폴 국제공항(Amsterdam Airport Schiphol)에서 이 글을 쓴다.

갑자기 웬 암스테르담?

그러게 말이다.

알 수 없는 일들이 계속되는 가운데 가장 알 수 없게도 나는 암스테르담에 왔다. 그나마도 목적지가 아닌 경유지인 탓에 여기에서 9시간을 대기해야 한다. 얼마나 긴 시간인지 다음 비행기 탑승구가 어디인지도 아직 나오지 않았다. 기다리며 아무 곳에나 앉아 글을 끼적여 본다.

지난 2월.

회사를 그만 두고 폴란드 크라쿠프로 향하는 비행기 표를 끊었다. 가 보지 않은 나라다. 그곳에 아우슈비츠 수용소가 있다고 했다. 본 적 없는 역사가 짙게 배어 있는 나라. 나는 용케 피할 수 있었던 어떤 시간들이 존재했다가 사라진 나라. 아니, 어쩌면 그때의 시간들은 여전히 이곳에 남아 대기의 깊숙한 어느 지층 아래 유물처럼 고여 있을 것이다. 사라진 사람들의 유서를 대신해 쓰며 차마 흐르지 못한 채 그대로 역사가 된 시간들이 있을 것이다.

나는 어떤 역사도 그 처음과 끝을 오롯이 목격할 수 없다.

내 자신의 역사조차도. 아마 대부분의 역사에서 나는 주변부의 삶을 감당하며 이름 없는 존재로 살다 갈 것이다. 그리고 이 세상 모든 역사들이 결국에는 사라지고 다시 사라져 끝내 아무것도 남지 않게 될 것이다. 가까운 사람들을 잃고, 깊었던 인연들을 떠나보내고, 내 자신이 있던 시공간을 불쑥 떠나오는 중에도 조금씩 이어졌던 나의 역사는, 어느 순간 툭 하고 끝나 버릴 것이다. 자의든 타의든 어떠한 방식이든 모두가 사라질 것이다.

사라지기 전에 보고픈 풍경들이 있다. 더 많이 사라지고 열어지기 전에 기억해 두고 싶은 역사들이 있다.

내가 아직 존재하지 않았던 시간들 사이를 내가 존재하는 시간 동안에 걸어보는 것. 그것은 내게 어떤 의미가 될까. 스무날을 걷는 동안 내 안에 다녀갈 풍경들을 그려 본다. 하루에 하나만 생각하자. 그것만으로도 벅찰 것이다. 어차피 머릿속에 남는 것은 한 장면, 한 사람, 하나의 말과 하나의 글.

이제 오전 9시 7분. 아직도 꽤 이른 아침이구나. 새벽에는 사람이 거의 없더니 지금은 어마어마하다. 앞으로도 대략 5시간을 더 보내야 한다. 폴란드 가기 쉽지 않구나. 작년 이맘때 비행기가 지연되어 아주 큰일을 치렀던 경험으로 넉넉하게 시간을 잡는다는 게 너-무 넉넉하게 잡아서 시간이 붕 떠 버렸다. 크라쿠프로 가는 연결편이 많이 없는지 환승 여유 시간이 1시간 아니면 9시간. 내 최선의 선택은 어쩔 수 없이 후자. 그런데 4시간 정도 공항에서 시간을 그어본 결과 후자였던 것에 땅을 치며 후회...까지는 아니고 그냥 조금 후회하고 있다.

그런데 왜 이렇게 피곤하지? 어젯밤에 잠을 제대로 못 자서 그런가? 누가 보면 막 세계 일주를 마치고 귀국한 사람처럼 꾀죄죄하고 퀭하다. 얼마나 더 기다려야 할까. 좀처럼 시간이 안 간다. 아무래도 환승 시간이 너무 길었다. 심지어 비행기가 예정된 시간보다 빨리 도착해 10분이나 일찍 내려 줬다구. 이렇게까지 친절하지 않으셔도 괜찮은데요, 저는.

보자. 이제 4시간 30분 정도만 더 있으면 된다. 다시 힘을 내보자! 지금쯤이면 탑승구를 확인할 수 있을까? 안녕, 암스테르담. 곧 다시 올게.

여행의 첫날이다.
부디 탈 없이 잘 마칠 수 있기를.

보도블록은 드르륵 쿵쿵 가방 바퀴를 날려버릴 듯

어제 스키폴 공항에서 9시간을 버틴 뒤 무사히 폴란드 크라쿠프에 내렸다. 환승 시간이 너무 길어서 기다리다가 다시 귀국할 뻔했다.

하지만 크라쿠프 공항에 도착하자마자 난관에 봉착. 크라쿠프 시내로 들어가는 지하철을 타려면 플랫폼 중간에 듬성듬성 서 있는 티켓 발권기에서 표를 사야 한다. 그러자면 뭐가 있어야 한다? 폴란드 화폐 즈워티가 있어야 한다! 그 사실을 알 턱이 없는 나는, 유유히 플랫폼까지 내려갔다가 다시 올라왔다. 즈워티는 해당국에 가서 바꾸는 게 더 좋다고 해서 유로만 달랑 들고 왔는데 갑자기 즈워티라니! 뭐, 어쩔 수 없지. 급히 ATM기를 찾아 수수료 팍팍 내고 50즈워티를 뽑았다. 아싸! 내 수수료 잘 가!!!!

간신히 돈을 뽑고 다시 지하철 타는 곳으로 내려가는데 안내 데스크 직원이 5분 후 열차가 출발하니 빨리 가란다. 음, 드디어 전력 질주의 시간인가! 미친 듯 뛰어 플랫폼으로 내려가니 참! 나 표 뽑아야지. 열차는 금방이라도 떠날 듯 우웅우웅 기계 소리를 내며 서 있고 표를 든 사람들이 하나둘 빠르게 올라타고.

이 열차는 대체 몇 분마다 오는 걸까? 설마 한 시간? 이거 못 타면 여기에 영원히 남겨지는 건... 설마 아니겠지. 그러고 보니 정말 아무런 정보 없이 숙소 하나만 예약하고 왔구나. 한국에서 책이라도 좀 보지 그랬어 멍청아! 노 플랜주의의 폐해를 첫 나라부터 절절이 느끼며 침착하게 표를 발권하려는데 잘 안 됐다. 열차는 이제 정말 떠나려는지 더욱 크게 웅웅대고, 길게 뭐라고 뭐라고 안내 방송까지 나온다. 그 와중에 티켓 발권기는 내 지폐를 자꾸만 토해 내고. 왜 돈을 줘도 먹지를 못하니. 왜 먹지를 못해. 비행기에서 비상구 자리에 앉고 샌드위치도 받고 이상하게도 운수가 좋더니만...

폴란드어는 본 적도 들은 적도 없어서 영어로 꾸역꾸역 해석해 가며 돈을 넣었다 뺐다 하고 있는데 머리칼을 휘날리며 뛰어온 청년 둘이 10초 만에 표를 뽑아 나는 듯 열차로 뛰어든다. 아오!!! 내가 먼저 왔는데!!! 이 발권기 먹통아!!! 다섯 번쯤 실패한 후에 문득 신용 카드 투입구를 발견했다. 와, 빠르다. 시력이 해저 2만 리야. 발권기에 대한 신뢰도가 땅에 떨어진 상태라 미심쩍어 하다가, 그래도 혹시나 싶어서 신용 카드를 꺼내 긁으니 어라? 지잉- 지잉- 표가 나오기 시작한다. 젠장! 진작 카드로 할 걸! 즈워티는 왜 뽑았고 지폐는 왜 넣었냐!!! 표는 또 왜 이리 느릿느릿 나오는지. 거의 다 나온 표를 잡아 찢듯이 움켜쥐고 캐리어를 우당탕탕 열차 쪽으로 굴리는데 열차가 출발해 버렸다.

같이 가욧!!!!!!!!!!!!!!!!!

...이라고 소리를 지르고 싶었으나 혹시라도 어딘가에 계실 경찰님께 끌려가면 안 되니까 울분을 속으로 삼키며 의자에 앉았다. 그래! 수수료 날리고! 그렇게 뽑은 즈워티 못 쓰고! 카드

긁고! 표 찢어지고! 열차 놓쳤지만! 괜찮아! 하하하하! 괜찮아, 태주야! 오늘 안으로만 들어가면 돼! 내 목소리가 텅 빈 역사 안에 쓸쓸하게 울려 퍼졌다. 드디어 혼자 하는 여행의 묘미. 혼잣말이 시작됐다. 나의 그 '라임색 캐리어'를 소중히 끌어안고 다시 열차가 오기를 기다렸다. 다행히 열차는 금방 왔다.

눈치를 보며(아니, 난 대체 누구의 눈치를 보는 걸까? 아는 사람 하나 없는데) 전철에 올라 얼마나 갔을까. 금세 중앙역에 도착했다. 크라쿠프 중앙역은 갤러리아 크라쿠프스카(Galeria Krakowska)라는 큰 쇼핑몰과 연결되어 있었다. 여기에서 유로를 즈워티로 환전하면 된다고 했다. 갑자기 또 생각났다. 아... 내 50즈워티... 내 수수료...

도합 스무 시간이 넘는 방황 끝에 누가 봐도 '나는 지금 여기 막 도착한 부랑자예요'라는 몰골로 쇼핑몰에 들어갔다. 무척 화려하고 반짝이는 곳이어서 괜히 좀 주눅이 들었다. 과연 2층에 작은 환전소 부스가 마련되어 있었다. 1즈워티당 한화로 300원 꼴. 한 100유로쯤 바꾸면 될까? 하루에 3만원씩 계산해서 이틀... 하... 얼마를 바꾸면 되지? 몰라. 모르겠다. 그냥 150유로 바꿨다. 모자라면 또 바꾸지 뭐. 하하.

돈을 바꾼 뒤 쇼핑몰 안에 있는 대형 마트로 들어갔다. 간단히 저녁으로 먹을 만한 빵이나 좀 살까? 하지만 의외로 저렴한 물가와 사람들의 활기찬 모습에 나도 모르게 홍이 나 장바구니에 이것저것을 미친 듯이 집어넣기 시작했다. 빵, 감자칩, 물, 맥주, 토마토... 토마토는 한국에서도 잘 안 먹는데 대체 왜??? 뭐, 폴란드 토마토니까요. 후훗.

장을 보고 밖으로 나오니 그새 비가 쏟아지고 있다. 아오! 배낭에 캐리어에 카메라 가방에 우산에 방금 장 본 커다란 비닐봉지까지. 신이시여! 인간은 왜 자신의 미래를 볼 수 없나요? 인간은 왜 손이 세 개가 아닌가요?

점점 더 불쌍해지는 몰골로 숙소를 향해 터벅터벅 걷는데 날은 점점 어두워지고 휴대폰 지도는 말을 안 듣고. 분명 예약 홈페이지에서 살펴볼 때는 크라쿠프 중앙역에서 800미터 정도 걸으면 나온다고 했는데 왜 걸어도 걸어도 안 나오지? 게다가 동유럽의 길은 울퉁불퉁하기로 유명하다더니 과연! 촘촘하게 박힌 보도블록은 내 육중한 캐리어를 연신 튕겨냈다. 드르륵 쿵쿵- 드륵드륵 쿵! 이러다가는 얼마 못 가 바퀴가 닳거나 사라져 버릴 것 같다. 그럼 진짜 망하는 거다. 안 돼. 절대 안 돼.

그 와중에 길을 두 번이나 잘못 들어 이리저리 헤맨 끝에 간신히 숙소를 찾았다. 처음 지날 때 문이 작아서 못 보고 지나쳤는데 막상 문을 열고 안으로 들어가니 의외로 넓고 깨끗하다. 특히 조용해서 마음에 든다. 예쁘장한 언니 둘이서(내가 앞으로 만날 사람들 중 웬만한 친구들은 나보다 어리겠지만) 나를 반갑게 맞아 주었다. 내 방은 3층. 그런데...! 엘리베이터가 없단다. 왜죠. 왜 안 만들었죠. 그러려다가 괜히 씩씩한 척을 해 보았다. 아, 괜찮아요. 저는 힘이 세답니다. 하하하! 캐리어를 들고 낑낑대며 간신히 계단을 오르니 조용하고 아늑한 방이 눈앞에 펼쳐졌다. 비가 와서 그런가. 아니면 이 나라 분위기가 원래 좀 그런가. 방이 뭔가 약간 어둑하고 깊이 가라앉은 느낌. 사색하기에 좋을 것 같다. 들어가자마자 샤워를 하고 나왔다. 침대 위에 마트에서 사 온 빵과 과일을 늘어놓고 주섬주섬 주워 먹으며 내일 일정을 체크했다.

폴란드에서 다른 것은 다 못 보더라도 꼭 보고 싶은 것이 있었다. 바로 '아우슈비츠 수용소'. 이곳은 오전 9시부터 오후 4시까지는 '그룹 투어'만 가능하다고 했다. 개별 관람을 원한다면 오후 4시 이후에 가면 된다. 미처 모르고 있다가 출국 얼마 전에 알고 급히 그룹 투어를 신청했다. 다행히 평일이라 그런지 자리는 많이 남아 있었다.

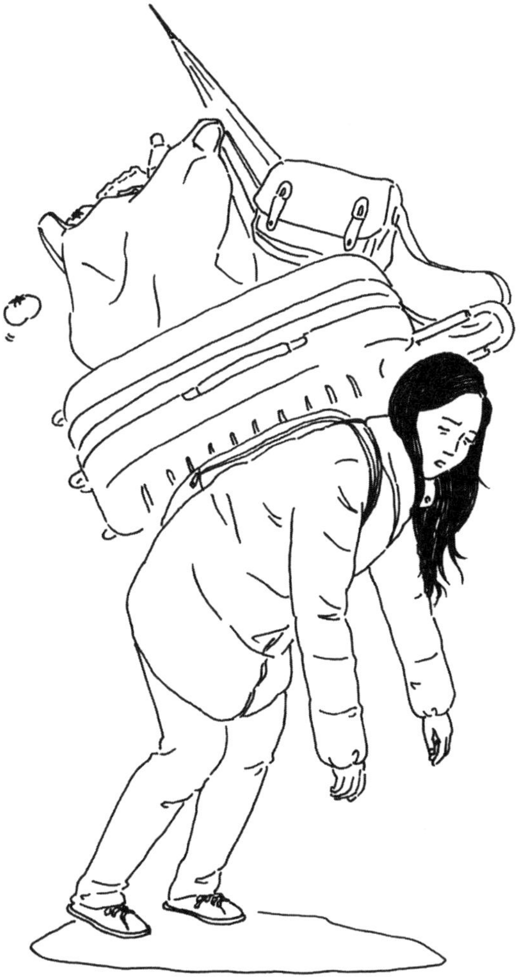

다양한 언어로 구성된 투어들 중 한국어는 없었다. 기대도 안 했지만 막상 진짜로 안 보이니 좀 슬프다. 어쩔 수 없이 영어 투어를 살펴보는데 짧게는 1시간 길게는 이틀짜리 투어도 있었다. 이틀?! 갑자기 또 무모한 용기가 막 용솟음쳐 나왔다. 그래! 이왕 가는 거! 길게 보자! 천천히 보자! 마우스 커서를 용감하게 휘두르는데 갑자기 죽음교육학회 사전 워크숍에서의 기억이 스멀스멀 떠올랐다. 나, 잘하고 있는 것 맞나...? 워워- 욕심 부리지 말고 우선은 6시간 정도만(?) 해 보자. 오전 9시부터 오후 3시까지 하는 6시간 스터디 투어로 예약했다.

아우슈비츠 수용소는 크게 세 곳으로 나누어져 있는데 6시간 투어에는 제1, 제2수용소를 자세히 둘러보는 코스가 포함되어 있었다. 여기는 길 잘못 들어 어디 갇히거나 낙오되거나 그럴 일 없겠지...? 여행 다니다 보면 하도 이런저런 일들에 자주 휘말려서 의심병이 커졌다. 어떻게든 잘 다닐 수 있겠지.

창밖이 점점 어두워졌다. 문득 방에 있는 TV를 한번 켜 보았다. 나와는 다른 피부와 머리색과 눈동자를 가진 사람들이 나와 낯선 언어로 웃고 이야기하고 식사를 한다. 그렇구나. 여기는 폴란드 크라쿠프.

불을 껐다. 순식간에 어둠이 쏟아져 내렸다.

어느새 다른 나라, 낯선 도시.

본 적 없는 시간을 지나고 있었다.

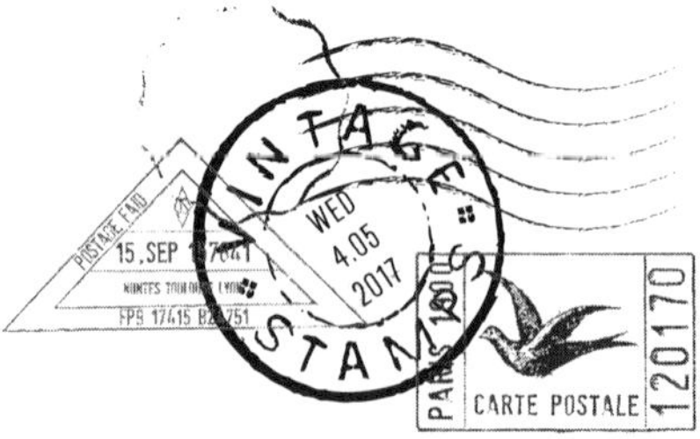

불가사의한 풍경의 시작

순간적으로 팍 하고 눈을 떴다. 새벽 6시.

낯선 풍경에 흠칫 했다가 얼른 정신을 차렸다. 아, 맞다. 나 폴란드 왔지.

어제 숙소 데스크에서 일러준 바로는 크라쿠프 중앙역 지하 정류장에서 아침 7시 10분에 아우슈비츠로 떠나는 첫 버스가 있다고 했다. 역까지는 도보로 20분. 급히 옷을 주워 입었다. 드문드문 비가 내렸다. 4월인데도 바람이 불면 아주 추웠다. 코트를 입고 오길 잘했군. 작은 가방에 필요한 것들을 넣고 카메라를 챙겨 밖으로 나왔다. 밖은 아직 어두운 기운이 남아 있었다.

아우슈비츠는 크라쿠프에서도 꽤 멀리 떨어진 곳에 있었다. 폴란드어로는 오시비엥침(Oświęcim). 널리 알려진 이름이 아우슈비츠(Auschwitz). 크라쿠프에서 버스를 타고 1시간 40여 분을 꼬박 달려야 한다. 역에 도착하는 것까지는 문제가 없었는데, 정류장을 못 찾아 역 주변을 몇 번 돌았다. 그러다 간신히 버스들이 늘어선 곳에 다다랐다. 첫 차가 7시 10분이라더니 한참이 지나도 감감무소식. 잘못 왔나? 여기가 아닌가? 설마 놓친 건가? 불안한 마음으로 서성이는데 25분이 되어서야 저 멀리서 버스 한 대가 느릿느릿 다가왔다.

버스는 나 외에 두 명을 더 태우고 털털거리며 출발했다. 예상 시간보다 늦어져 마음이 초조해지기 시작했다. 그걸 아는지 모르는지 버스는 낯선 도시 사이로 달리고 또 달렸다. 복잡한 도심을 지나고 어느 순간 황량한 나무 숲길이 나타났다. 4월 초인데도 겨울처럼 황량하고 음울해 보였다. 이 길을 지났을 수많은 사람들은 가는 동안 무슨 생각을 했을까. 삐죽하게 선 창백한 나무들이 창 너머로 휙휙 스쳐 지나갔다.

오늘 나는 무엇을 보게 될 것인가.

역시나 시간이 빠듯했다. 문 앞에 도착하니 9시 10분. 수용소가 어찌나 넓은지 입구까지 들어가는 길도 꽤 멀었다. 죽을 듯 헉헉대며 달려가니 다행히 일행이 방금 출발했다고. 투어 일행은 열 명 정도였다. 동양인은 나까지 네 명. 한국인은 나밖에 없는 것 같았다. 투어 가이드를 맡은 그녀는 날렵한 안경테와 단정하게 하나로 묶은 포니테일 머리가 인상적인 분. 영어를 정말 잘했다. 드넓은 수용소 중 중요한 순서대로 하나씩 보자고 했다. 그제야 수용소 내부가 천천히 눈에 들어오기 시작했다. 거대하게 들어선 붉은색 건물들이 위압적인 느낌을 주었다. 아우슈비츠 수용소는 나치가 만든 모든 수용소들 가운데 가장 규모가 크고 악명 높은 수용소였다고 한다. 건물별로 일련번호가 붙어 있었고, 일부 건물들에 한해 출입이 가능하도록 열려 있었다.

바로 이곳이다. 수백만 명의 사람들이 연기처럼 사라진 곳이. 산처럼 쌓인 수많은 신발들, 안경들, 머리카락들. 가스실 연료로 사용하고 버려진 빈 깡통들. 깨진 식기들. 책에서 이미 사진으로 보았던 장면들인데도 실제 눈으로 보니 충격이 컸다. 하나하나 모두 주인이 있었을 물건들이다. 끌려온 사람들이 최후까지 지니고 있었을 가죽 가방, 안경 그리고 신발. 한때는 가장 빛나는 모습으로 저 물건들을 사고 쓰고 아끼고 사랑하며 그렇게 일상의 하루하루를 살고 있었을 사람들. 그들이 하루아침에 던져진 아우슈비츠라는 수용소.

금방이라도 무너져 내릴 것 같은 딱딱한 나무 침대, 더러운 변기, 세면실... 눈으로 보고, 귀로 들어도 잘 보이지 않고 잘 들리지 않는다. 그저 영화의 한 장면인 것만 같다. 그 풍경 속에 가만히 나를 놓아 보았다. 소름이 돋고 몸서리가 쳐진다. 단지 몇 십 년 후에 태어났다는 이유로 내게는 허락되고 그들에게는 결코 허락되지 않았던 많은 것들에 대해 생각해 본다. 그들도 나처럼 그저 태어났을 뿐이다. 그런 평범한 사람들의 평범한 일상이 끝나는 것은 한순간이었다.

체포되던 그 순간이 가족과 함께 한 마지막이었던 사람들도 많았을 것이다. 그렇게 수용소로 끌려오면 가지고 온 소지품은 모두 빼앗기고 먼저 검열의 줄에 서게 된다. 여기에서 나치 친위대들은 병이 있거나 너무 늙었거나 문제가 있다고 생각되는 사람들을 가차 없이 골라냈다. 그리고 이들에게 속삭였다.

긴 여행을 하느라 피곤할 텐데 먼저 좀 씻으시오. 샤워실이 준비되어 있소.

아무것도 모르는 사람들은 반가운 마음으로 샤워실이라고 한 그곳에 들어가 씻을 채비를 한다. 그러나 샤워기처럼 생긴 배관에서는 따뜻한 물 대신 인체에 치명적인 가스가 쏟아져 나왔다. 같은 인간이 어떻게 이런 생각을 할 수 있을까. 오랫동안 성선설을 믿어 왔고 여전히 믿고 있는데. 누구나 그 마음속에는 어찌할 수 없는 악마와도 같은, 죄의 본성이 도사리고 있는 것일까.

생리 현상조차 감독하고 통제했다고 한다. 아우슈비츠에서는 하루에 두 번. 신호가 울리면 재빨리 용변을 보고 나와야 했다. 푸른 줄무늬 수용복은 또 얼마나 얇고 형편없이 낡았는가. 많은 사람들이 총살을 당하고 가스실에 끌려가 죽었지만 그에 못지않은 수가 기력 쇠잔과 병으로 세상을 떠났다고 한다. 또 일부는 알 수 없는 인체 실험 끝에 죽고 말았다. 제대로 먹지도 입지도 못하는 가운데 이렇듯 혹사를 당했으니 건강한 사람도 쓰러질 수밖에. 어떤 건물에선 엉엉 소리 내어 우는 학생들이 파도처럼 밀려나오고 밀려들어갔다. 수용소를 돌며 더러는 울고, 더러는 한숨을 쉬고, 대부분은 막막해했다.

그 중 한 건물의 벽 양쪽에는 빼곡하게 사진이 걸려 있었다. 모두 몇 장이나 될까. 한눈에 다 담기 어려울 정도로 양쪽 벽면을 가득 채운 수용자들의 사진들. 범죄자처럼 저마다 가슴에는 일련번호를 단 채 정면 사진을 찍었다. 사진 밑에는 이름과 생년월일 그리고 사망한 날짜가 적혀 있었다. 퀭한 눈, 짧게 깎은 민머리. 어떤 사람은 무표정하게 어떤 사람은 슬프게 어떤 사람은 쏘는 듯 형형한 눈빛으로... 그렇게 사진을 찍었다. 이런 사진도 검열이라는 소위 선택의 과정을 거쳐 살아남은 사람들만이 찍었을 것이다. 어린 아이들도 예외가 아니었다. 정면, 측면으로 찍힌 아이들의 사진들. 그 밑에는 생몰연도가 기재되어 있었다.

'Did not Survive' 그리고 드물게 'Survived'.

투어는 계속됐다. 아우슈비츠 제1수용소를 돌고 나니 12시. 가이드는 30분 휴식 시간을 갖겠다며 간단하게 점심 겸 배를 채우고 다시 정문 앞에서 모이자고 했다. 아우슈비츠를 보면 입맛이 뚝 떨어져 뭘 먹고픈 생각이 별로 안 든다더니 정말 그랬다. 시간이 촉박하기도 했고, 딱히 입맛이 없어서 물 한 병을 사고 기념품 숍에 들어가 책과 엽서들을 보았다. 여기에서 나는 그만 커다란 포스터에 꽂혀 덜컥 사 버리고 말았다. 수용소로 걸어가는 사람들의 모습이 흐릿하게 찍혀 있는 사진. 유대인임을 상징하는 다윗의 별도 뚜렷하게 박혀 있다. 사이즈가 꽤 커서 둘둘 만 포스터를 받아드니 뭔가 죽도처럼 보인다. 나는 이걸 왜 샀을까. 가서 어디 걸어 놓을 수나 있을까. 마음이 아파서. 엽서도 몇 장 샀다. 그러고 나니 벌써 약속 시간이 다 되었다.

오후 시간은 제2수용소인 비르케나우를 둘러보기로 했다. 정문 옆 정류장에서 버스를 타고 한 5분 남짓 갔을까. 가는 동안에도 사람들은 입을 굳게 다문 채 침묵했다. 창밖으로 밝은 햇살이 끊임없이 흘러 들어왔다. 날이 너무나 밝고 아름다워서 버스 내의 공기가 더욱 무겁게 느껴졌다.

비르케나우 수용소는 제1수용소보다 환경이 더욱 열악했다. 드넓은 벌판에 드문드문 선 수용소 건물들. 안으로 들어가자 말로 형언키 어려운 감정들이 솟구쳤다. 도무지 믿을 수 없는 광경들. 인간으로서 최소한의 존엄조차 지킬 수 없는, 최소한의 생활을 잇거나 기본적인 욕구조차 채울 수 없는 최악의 공간. 화창한 4월인데도 건물 안에 들어가니 음습한 기운이 온몸을 감쌌다. 어둡고 축축하고 쌀쌀한 기운. 그러니 당시의 광경들은 대체 얼마나 비극적이었을까.

여기가 화장실이라고?

사람들 사이에서 신음처럼 탄식이 흘러나왔다. 도무지 믿을 수 없는 구조였다. 제1수용소에서는 그나마 변기라도 있었는데, 비르케나우에서는 그저 긴 돌에 구멍만 툭툭툭 뚫어 놓았다. 하루에 두 번 정해진 시간에 짧게 다녀온다. 그게 바로 이곳. 헤아릴 수 없을 만큼 많은, 유령과도 같은 사람들이 앞다투어 뛰어와 볼일을 보고 다시 비척비척 일을 하러 나가는 모습을 그려 보았다. 더러는 쓰러지고 밟히고 아파하고 소리를 지르고... 그러다 더 이상 노동을 할 수 없다고 판단되면 가차 없이 끌려 나갔겠지. 오늘 아침 눈을 떠도 이 삶이 언제까지 이어질지 알 수 없는 상황. 아무런 희망도 답도 없는 수용소 생활 속에서 사람들은 어떻게 하루하루를 버텼을까.

건물의 벽에서 싸한 냉기가 올라왔다. 벽면들은 마치 핏물이라도 든 것처럼 얼룩덜룩했다. 오전에 보았던 통곡의 벽이 생각났다. 그곳에도 검은 얼룩 같은 것이 짙게 남아 있었다. 밑에는 누군가 놓고 간 꽃들만이 쓸쓸히 자리를 지켜 보는 이들을 더욱 안타깝게 했다. 어떤 이는 가스실에서, 또 다른 이는 통곡의 벽에서 단번에 죽었을 것이다. 그리고 대부분이 이 알 수 없는 냉기가 가득 찬 벽들에 둘러싸여 천천히 목숨을 잃었을 것이다. 자꾸만 한기가 돌아 자주 옷깃을 여몄다. 한 건물을 나와 다음 건물로 이동하며 올려다본 하늘은 그럼에도 믿을 수 없이 파랬다. 잔디가 무성한 벌판은 얼핏 비르케나우를 넓고 아름다운 공원처럼 보이게 했다.

오늘 날이 너무나 아름답네요.

일행 중 누군가가 툭 그런 말을 했다. 사람들을 대거 묻은 자리를 표시한 비석 앞에서였다. 비석 너머엔 작은 호수가 있었다. 햇살을 받은 호수 표면이 찬란하게 일렁이며 빛났다. 우리 일행은 잠시 그 근처에 걸터앉아 쉬었다. 사람들이 너무 많이 죽어 어쩔 수 없이 한꺼번에 대량으로 묻었다고 한다. 살아서는 일련번호로 분류되고 죽어서도 제 이름을 남기지 못한 수많은 사람들.

믿을 수 없지요. 바로 여기. 이렇게나 아름다워 보이는 곳에서 그런 일이 벌어진 거예요.

가이드가 대답했다. 다들 말없이 고개를 끄덕였다. 무슨 이유에서인지 알 수 없지만 나는 운 좋게도 피할 수 있었던 어떤 비극적인 순간을 계속해서 응시하는 일은 쉽지 않았다. 지켜보는 것만으로도 숨이 차고 괴로운데 그 시대를 지나온 사람들은 오죽할까.

기억에 남는 사진 한 장. 아이들 셋이 손을 잡고 어딘지 모를 길을 간다. 두려움에 사로잡힌 눈망울을 하고 어른들을 따라 길을 걷는다. 이 사진 밑에는 '죽음으로 가는 길(On the way to death)'이라는 말도 안 되는 문구가 박혀 있다.

모든 믿을 수 없는 장면들 중 가장 깊이 각인된 순간은 한 건물 안에 마련된 영상실을 둘러본 것이었다. 여기에서 가이드는 이곳만큼은 천천히 둘러보라며 충분한 여유를 주었다. 그곳을 다 보고 나오며 왜 그랬는지 이유를 알 수 있을 것 같았다.

영상실은 나치들의 전당 대회 같은, 기록 자료들도 상영 중이었고 살아남은 이(Survivor)들의 인터뷰도 직접 들어볼 수 있었다. 하지만 가장 기억에 남은 것은 사람들이 수용소에 끌려오기 전 평범한 일상을 누리던 모습을 짧게 짧게 편집한 흑백 영상이었다. 전시실 사방을 파노라마처럼 두른 영상에서 사람들은 행복해 보였다. 웃고 마시고 먹고 사랑하고 결혼하고 아이를 낳고 가족사진을 찍고 화창한 봄날에는 소풍도 가고. 아이들은 무럭무럭 자라고 밖에서 웃으며 뛰어놀고 서로 예뻐하고 노래하고.

나도 모르게 눈물이 났다.

사방을 둘러보아도 행복한 사람들의 모습뿐인데. 이렇게나 평범하게 살아가던 사람들인데... 밖으로 나오니 다시 수용소. 황량하리만큼 넓고 까마득한 아우슈비츠. 자꾸만 소름이 돋는 건 4월임에도 강하게 불어오던 바람 탓만은 아닐 것이다.

투어의 마지막은 비르케나우 수용소 정문인 감시탑에 올라가 제2수용소 전체를 조망해 보는 것이었다. 가이드가 마지막까지 우리를 챙겼다.

천천히 보시고 건강히 안녕히 돌아가세요.

겨우 반나절을 함께 했을 뿐인데 그새 정이 들었는지 마음이 찡했다. 감사했습니다. 오늘을 잊지 않겠습니다. 인사를 하고 감시탑에 올라가니 과연 수용소 전경이 한눈에 들어온다. 감시탑까지 모두 둘러보고 나오니 2시 30분. 이렇게 아우슈비츠 투

KL AUSCHWITZ II BIRKENAU 1944 – W DRODZE NA ŚMIERĆ
– ON THE WAY TO DEATH

어 일정이 모두 끝났다. 다시 제1수용소로 건너오는 버스를 타고 수용소 바깥으로 완전히 나왔다. 기운이 빠져 우선 벤치에 앉았다. 4시부터는 무료입장이다. 개별 관람도 가능하다. 이왕 온 것 혼자 좀 더 보고 싶어서 한 시간 정도를 밖에서 기다리기로 했다.

이 와중에도 배는 고팠다. 정문 근처에 먹거리를 파는 작은 가게가 있어서 콜라와 햄버거를 샀다. 벤치로 돌아와 와구와구 먹었다. 그럼에도 다시 음식이 넘어가는구나. 울적한 마음으로 한참을 그렇게 먹고 있는데 어디선가 낯익은 언어가 들려왔다.

저, 혹시 한국인이세요?

앗! 넵! 먹던 햄버거를 급히 쑤셔 넣고 우물거리며 답했다. 단정한 용모의 여학생이었다. 대학생쯤 되었을까. 그녀는 관람을 마치고 돌아가는 버스를 기다린다며 내 옆에 앉았다.

저는 독일에 교환학생 와 있어요.
와, 독일이요? 멋있네요!

그녀는 쑥스럽게 웃었다. 한국을 떠나온 지 겨우 이틀째인데 왜 이렇게 뭉클하고 반가운지. 우리들은 잠시 모국어로 수다를 떨며 반가움을 나누었다.

여기 정말 말도 안 되죠?

어휴. 저는 그래서 이제 그만 가려고요. 더는 못 보겠어요.

혼잣말처럼 툭 그녀에게 던지니 고개를 설레설레 젓는다. 아직 학생인데 이곳에 와 볼 생각을 했다니 내 동생이 그런 것처럼 기특한 마음이 든다. 더 보시게요? 네, 저는 개인적으로 좀 더 보고 가려고요. 고개를 끄덕이던 그녀가 멀리 정류장 께를 보더니 아! 버스 왔다! 하고 외쳤다. 그녀가 후다닥 일어나며 손을 흔들었다. 그녀와는 이것으로 안녕. 시절 인연들. 여행길에서 만나는 사람들은 이름도 모르고 나이도 모르고 이렇게 마음을 잠시 나눈 후 안녕이다. 나도 곧 떠날 것이면서 또 마음이 허전하다. 나 외로운가. 응. 외로운가 보네. 이렇게 쓸쓸하고 비참한 풍경들을 보고 홀로 돌아갈 길을 생각해서 그런가. 나 좀 외롭네.

외로워도 남은 건 다 먹어야지. 우걱우걱 콜라까지 해치우고 일어섰다. 종일 걸어 다녀 다리가 아팠지만 그래도 아우슈비츠에 한 번 더 들어가 보기로 했다. 해가 일찍 질까 걱정되어 마음에 남았던 곳 위주로 빠르게 둘러보았다. 어느새 오후 5시. 해가 지고 있었다.

돌아오는 길.

우여곡절 끝에 간신히 버스를 탔다. 또 와 보게 될까? 그러고 싶다. 내가 사랑하는 사람들과 같이 와서 이 현장을 다시 보고 마음에 새기고 싶다. 그리고 곁에 있는 사람들에게 사랑한다고, 고맙다고 이야기해 주고 싶다.

너무 늦지 않기를 바랄 뿐이다.

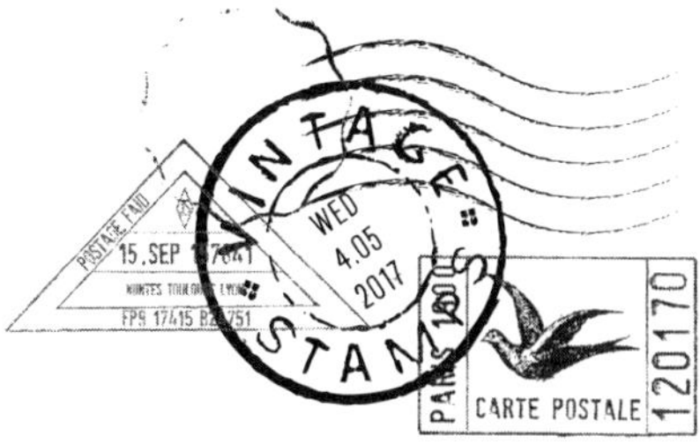

비정함과 선량함과 악과 선이 공존하는 세상

6시간 스터디 투어를 이끈 우리 가이드는 영어를 아주 유창하게 하는 젊은 여성이었다. 매 순간 열정적으로 아우슈비츠의 이모저모를 설명하던 그녀는, 쉬는 시간에 누군가 던진 '가이드 일을 하는 것이 당신에게는 어떤 의미인가'라는 질문에 이렇게 답했다. '이 일은 제게 아주 중요하고 소중합니다. 우리는 이렇듯 역사의 현장을 돌아보고 안내하는 일을 통해 다시는 같은 역사가 반복되지 않도록 널리 알리는 임무를 맡고 있습니다. 여러분들이 이렇게 시간을 내 전 세계에서 와 주시는 것에 감사드립니다. 특히 어린 학생들이 이곳과 같은 역사의 현장을 돌아보는 것, 교육받는 것은 아주 중요한 일입니다. 그래서 저는 언제나 최선을 다해 명확한 사실을 전달하려고 노력하고 있습니다.' 그녀의 말에 따르면 오늘 하루만 해도 약 8천 명이 다녀갈 거라고.

그날 대지의 햇살도, 안경 너머 총명한 그녀의 눈도 참 투명하게 반짝이고 있었다.

오후 4시가 되어 다시 한 번 아우슈비츠에 들어가려는데 쉬는 시간에 샀던 커다란 포스터가 문제가 되었다. 아우슈비츠에 들어가려면 모두 소지품 검사를 받아야 하는데(역사적 장소여서 그런지 백팩 소지도 안 되고 오직 작은 가방만 휴대가 가능했다) 이게 제법 까다롭다. 공항 검색대와 같은 느낌의 시큐리티 체크. 가방도 일일이 열어보라 한다. 오전에 잘 통과했고, 포스터도 이곳에서 산 것이니 큰 문제가 있겠나 싶어 가볍게 지나가려는데 남자 검사관이 나를 불러 세웠다.

어, 잠깐만요.

네??

그... 손에 든 그 봉 같은 거...

앗, 이거요??

네, 그거. 그거 뭐죠?

아, 이거 포스터요.

포스터?

포스터! 벽에... (벽에 붙이는 시늉)

아하!

그런데 검사관이 조금 난처한 표정이다. 둘둘 말려 제법 단단해진 그 봉이 정말 포스터인지 긴가민가하는 듯 보였다. 나더러 이곳에서 샀냐고 한다. 네! 다윗의 별 포스터예요. 여기 아우슈비츠에서 샀어요. 검사관이 대충 보내 주려는데 다른 쪽에서 검사를 하고 있던 상관과 눈이 마주쳤다.

이거 포스터라는데 어떡할까요?

뜯으라 해요.

뜯어요?

네, 뜯어요!

저기...

아, 괜찮아요! 뜯을게요.

그는 괜히 미안한 눈치다. 나는 조금 풀이 죽었다. 뭐, 정확하게 확인하는 게 맞지 하면서도 좀 귀찮게 됐네 싶어 속으로 한숨을 푹 쉬고 포장된 부분을 부욱 뜯으려는데 검사관이 깜짝 놀라 손을 내저으며 'No, No!' 했다. 예?

살살...

내 손을 비키게 하더니 손톱 끝으로 조심조심 접합 부분을 뜯어내는 그. 폴란드인인 그의 말을 나는 모르고, 한국인인 나의 말을 그는 모르지만 제스처로 그는, 살살... 이라는 느낌을 주었다. 분명 그는 미안한 거다. 누가 봐도 종이이고, 안이 비었고, 여기에서 파는 것임을 알 수 있는데 그 겹겹이 둘둘 말린 종이 사이사이에 혹시라도, 만에 하나라도, 무엇이 들었을지 모른다는 그 가정 때문에 예쁘게 포장된 당신의 소중한 무엇을 헤쳐 보이라는 게 미안해요, 라는 느낌.

사람이 참 순하네.

제복을 입고 애써 딱딱한 눈빛으로 수많은 사람들 앞에서 이렇게 하라 저렇게 하라 진두지휘하고 있지만 이럴 땐 어쩔 수 없이 순한 마음을 내비치는 게 참 예쁘고 좋았다. 결국 '살살' 뜯은 내 포스터는 '살살' 풀리며 예의 그 다윗의 별을 드러냈고 그가 작게 오! 하고 탄성인지 탄식인지 모를 소리를 냈다. 나는 순간 풋 하고 웃었다. 그도 잠깐 힛 하고 웃은 것 같다. 이미 알고 있었지만 정말 확인해 보니 진짜 그대로네요, 라는 느낌으로 약간 쑥스럽게 둘 다. 그가 멀찍이 선 상관에게 포스터를 들어 보이니 상관이 고개를 까딱한다. 나 이제 통과인가요? 그래요, 당신 통과예요.

그날 돌아와 포스터를 다시 둘둘 말아 이렇게 저렇게 가방에 넣어 보는데 수직으로 세워서는 도무지 들어가지 않는다. 오 맙소사! 내 가방 키도 생각 안 하고 사 버렸어! 절규할 뻔했는데 대각선으로 어찌어찌 들어간다. 이 포스터를 보면 오래도록 그 순한 마음의 검사관이 생각날 것 같다.

그럼에도 불구하고 여전히 믿는다. 사람의 선함을.

크라쿠프로 돌아가는 길. 멀거니 창밖을 내다보다가 서점에서 구입한 책 앞에 문득 이런 글귀를 적었다.

이 모든 것을 어떻게 설명할 수 있을까?

이 모든 비정함을

이 모든 슬픔을 아픔을

누구도 알 수 없는 선과 악의 공존을

인간의 삶을

1945년까지 그곳에는 '어떤' 사람들이 있었다.

그리고 그들 모두에게는 이름이 있었다.

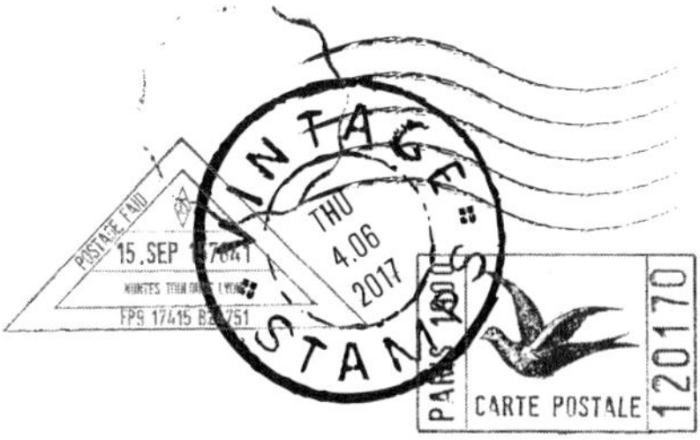

번잡하게 뒤엉켰던 마음을 풀어내며

오늘은 크라쿠프의 유대인 지구인 카지미에슈(Kazimierz)를 다녀왔다.

시작은 좋았다. 든든히 조식도 먹었겠다, 아우슈비츠 투어도 완료했겠다, 포스터와 마음에 드는 책도 세 권이나 샀겠다! 기쁜 마음으로 숙소를 나섰다. 그런데...? 분명 맑았던 날씨가...? 조금 걸으니 금세 구름이 끼고 바람이 불었다. 오호라? 옷깃을 여미고 좀 더 걸으니 이번에는 비가 쏟아진다. 아우슈비츠에 갔던 전날이 너무 더워서 옷도 얇은 것들로 갈아입었는데 이게 무슨 조화람! 급히 우산을 꺼내 드는데 순간 강한 바람이 몰아

닥쳤다. 휘릭 볼품없이 뒤집어지는 우산.

아아악-!

지나던 사람들이 푸힛 웃는다. 부끄러워 얼른 우산을 다시 뒤집고 바람에 맞서 낑낑대며 걷는데 어라? 다시 바람이 잠잠하다. 비도 좀 그쳤나? 허참! 그나저나 여기가 어디지? 누구네 집인지 알 수 없는 지붕 밑에 잠시 기대어 서서 위치를 찍어 보니 비스와 강(Vistula River) 근처다. 크라쿠프부터 발트해까지 이어진다는 아주 길고 큰 강. 유대인 지구인 카지미에슈 근교를 지나 크라쿠프를 가로지르듯 흐르고 있다. 도도하게 흐르는 강물. 유속이 제법 빠르다. 잠깐 지켜보고 섰으려니 비가 다시 또 거세게 들이쳐 오래는 못 보겠다. 우선 급한 대로 근처 어디에라도 좀 들어갔다 나왔음 싶었다. 그런데 강 중간이라 마땅치가 않다.

이리저리 헤매다가 기억도 안 나는 동선으로 어찌어찌 점을 찍으며 다니는데 이래서는 카지미에슈는커녕 숙소에도 못 돌아가겠다 싶었다. 몸은 지쳐가고 마음은 급해지고. 현재 위치를 보니 어디로 가라는데 빗물이 튕겨 휴대폰을 오래 꺼내 보지도 못하겠고. 무엇보다 너무 추웠다. 그때 다시 비를 피하려 우연

히 기대 선 곳이 요한 바오로 2세 성당이었다.

일단 여기라도 들어가자!

열릴까 싶은 육중한 문이 끼익 열렸다. 평일이라 그런지 저 깊숙한 안까지는 못 들어가게 철문으로 통제가 되어 있는데 그래도 철문 바깥쪽에 의자를 두어 기도할 수 있는 공간을 마련해 두었다. 우산을 접어 바닥에 내려놓았다. 카메라 가방과 옷가지도 툭툭 털어 옆에 내려놓고 일단 의자에 앉았다. 바깥세상으로 통하는 문이 조용히 닫혔다.

순식간에 내려앉은 고요.

번잡하게 뒤엉켰던 마음이 천천히 가라앉았다. 비바람에 날카로워졌던 신경도 대번에 누그러졌다. 지쳤던 마음이 조금씩 회복되는 느낌이다. 멍하니 앞을 보며 가만히 있는 시간이 좋았다. 오랜 시간 공들여 다듬고 빛을 낸 이곳. 고개를 숙이고 조용히 기도를 하는데 문이 열리더니 호호백발 할머님 한 분이 들어오신다. 살짝 눈인사를 하고 다시 고개를 돌려 앞을 보았다. 그분은 왼편 의자에 앉아 고개를 숙이고 오래도록 기도를 하신다. 장바구니를 들고 오신 것 같은데 오가며 이렇게 기도 드리고 인사하고 가시는 걸까.

할머님이 가시고 조금 후에 동갑내기 친구인 듯 또다시 호호백발 할머님 두 분이 손잡고 들어오신다. 이번에도 눈인사를 해 주시는 두 분. 마주 인사를 하고 가만히 흘끔흘끔 곁눈질로 지켜보고 있으려니 조용히 기도를 하신다.

비바람으로 길을 잃은 덕에 여기를 와 보는구나. 그래, 길을 잃는다는 건 때로 생각지도 못한 어떤 순간들을 선물처럼 안게 되는 것이지.

어느 정도 기운을 차린 뒤 다시 출발!

그렇게 한참만에 드디어 카지미에슈를 찾아갔다. 카지미에슈는 14세기, 유대인 관용 정책을 펼친 폴란드 왕의 이름이라고 한다. 카지미에슈 왕 덕분에 많은 유대인들이 이곳에 와서 모여 살며 유대인 지구를 이루었다. 비가 와서 그런가. 사람이 거의 없는 조용하고 어둑한 골목들이 이어졌다. 가게들이 늘어선 작은 광장에도 고요한 오후가 흐르고 있었다. 카지미에슈를 둘러본 뒤 이번에는 비스와 강 건너 게토(ghetto) 지구로 가 보았다.

시내 중심부에서 사는 것이 허락되지 않아 외곽의 정해진 구역에서 따로 모여 살기 시작한 유대인들. 너무 넓어 휑해 보이는 이 광장에는 하나의 예술 작품처럼 드문드문 의자가 놓여 있었다. 설명에 따르면, 이곳은 유대인들이 각 수용소로 흩어지기 전에 잠시 대기하던 곳이라 한다. 모든 유대인은 수용소로 보내지기 전 일단 크라쿠프 중앙역으로 가야 했는데 그마저도 사람이 밀리고 행정 처리가 늦어지면 대기 시간이 길어졌다. 그래서 기다리던 이들이 의자를 가져와 앉았다고 한다. 당시의 풍경을 재현한 일종의 메모리얼이라고 할까. 광장에 놓인 의자들은 유독 한 곳을 향해 가지런히 놓여 있는데 그 놓인 방향이 바로 크라쿠프 중앙역 쪽이라고 했다.

이 드넓은 광장을 빼곡하게 채웠을 사람들. 그들 중 많은 수가 도착했을 아우슈비츠. 내가 본 4월의 그곳은 빛이 하염없이 쏟아지고 있었다. 그리고 줄무늬 수용복을 입은 퀭한 눈빛의 사람들. 수용소에 오기 전에는 봄볕처럼 빛나던 사람들이 하나하나 빛을 잃고 삶을 잃고 그저 시체 무더기가 되어 빽빽하게 죽어가는 동안 이 광장에는 다시 사람이 차고 사람이 사라지고 기차는 떠났을 것이다. 그렇게 사라진 사람들의 사진 끝에는 '있었지만 지금은 없다'는 사실의 증표로 생애의 마지막 날이 적혔을 테다. 의자에 감히 앉지는 못하고 가만히 가만히 쓰다듬어 보았다. 그새 날이 개 볕을 받았는지 조금 따듯했다.

폴란드 크라쿠프를 걸으며 내내 그런 마음이 들었다.

나는 지금도 어떤 슬픈 현장들을 운 좋게 비껴가고만 있는 것 같다. 우리 엄마 딸이라 우리 엄마는 못 가져 본 것들을 많이도 가져 보았고, 우리 아빠 딸이라 우리 아빠는 못 본 풍경들을 많이도 보았고, 1952년이나 1955년생이 아니라 1984년에 태어나서 그 모든 슬프고 아프고 위험한 무엇들을 지금보다 더 어리고 젊은 시절에 용케도 비껴갈 수 있었다. 그런데 지금도 그 모든 게 왜 그럴 수 있었는지 왜 그래야만 했는지 모르겠다.

우리 모두는 그저 태어났고 자랐고 살아갔을 뿐인데 너무나 다른 풍경을 보았고 지금도 그렇게 시간은 모두에게 다르게 흐르고 있다. 아무도 스스로 선택한 적 없는데 책임은 산처럼 무거운 이 모든 것들을 무엇이라 불러야 할지 어쩌면 좋을지 모르겠다.

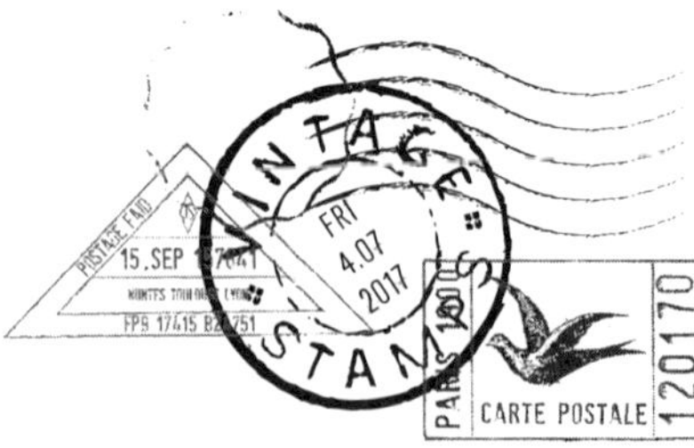

버스 타고 국경 넘으니 별안간 소매치기

버스를 타고 독일 베를린으로 넘어가는 날이다. 폴스키 버스(Polski Bus)라는 이름도 귀여운 빨간 버스를 타고 8시간을 가야 한다.

그래서 오늘은 오전에 여유롭게 조식을 먹고 짐을 챙겨 나왔다. 사흘 전 드륵드륵 캐리어를 끌며 숙소로 향하던 저녁이 생각났다. 그날처럼 바퀴를 튕기며 열심히 크라쿠프 중앙역 버스 정류장에 다다르니 한 시간 정도 여유가 있었다. 폴란드를 떠난다고 생각하니 뭔가 아쉬운 마음이 들어 그럼 근방이나 돌아

볼까 해서 이리저리 쏘다녔다. 그러다 버스 출발 시각을 20분 정도 남겨 놓고 갑자기 냉장고 자석에 꽂혀 그걸 꼭 하나 사고야 말겠다는 다짐을 해 버렸는데...

뭐든지 선택지가 많으면 고르는 데 고뇌가 커지는 법이다. 냉장고 자석은 이걸 고르면 저게 아쉽고 저걸 고르면 다시 이게 눈에 밟힌달까. 간신히 하나를 골라 계산대에 섰는데 앗! 폴란드 떠난다고 즈워티를 다 써 버렸다. 카드를 쓰자니 수수료 때문에 배보다 배꼽이 더 클 것 같고 고민 끝에 10유로 지폐를 내니 잔돈을 즈워티로 주셨다. 음... 저 오늘 여기 떠나는데요... 게다가 봉투에 담아 줄까 물어봐서 넵! 했더니 내 캐리어도 들어갈 만큼 엄청 커다란 비닐봉지를 주었다. 순간 잠시 고민했다. 겨우 작은 마그넷 하나 사면서 유로화 냈다고 그러시는 건가... 아니면 이거 혹시 인종차별인가... (네, 아닙니다.)

소심해서 겉으로 티는 못 내고 속으로만 투덜대며 이 봉지를 어쩔까 하다가 몸에 두르고 있던 카메라 가방을 열고 카메라 위를 덮듯이 대충 구겨 넣어버렸다. 그때는 몰랐다. 나중에 이 봉지가 위기의 순간에 내려온 한 가닥 동아줄이 될 줄은...

폴스키 버스는 2층으로 되어 있는데 2층 앞좌석을 선점하면 자리도 넓고 바깥 구경하는 재미도 있다고 했다. 얼른 달려갔더니 과연 자리가 있...기는커녕 하마터면 못 앉아갈 뻔했다.

간신히 2층 끝 빈자리에 앉았고, 폴란드와 독일 국경에서 여권 검사까지 마쳤다. 날이 슬슬 저물었다. 버스는 드디어 폴란드를 넘어 독일 도로 위를 달리고 있었다.

여권 검사를 할 때 좀 재밌는 일이 있었다.

근엄하게 생긴 독일 경찰 두 명이 직접 버스에 올라와 앞에서부터 차례로 조사했다. 아무 잘못이 없는데도 왜 이런 때만 되면 이토록 가슴이 쫄리고 걱정이 커지는 걸까. 이날도 엄청 쭈그러들었다. 야, 왜 그래! 어깨를 펴! 당당하게! ...라고 내 자신에게 마음속으로만 외치며 두 손을 모아 공손히 여권을 내밀었는데... 사진을 뚫어지게 보던 경찰이 내 여권을 가지고 1층으로 훌렁 내려가 버리는 게 아닌가!!

엥?? 아니, 이보세요!! 어디 가세요!! 경찰 청년!!! 경찰 선생님!!!!

마음속으로 애타게 외치며 초조하게 그러나 겉으로는 의연하게 기다렸다. 꽤 오랜 시간이 흐른 것 같았다. 머릿속으로 폴란드와 독일 국경 사이에 홀로 남겨진 채 취조 받고 있는 내 모습을 그릴 무렵 경찰이 돌아왔다. 세상에! 남의 나라 경찰이 그렇게 반가울 수가 없었다. 그가 '오케이! 땡큐!' 하고 훈훈하게 웃으며 내 여권을 내미는데 '오케이라니!! 여보쇼!! 나는 십 년 감수했다구욧!!!'이라고 얘기하고 싶었다. 하지만 쫄아 있는 내게 그런 용기가 어디 있나. '땡큐 베리마치!!'라고 수식어까지 길게 붙여 허리를 굽혀가며 굽신굽신 인사했다. 내가 그렇지 뭐.

그런데 아직까지도 왜 내 여권을 가지고 아래로 내려갔다 왔는지 모르겠다. 내 사진에 무슨 문제라도 있었나? 이렇게 생긴 얼굴은 난생 처음입니다!! 이런 거 서로 얘기하려고 한 건 아니겠지... 혹시 도장 찍어 줬나...? 아무튼 사진을 뚫어지게 보다가 아무 말 없이 들고 내려간 건... 좀 그랬어요... 오해할 만하잖아요? 옛날에 스위스에서 사복경찰에게 불심검문 당한 후로 괜히 의심병만 커졌다. 그때는 여권을 숙소에 두고 와 신분 증명이 안 되는 바람에 달리던 기차에서 내려 취조실까지 갔었지. 하, 그때에 비하면 이 정도는 양반이다. 감사합니다.

그렇게 독일에 도착해 얼마나 달렸을까.

점점 어둠이 내려앉고 걱정은 커져만 갔다. 바로 '소매치기'에 대한 우려였다. 사실 독일행을 결정할 때만 해도 이 부분에 대한 별다른 고민은 없었다. 예전에 갔을 때에도 아무 일이 없었고 조심히 다니는 편이라 설마 그런 일이 있겠나 했다. 그런데 독일에서 첫 이틀 동안 묵을 한인 홈스테이의 홈페이지에 유독 '베를린 버스터미널인 ZOB에 내리시는 분들은 소매치기 조심하세요'라고 공지해 놓은 것을 보고 걱정이 커지기 시작했다.

'어, 나 버스 터미널에 그것도 저녁 7시쯤 내리는데...'

하지만 뭐 별 일 있겠나 싶어 과감히 버스행을 감행하고 그렇게 나는 저녁 7시 30분에 터미널에 내렸다. 그! 리! 고! 잔뜩 쫄아서 버스에서 내리자마자 무작정 직진 본능(길치들에게 흔히 나타나는 증상)을 구사, 어딘지 모를 길을 마구 걸어가는데... 당연히 틀린 길이었다. 홈스테이 홈페이지에 게재되어 있는 지도는 아무리 봐도 모르겠고 독일에 도착하니 폴란드에서는 잘만 되던 인터넷마저 갑자기 먹통이 되고 말았다. 이렇게 되면 현재 위치조차 알 수 없는데... 망했다...! 대충 눈짐작으로 지하철

역사를 찾아 내려갔는데...!

과연, 분위기가 좀 스산했다.

뭔가 먹잇감을 노리는 맹수들처럼, 지하철을 타지는 않고 역사 내에서 플랫폼을 뱅뱅 돌고 있는 사람들이라고 할까. 그런 이들이 내가 플랫폼에 내려서자마자 뭔가 명함 같은 것을 내밀며 자꾸 말을 시켰다. '아, 노노, 노 땡큐!' 처음에 나는 택시 타겠냐고 묻는 줄 알고(실제로 몇몇은 그렇게 물었다) 공손하게 그러나 단호하게 '나 지하철 탈 거야, 표 있어.'라는 표시를 했다. 대체로 이렇게 얘기하면 그냥 물러갔다. 하지만 그땐 미처 몰랐다. 바로 나를 노리는 2인조 소매치기범들이 계속해서 주시하며 따라오고 있었다는 것을.

딩딩딩딩-

열차 들어오는 소리가 나고, 나는 빨리 이곳을 벗어나고 싶어 열차가 들어오고 있는 플랫폼으로 가까이 다가섰다. 그런데 그때 젊은 청년 둘이 내 곁으로 잽싸게 다가섰다. 옆으로 너무 바짝 붙는 게 아무래도 좀 이상했다.

어, 이거 뭐지? 조짐이 좀 수상한데...

옆 플랫폼으로 자리를 이동할까 잠시 고민했지만 괜히 사람을 의심하는 것 같아서 따로 자리를 옮기지는 않았다. 지하철이 서고 문이 열리고 캐리어를 들어 안으로 옮기려는 순간 청년들 중 하나가 먼저 잽싸게 열차에 올라탔다. 그러고는 안에서 바깥쪽으로 손을 불쑥 내밀어 내 캐리어를 열차 안으로 옮겨 주었다. 내 의사는 묻지도 않고! 그 순간에는, 워낙 순식간에 벌어진 일이기도 하고 문이 닫히니까 그랬나 보다 했다. 그래서 별로 내키는 일은 아니었지만 캐리어야 내가 지켜보고 있으니 뭔 일 있겠나 싶어 어쨌든 '땡큐'하고 인사를 했다. 그러고는 사람들 사이로 보이는 빈자리에 가서 앉으려고 하는데, 곧 응?? 하는 상황이 벌어졌다.

내 캐리어를 옮겨 준 청년이 약간 어색한 느낌으로 내 앞을 스윽- 가로막는 것이다. 일종의 진로 방해라고 할까? 뭐지, 이건? 이상한 느낌이 들어 살짝 옆으로 그를 피한 뒤 빈틈을 이용해 앞으로 나아가려는 순간, 다시 움직임이 있었다. 그때 확실히 느꼈다.

포위되었구나!

말로만 듣던, 전형적인 소매치기 수법이었다.

진로를 막고 시선을 분산시킨 다음 원하는 물건을 빼낸다는 데 그 짧은 순간에 먼저 든 생각은 소매치기다! 라기보다는 뭔가 이상하다, 빨리 여기를 벗어나자! 였다. 그래서 다시 빈틈을 찾으려는 순간 왼쪽 옆구리 아랫부분에 뭔가 싸한 느낌이 들었다. 그걸 뭐라고 표현하면 좋을지 모르겠다. 터치감? 터치감이라기보다는 뭔가가, 바람이 불듯 나를 살짝 스치는 느낌?

엄마얏!!!!!

분명 나는 이렇게 소리를 질렀다. 그냥 본능적으로. 뭔가를 느끼고 그런 게 아니라 그냥 본능적으로 소리를 질렀다. 그러고는 불에 덴 듯 펄쩍 뛰어 순간적으로 그 포위망을 빠져나왔다. 뒤돌아 볼 여유도 없이 급하게 빈자리로 달려가 앉았다. 두 명씩 마주 보고 앉는 4인 좌석이었다. 대각선으로 한 아저씨가 혼자 병맥주를 마시고 있었고, 나머지 자리는 비어 있었다. 그때까지도 나는 무슨 일이 벌어진 건지 모르고 그저 포위망을 벗어나 무사히 자리에 앉은 것이 기뻐 쿵쾅대는 가슴을 진정시키고 있었다. 그러다 문득 그들이 어쩌고 있나 궁금해 출입문 쪽을 보니 예의 그 2인조가 매우 허둥대며 내리고 있었다. 그러다 내 캐리어를 들여놓았던 청년의 백팩이 문 사이에 끼었는데 아주 버둥버둥 가관이었다. 다행히 승객 중 하나가 도와주어 간신히 가방을 빼 잘 내렸다. 그때까지도 나는 그들이 내 소지품 중 뭔가를 훔치려 시도했다는 생각은 전혀 못 하고 뭐야, 왜 저래... 중얼거리며 키득대고 있었다. 그러다 열차가 출발하고 약간 이상한 느낌이 들어 옆구리에 멘 카메라 가방 쪽으로 시선을 옮겼는데, 맙소사!

카메라 가방 뚜껑이 열려 있었다.

가장 먼저 눈에 띈 것은 봉지. 크라쿠프 기념품 숍에서 받은 그 커다란, 하얀색 비닐봉지. 귀찮게 왜 이렇게 큰 걸 주냐며 투덜투덜 대충 구겨 카메라 위에 덮어 두었던 그 비닐봉지. 두방망이질 치는 가슴을 진정시키며 봉지를 살금살금 치워 보니 까만 카메라가 반짝 얼굴을 내민다.

있다!! 있어!!!

세상에!!! 하마터면 카메라를 털릴 뻔했다!!! 좋은 건 아니지만, 아주 쬐그맣고 험하게 다루어 이미 낡은 소형 DSLR이지만 내 카메라를 잃을 뻔했다는 생각에 울컥했다. 나쁜 사람들! 흑흑. 왜 이걸 털려고 했어요! 흑흑. 나 베를린 좋아하는데! 흑흑. 도착하자마자 왜 그랬어요! 흑흑.

그들도 가방 뚜껑을 열고 좀 황당했을 것 같다.

얼른 문 닫히기 전에 샥- 카메라를 꺼내 들고 뛰어내려야 하는데 뚜껑을 여니 웬 하얀 비닐이 떡하니 덮여 있고 그사이 이 동양 여자는 뭐가 뭔지도 모르고 꺅- 하고 소리를 지르더니 사정권 밖으로 튀어나가 버렸다. 그날 밤 잠자리에 누워 대체 언제 그런 걸까, 언제 털려고 한 걸까 생각해 보니 왠지 청년 하나가 캐리어를 안으로 들여놓던 순간부터 시도하지 않았나 싶다. 그리고 1차로 내 진로를 막았을 때 이미 뚜껑은 열렸던 것 같고, 2차로 진로를 막으려던 때 비닐을 좀 만졌던 걸까? 그때 뭔가 부스럭하는 느낌에 내가 펄쩍 뛰어 빠져나간 게 아닐까.

꼭 비닐봉지 때문이 아니고 그냥 내 의심병 때문에 제 풀에 스스로 놀라 그런 걸 수도 있겠지만 비닐봉지가 아니었다면 좀 더 쉽게 털리고 말았을 것 같다. 그게 없었다면 카메라에 달린 끈을 잡기가 더 쉬웠을 것 같고, 그렇게 되면 게임은 진작에 끝나 버렸을 것. 아무튼 울며 겨자 먹기로 대충 구겨 넣은 그 봉지 덕을 톡톡히 보았으니-

아주 사소한 순간이 준 선물이 크다.

무사히 숙소에 도착해 따뜻한 차를 대접 받고 샤워까지 마친 후 자리에 누우니 천국이 따로 없었다. 깊은 밤, 이런저런 생각에 오랫동안 잠을 못 이루었는데 주로 이런 것들이었다.

때로 쓸데없고, 쓸모없다고 여겼던 사소한 순간들이 어느 때에 이르러 결정적인 역할을 하기도 한다는 것. 그리고 그 '때'라거나 '역할'이라는 것은 현재의 관점에서는 잘 보이지도 않고, 알 수도 없는 경우가 태반이라는 것. 하지만 그럼에도 그 사소하고 쓸데없고 쓸모없는 것을 아끼는 마음으로 품고 있으면 언젠가는 깜짝 선물을 받을 수도 있으리라는 것.

그리고... 뭐, 선물 못 받으면 어떤가. 한 번뿐인 인생에서 쓸데없고 쓸모없는 순간이 어디 있겠나.

베를린 자유대학의 토요일을 엿보며

오늘 오후에는 베를린 자유대학에 가 보기로 했다. 그곳엔 다솜이가 있다.

다솜이는 2014년 여름 우연한 기회로 만나게 된 후배. 그녀는 대학에서 영화학을 전공하고 현재 베를린 자유대학에서 영상인류학을 공부하고 있는 친구다. 떠나오기 전 혹시나 해서 연락을 했더니 흔쾌히 만나자 한다.

학교는 달렘도르프역(Dahlem-Dorf Bahnhof) 근처에 위치해 있었다. 역사가 무척 예뻤다.

베를린 자유대학은 과거 흥미롭게 읽은 몇몇 책의 저자들이 다녔던 대학이라 괜히 잘 알지도 못하면서 선망부터 하고 있던 곳이었다. 이름 덕분일까. 자유대학이라니. 곳곳에 자유로운 분위기가 넘실댈 것만 같다.

다솜이는 토요일임에도 도서관에서 동기들과 과제 준비 겸 토론 중이라 했다. 조금 일찍 도착해 역 근방을 서성이고 있으려니 멀리서 뿅 그녀가 나타났다. 정말 오랜만에 보는 것이었는데 낯선 곳에서 익숙하고 그리웠던 얼굴을 보니 반가움 이상의 묘한 마음이 들었다. 꺄- 하는 웃음도 비명도 아닌 소리를 지르며 얼싸 안고 기쁨을 나눈 뒤에 먼저 학교를 돌아보았다. 예상대로 한적하고 깊이 있는 분위기가 캠퍼스 전반을 감싸고 있었다.

“언니, 여기 학생들 정말, 정-말 공부 열심히 해요.”

“어머, 그래?”

“토론도 정말 열심히 하고, 평일이고 주말이고 늘 도서관 자리가 빼곡하게 차 있어요.”

“와, 대단하다. 그래, 그게 맞지. 그리운 풍경이다.”

다솜이의 도움으로 중앙도서관 내부까지 들어가 볼 수 있었다. 외부인도 지참품만 라커에 넣으면 자유롭게 들어가 볼 수 있다고 했다. 도서관 내부는 무척 현대적이었는데 정말 빈자리 없이 곳곳에서 공부에 열중하고 있는 학생들이 많았다. 친구와 소곤소곤 무엇에 대해 열띤 토론을 하고 있는 학생도 있었다. 길게 줄지어 선 책장들과 빼곡하게 들어찬 책들을 보니 다시 공부가 하고 싶어졌다.

대학원에 다니며, 일은 힘들었지만 공부는 참 재미있었는데. 한적한 낮에 도서관 구석에 박혀 이런저런 책을 쌓아 놓고 하나씩 들춰 가며 보는 맛은 무엇에도 비할 수 없었다. 가끔 마음 맞는 사람들끼리 맥주라도 한 잔 하면서 최근 보고 있는 책이나 고민들을 나누면 그것이 곧 휴식이고 기쁨이어서 참 좋았는데. 오랜만에 대학에 와 도서관에 들어오니, 그것도 내가 그리던 베를린 자유대학에서 그런 시간을 만나니 잊고 있었던 오래된 기쁨이 불쑥불쑥 올라왔다. 마음이 마구 일렁였다.

아름답네.

나는 계속해서 그런 말들을 중얼거렸던 것 같다. 그리고 다음 순간 가슴 깊숙이 무어라 부르면 좋을지 모를 감정이 차올랐다. 내가 방금 전까지 보고 온 시간들은 꿈에도 떠올릴 수 없는, 사뭇 다른 지금 이 순간의 풍경들이 너무나 낯설었다. 결코 아름답지 못했던 슬프고 고통스러운 역사 속에서 영문도 모른 채 죽어간 사람들이 있다. 그리고 다시 빈자리 하나 없이 빼곡하게 도서관에 들어앉아 토요일 오후를 보내고 있는 수많은 사람들이 있다.

왜 '아름답다'라는 말이 먼저 튀어나온 걸까. 그리고 이 감정은 대체 뭘까. 나는 아직 살아 있고, 살아서 이런 풍경을 볼 수 있다는 사실. 나는 지금 운 좋게 물리적인 전쟁을 비껴갈 수 있었던 세대로서 죄책감을 느끼고 있는 것일까. 살아남은 자의 쓸모없는 감정 낭비는 아닐까. 하지만 어떤 의미에서 우리는 그리고 모든 인간은 계속 전쟁 중이다. 졸업을 해도 취업이 될까 말까 한 불투명한 사회. 언제 잘릴지 모르는 위태위태한 직장. 물가는 계속해서 오르고 국제 정세는 말할 수 없이 불안하고. 말이 좋아 여기저기 흘러 다니며 글 쓰고 꿈꾸고 있지 사실로 말하자면 일을 그만 둔 백수에 불과한 나. 그럼에도 그런 모든 불안과 슬픔과 고통 속에서 어떻게든 분투하며 살고 있는 사람들의 모습이 일견 아름다웠고 일견 슬펐다.

그러니까, 주어진 환경 안에서 때로 절망하고 아프고 힘들고 슬퍼도 다시 하루를 산다는 것.

오늘 하루를 살아야 아직 선명하게 남은 어떤 시간들에 대해 조금이라도 더 이야기할 수 있을 것이라는 그 믿음 하나로.

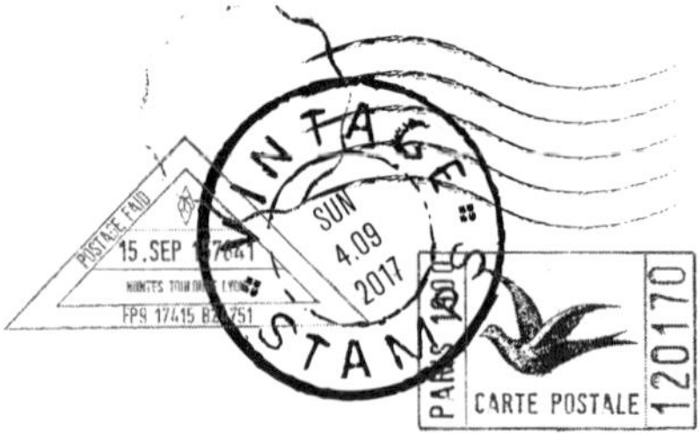

부디 베르겐-벨젠에 잘 도착하게 해 주세요

지금 여기는 독일 첼레(Celle) 근처의 작은 마을 그로쓰부르크베델(Großburgwedel). 오늘 베를린에서 넘어 왔다.

여정은 간단했다. 베를린을 출발해 기차를 한 번 갈아타고 그러니까, 총 두 번 기차를 탄 다음 버스를 타고 숙소에 도착하면 되는 것. 최종 목적지는 바로 오늘 도착한 이곳, '그로쓰부르크베델'. 큰 도시를 기준으로 말하면 하노버(Hanover)의 북동쪽에 위치하고 있다. 아름다운 목조 건물들이 많은 관광지 첼레와도 가깝다. 이곳에 온 이유는 베르겐-벨젠 수용소 때문이다. 이왕 아우슈비츠에 가기로 했으니 안네와 언니 마르고트가 최후를 맞이한 베르겐-벨젠에도 꼭 가 보고 싶었다. 그곳에는 비록 허묘이지만 안네와 마르고트의 묘지도 있다고 했다.

가서, 안네 프랑크와 언니 마르고트가 보냈던 최후의 시간들을 보고 싶다.

안네라는 유대인 소녀를 처음 알게 된 것은 열두 살. 학급문고에서 우연히 집어 든 책이 바로 〈안네의 일기〉였다. 지방 소도시에서 오랫동안 살다가 서울로 갑자기 전학을 오는 바람에 향수병에 걸려 한창 부적응을 겪고 있던 때였다. 마음 맞는 친구도 거의 없어 주로 혼자 지내며 책을 친구 삼아 매일을 보냈다. 그런 울적한 시간을 지나고 있어서였을까. 안네가 '키티'라는 일기장에 두런두런 털어놓는 온갖 이야기들이 꼭 나에게 보내는 편지 같았다. 살아온 시대도, 인종도, 환경도 크게 달랐지만 나는 그녀의 글을 읽으며 큰 위로를 받았다. 목숨이 위태로운 어두운 시기, 괴로운 은신처 생활 속에서도 삶에 대한 희망을 놓지 않았던 그녀를 보며 나도 무사히 힘든 시간을 지나올 수 있었다. 그때부터 나는 다른 나라로 여행을 떠나면 습관처럼 꼭 그곳의 서점에 들러 〈안네의 일기〉를 구해 오곤 했다. 낯선 곳에서 낯선 언어로 번역되어 익숙한 듯 아닌 듯 꽂혀 있는 그 책을 보면 어린 시절 학급 문고에서 처음 만났던 순간이 생각나 괜히 가슴이 두근거렸다. 그러다 생활에 바빠 오랫동안 안네를 잊고 살았는데, 작년 가을 운명처럼 〈안네의 일기〉 번역 일이 들어왔다. 국내에는 드물게 소개된 완전판(The Definitive Edition)을 안네 또래에 맞는 소녀의 입말로 번역하는 일이었다. 여러 나라를 돌며 구한 다양한 버전의 〈안네의 일기〉를 펼쳐 놓고 매일 조금씩 번역하면서 일기에는 명확히 나오지 않은, 안네의 마지막 시간들이 점점 더 궁금해졌다.

안네가 생애의 마지막을 보냈다는 베르겐-벨젠은 어떤 풍경일까. 책 속에 나온 안네와 마르고트의 묘 사진을 물끄러미 보며 가만히 그곳의 풍경을 그려 보았다. 묘 앞에 서면 어떤 마음이 들까. 그곳에서 나는 어떤 말들을 중얼거리게 될까. 그래, 생각만 하느니 한번 가 보자! 그렇게 마음은 먹었지만 막상 가려 하니 교통편에 대한 정보가 많이 부족했다. 대체 대중교통으로 갈 수는 있는 곳인지, 나 같은 개인이 무턱대고 가면 되는지 알 수가 없었다.

지도를 보고 또 보고, 인터넷을 들락거리면서 겨우겨우 첼레나 그 근교 도시 어느 즈음에서 머물면 대중교통으로도 갈 수 있다는 사실까지 알아냈다. 그리고 중간에 한 독일 유학생의 귀한 도움을 받아 무사히 경로를 알아냈다. 그 후 베를린에서 하루를 머문 뒤 바로 그로쓰부르크베델에 도착한 것이다. 그런데! 도착하기까지 너어어어어무 힘들었다. 예정대로라면 정확히 오전 11시 56분에 그로쓰부르크베델역에 도착해 정오가 조금 지난 시각에 숙소에 들어갈 수 있었다. 하노버 중앙역으로 가는 기차 안에서 오늘은 첫날이니까 짐 풀고 조금 쉬었다가 그 예쁘다는 첼레를 구경 가야지 하는 계획도 흐뭇하게 세워보고.

베를린 중앙역에서 오전 9시 49분 열차를 타는 데까지는 무리가 없었다. 오호, 뭔가 일이 잘 풀리는구만. 하긴 독일 도착해서 곡절이 좀 있었으니 이제는 그럴 일이 없겠지? 이제 하노버 중앙역에 가서 11시 40분 열차로 환승해 11시 56분에 그로쓰부르크베델역에 도착하기만 하면 된다. 그러나 '이것은 모든 것이 제대로 맞아 떨어졌을 때'의 이야기. 일단 베를린을 출발한 기차가 기술적인 문제 발생으로 하노버까지 못 가고 승객들을 그 전의 작은 역에 내려놓았다. 방송에서 하노버 어쩌구 하는 소리가 계속 들리더니 아무리 봐도 하노버 비슷하지도 않은 역에 멈춰 섰다.

내릴 준비를 하고 있던 나는 그야말로 "???????" 상태.

안내도 독일어로만 나오고 내리는 사람 있고 안 내리는 사람 있고. L 뭐라 뭐라 역인데 당황해서 잘 못 봤다. 아니, 내가 아무리 독일어 까막눈이어도 L과 H가 엄청 다르다는 것은 알겠는데 말이죠. 뭔가 계속 타고 있으면 더 이상한 곳으로 가 버릴까 봐 일단 눈치껏 내렸다. 내려서 계속 "???????"하고 있으려니까 훈훈하게 생긴 청년 하나가 다가와 어찌된 일인지 친절하게 설명해 줬다. 하노버 중앙역의 기술적인 문제로 하노버까지 못 가고 그 전 역에 내렸으니 각자 알아서 목적지까지 가라는 것이다. 네?? 아니, 이게 지금 웬 자유방임하는 소리요?! 그러니까 각자 알아서 하노버까지 가야 하나요. 나도 모르게 "오 마이 갓!" 했더니 그는 "Yeah... Shit! Huh?" 하고 동의해 줬다. 고마워요, 총각... 근데 나는 지금 다음 열차 놓치게 생겼으니 이를 어쩌죠. 갑자기 미국 미네소타 공항에서 있었던 '공항 질주' 사건이 생각났다. 내가 하노버 중앙역에서 타야 할 이 기차 아무리 봐도 막 한 시간에 한 대씩 오고 그러는 뻴인데... 독일에 도착한 후로 줄곧 먹통인 휴대폰을 괜히 꾹꾹 눌러 보았다. 아... 독일아... 아니, 독일님! 이러지 말아 주세요 흑흑. 어떡하나 하고 다소 낙담한 표정으로 멍하니 서 있었더니 그게 안 돼 보였는지 훈남 청년이 일단 저쪽으로 가 보자며 나를 인도해 줬다. 그러고는 자기는 다른 곳으로 가지만 하노버 가는 사람을 찾아

주겠다며 똘똘이 스머프 안경을 쓴 곱슬머리 청년에게로 손수 인계해 주었다. 앗, 정말 고마워요. 흑흑. 어머, 근데 스머프 안경 청년! 뭔가 '그림을 그립시다'의 밥 로스 아저씨 닮았어요. 아니, 지금 이게 중요한 게 아니고.

아무튼 우여곡절 끝에 한국 지하철과 비슷한 개념인 S-Bahn 열차를 타고 20분 넘게 걸려 간신히 하노버에 도착했다. 이것으로 스머프 안경 청년과도 안녕. 고마워요. 정말 다들 천사들이야. 역에 닿자마자 마음이 급해졌다. 기차 놓친 건 또 어떻게 해결하지? 환불 받고 다시 표를 끊어야 하나? 머릿속이 복잡해져 왔다.

하노버 중앙역은 거대한 규모답게 오전부터 이미 많은 사람들로 붐비고 있었다. 급한 마음에 캐리어를 공중에 매단 채 안내 데스크를 찾아 전력 질주를 했다. 오! 저기 있구만! 멀리 사람들로 북적이는 데스크가 보였다.

쿵!!!!!

분명 안내 데스크를 보고 뛰었는데 순간 불이 번쩍했다. 문

이 한쪽은 닫혀 있고 한쪽만 열려 있는데 어찌나 빤딱빤딱 잘 닦여 있는지. 그만 막혀 있는 유리문에 코를 정통으로 박았다. TV에서 띠용! 하고 특수효과로 별이 뜰 때는 저게 뭐야 하며 웃었는데 정말 하늘이 노래지는 게 순간 앞이 깜깜해졌다. 어흑. 코를 감싸 쥐고 숨을 몰아쉬다가 찔끔 나온 눈물을 닦아냈다. 제발 '유리문 조심' 이런 것 좀 붙여놔 줘요. 그래 봤자 나는 까막눈이라 못 읽고 같은 곳에 박았겠지만. 창피하고 머쓱하고 그런데 아프고 내 자신이 싫고 밉고 이런 미묘한 마음으로 다시 제대로 된 문으로 들어가는데 뒤돌아보니 유리문 박은 곳에 내 코와 입술 자국이 거하게 남았다. 하노버 중앙역에 이런 식으로 나의 흔적을 남기고 싶진 않았는데 말이죠. 아오, 오늘 뭔가 재밌는데? 하며 데스크로 가니 거의 놀이공원 수준으로 줄을 서 있다. 이게 정녕 안내 줄인가요?

맨 뒤에 가서 서며 앞사람에게 물어 봤더니 영어가 안 통한다. 그 앞 사람에게 "디스 라인, 애스킹 썸띵?" 했더니 "오! 야야." 웃으며 그랬다. 하하하. 그렇군요. 나도 마주 웃어 주었다. 뭐, 별 수 있나요. 웃는 수밖에. 그래도 줄이 금방 빠져 한 이십 분쯤 기다리니 내 차례가 되었다. 직원은 내 설명을 별로 주의 깊게 듣는 기색도 없이 바로 "넘버 세븐! 투엘브 포티!" 한다. 아하, 그러니까 원래 타려고 했던 열차의 다음 열차군요. 표도 그냥 내가 가지고 있는 걸 쓰면 된다고 했다. 오호? 신기하구만. 시간을 보니 마침 12시 30분! 오 럭키! 두다두다 달려가 7번 승강장에서 기분 좋게 탑승! 16분 정도만 가면 바로 목적지다.

이번에야말로 여유롭게 풍경을 좀 감상해 볼까 하는데 내릴 때가 다 되어 또 긴- 안내 방송이 나온다. 제복을 입은 남자 하나가 후다닥 우리 객실을 거쳐 다음 객실로 뛰어갔다. 오, 이런 또 뭔가 다가오고 있는 느낌. 뭐죠, 이번에는? 오늘 안으로 나 숙소에 갈 수 있는 건가요. 호스트인 안젤라 아주머니께 2시까지 간다고 했는데. 안 되는데. 내 스마트폰 먹통인데 지금.

슬픈 예감은 틀리지 않죠.

아니나 다를까. 이번에 멈춰 선 역은 R 뭐시기 역이다. 뭐죠. 왜죠. 그로쓰부르크베델 어디 갔죠. G로 시작해야 하는 거 아닌가요. 제발. 막 내릴 준비를 하고 있던 나는 또 멘붕. 작은 열차라 그런지 사람도 별로 없었다. 하, 이번엔 누구한테 물어봐야 하나. 저 여기 가야 하는데 어떡하죠? 내리려고 문 앞에 서 있다가 객실 안으로 다시 들어가 인자해 보이는 아주머니께 여쭈어 보았다. 그런데 영어가 잘 안 통했다. 망연자실한 눈빛으로 그 뒷좌석 독일인 노부부께 내가 도착해야 할 역 이름만 외쳐대고 있었더니 그분들이 안쓰러운 눈빛으로 그러셨다. "투 스테이션, 쩰레! 유 바이 버스, 투엔티 미닛츠!" 쩰레?? 오오오! 첼레!! 간신히 건진 익숙한 그 이름! 오늘 가려고 하긴 했지만 이렇게 꾸질꾸질하고 지치고 캐리어에 짐 가방도 두 개나 있는 이런 상태로 가려던 건 아닌데 말이에요. 그래도 교통편이 있다니 다행이에요. 근데 이 버스도 막 한 시간에 한 대 오고 그런 거 아니겠지. 풀 죽은 목소리로 노부부께 인사를 드리고 사람들을 따라 내렸다. 나처럼 버스를 타러 올라가는 사람들에게 여기가 어디냐고 물어보니 그로쓰부르크베델 바로 다음 역이라고 한다. 이번에는 그로쓰부르크베델역의 전기 문제로 그 역에 안 서고 그냥 지나쳤다고. 하하하하하. 그냥 웃음이 나왔다. 거기까지 못 가서 내리고, 그곳을 지나쳐서 내리고. 이번에는 버스를 타고 지나쳐 온 만큼 되돌아가면 되겠군! 참, 오늘은 일요일인데 버스가 두 시간에 한 대 오는 건 아닐까? 도착해 보니 다행스럽게도 사십 분에 한 대는 오는 버스였다. 게다가 운이 좋게도 이십 분 정도 기다리니 버스가 금방(?!) 도착했다.

그렇게 버스를 타고 다시 이십여 분을 달려 드디어 도착한 그로쓰부르크베델! 역에 쓰인 그 글자가 이렇게나 반가울 줄이야! 잊지 못할 이름이다. 여기가 오늘 여정의 끝이면 좋으련만. 나는 여기에서 다시 버스를 타고 십 분을 더 가야 하는데 이 버스는 또 시간당 한 대. 잽싸게 정류장 쪽으로 달려가니 사십 분 후 도착이다. 아, 뭐 좋아. 이제 거의 다 왔다! 그러면서도 이 정류장이 맞나 싶어 지나가시는 할머님께 손짓발짓으로 물으니 "오, 야야!" 하시고는 "알레스 구테!" (이렇게 들렸다) 해 주신다. 굿 럭(Good Luck) 같은 뜻인가? 모든 게 잘 되기를 바란다는? 아무튼 그간의 피로가 사르르 녹는 기분이었다. 연신 꾸벅대며 감사하다고 하고는 길바닥에 주저앉아 차를 기다렸다. 내가 이 정류장인가 저 정류장인가 헤매며 커다란 캐리어를 끌고 우왕좌왕할 때 반대편에서 기다리던 아저씨 한 분은 할로, 할로! 하시더니 뭐가 문제냐고 물어봐 주시고. 역 근처에 있던 소년은 티켓 발권기에서 열차 티켓 사는 방법을 친절히도 알려 주었다. 심지어 사십 분을 기다려 만난 621번 버스 기사님은 차표가 얼마냐고 물으니 "알레스 구테!" 하면서 돈을 받지 않으셨다! 맙소사! 스머프 안경 청년이 알려준 620번을 기다리느라 621번 버스는 쳐다보지도 않고 있었는데 어디 가냐고 물어봐 주시고 이거 간다고 친절하게 타라고 하시더니 비용까지!

정말 수많은 헬퍼(helper)들 덕분에 무사히 도착했다.

한 사람이 온전한 기능을 하기 위해 대체 얼마나 많은 이들의 크고 작은 도움이 필요한 것인지. 새삼 느끼는 바가 많다. 이런 경험을 하기 위해, 모자르고 부족해지는 경험, 불편하고 힘들어지는 경험, 예상을 빗나가고 당황하는 경험, 생각한 대로 안 되고, 생각조차 안 되는 경험. 이런 경험을 하기 위해.

또 떠나왔네 이렇게.

태어난 이래로 날마다 계속해서.

그렇게 간신히 도착한 그로쓰부르크베델은 정말 아담하고 조용하고 아름다운 마을이었다. 숙소까지 걸어 들어가는 길이 어찌나 아름다운지. 금방이라도 동화 속 요정들이 튀어나와 내 캐리어를 들어줄 것만 같았다. 아, 제발 그랬으면-

인터넷에서 보았던 낯익은 대문이 보이고 긴장하며 딩동-하고 초인종을 누르니 페터와 안젤라 부부가 환하게 웃으며 나왔다. “Finally you did it!” 페터 아저씨의 첫 인사! 아니, 오늘 나의 파란만장한 여정을 이미 눈치채셨나?? 약속 시간을 훌쩍 넘겨 도착하면서 제대로 연락조차 할 수 없었기에 걱정이 많았다. 그런데 부부의 따뜻한 웃음과 환대에 잔뜩 긴장하고 있었던 마음이 슥- 풀렸다. 숙소도 정말 깔끔하고 아름다웠다. 동네가 약간 구석진 곳에 있지만 그만큼 고즈넉하다. 도착하니 오후 4시가 넘었다. 오늘 하루도 지난번 독일 국경을 넘을 때처럼 이동하는 데 다 흘러갔구나. 첼레 가는 것은 관두어야겠다.

내일은 드디어 베르겐-벨젠 수용소. 안네가 마지막을 보냈던 그곳에 간다. 부디 무사히 잘 도착하게 해 주세요.

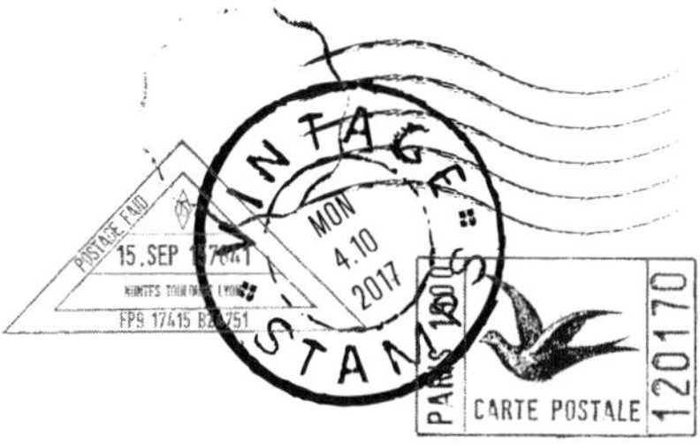

반드시 알아야만 하는 목소리 '너도 곧 사라진다'고

어젯밤에 무너지듯 잠에 들어 눈을 뜨니 그새 아침이었다.

스멀스멀 일어나니 부엌 쪽에서 고소한 냄새가 올라왔다. 다양한 종류의 빵과 치즈를 준비해 놓고 페터 아저씨가 기다리고 계셨다.

간호사인 안젤라 아주머니는 오늘 야간 근무라 아직 주무신다고 했다. 페터 아저씨와 함께 아침을 먹으며 오늘의 일정과 지금까지 어떤 일을 하며 살아왔는지에 대해 두런두런 이야기를 나누었다. 내가 한국이라는 먼 곳에서 왔고 특히 이번 여행이 일을 관두고 불쑥 떠나온 것이라는 데 관심을 가지셨다.

특별히 보고 싶은 게 있어요?

아, 저는 오늘 베르겐-벨젠 수용소에 가 보려고...

음, 수용소...

(앗, 독일인한테 이런 말을 하는 건 좀 실례인가...)

확실히 슬픈 역사의 현장이 많지요, 독일에는...

페터 아저씨가 천천히 커피를 마셨다. 나는 고개를 끄덕였다. 가서 무엇을 보고 싶어요? 이어진 페터 아저씨의 질문에 나는 얼른 대답하지 못했다. 정말 나는 무엇을 보고 싶은 거지? 안네의 묘? 그걸 보면? 그래서 뭐? 물을 한 모금 마셨다. 나는 천천히 입을 열었다.

저는 자국이든 타국이든 사람이라면 누구나 반드시 알아야 하는 이야기들이 있다고 생각해요. 같은 사람이 사람에게 어떤 일을 할 수 있는지, 국가가 국가에게 어떤 일을 할 수 있는지 그것이 왜 잘못되었고 왜 다시는 반복되어서는 안 되는 일인지. 왜 지나간 일이지만 동시에 아직 지나간 일이 아닌지. 왜 우리가 아무리 먼 나라라고 하더라도 할 수 있는 한 마음을 다해 서로에게 귀를 기울여야 하는지. 왜냐면 우리는 같은 사람이니까. 그런 걸 보고 싶어요. 앞으로 우리가 더 행복하게 살기 위해서. 그러니까, 죽지 않고 살기 위해서 무엇을 해야 할지 알고 싶어서…

속 이야기들을 전부 꺼낼 수는 없었지만 할 수 있는 한 최선을 다해 이야기했다. 뜻이 잘 전달됐는지는 모르겠다. 내 이야기를 듣던 페터 아저씨의 얼굴에 부드럽지만 약간 복잡한 미소가 떠올랐다, 라고 기억하는 건 내 마음이 만들어낸 착각일까. 독일인 앞에서 과거의 역사에 대해 이야기를 나누다니.

누가 가해자이고 피해자일까.

이제는 모두가 그 시간을 넘어왔다. 넘고 넘은 끝에 국적도 언어도 나이도 성별도 다른 그와 내가 마주 앉아 있다. 긴 역사의 무한한 흐름 속에서 이토록 유한한 두 존재가 이렇듯 짧은 찰나 속에 함께 있다. 그 순간 나도 마음이 미묘해졌다.

길 위에서 나도 잘 모르던 나를 참 많이도 만났다. 도대체 이게 뭘까 아무리 중얼거려도 잘 알 수 없었던 감정들도 여러 번 민낯을 드러냈다. 여전히 이름 붙일 수는 없지만, 페터 아저씨의 복잡한 미소를 바라보던 나를 떠올리면 그 순간 어떤 마음이었는지도 금세 떠오른다. 가슴 한가운데가 시큰- 아프다.

아저씨와의 긴- 대화를 마치고 아침도 맛있게 다 먹고 베르겐-벨젠으로 가는 길목에 섰다. 숙소인 그로쓰부르크베델역에서 기차를 타고 첼레역까지 가서 이곳에서 버스를 두 번 타면 정문 앞에 내릴 수 있다.

베르겐-벨젠 수용소 앞에 도착하니 회색빛의 야트막한 돌담에 또박또박 'Gedenkstätte Bergen-Belsen(베르겐-벨젠 수용소)'이라고 쓰여 있다. 오른편으로 검은색 철문이 나 있었는데 어서 들어오라는 듯 살짝 열려 있었다. 마음으로만 그리던 곳에 드디어 왔다. 감회가 새로웠다.

수용소로 들어가는 입구 쪽 안내 데스크 근처에 서서 리플릿들을 살펴보는데 직원이 친절히 말을 건넸다. 건물 2층으로 올라가면 전시관이 있다고 꼭 보라고 했다. 고개를 끄덕이며 우선 바깥부터 보고 오겠다고 했다. 이곳에서 일하는 사람들은 매일 출근하며 어떤 생각을 할까. 문득 궁금해졌다.

밖으로 나가니 대번에 광활한 대지가 눈앞에 펼쳐진다. 내가 들렀던 수용소들의 공통점. 황량하리만큼 넓고 넓은 벌판. 얼마나 많은 사람들을 이 한곳에 몰아넣고 그들이 가진 모든 것들을 하나하나 빼앗았는지. 바람이 불고 무겁게 구름들이 몰려오는 풍경을 보고 섰노라니 내 마음 역시 천천히 가라앉았다.

지도에 표시된 경로를 따라 안쪽으로 깊숙이 걸어 들어가니 묘소들이 조금씩 보이기 시작했다. 짐작으로 더듬더듬 묘들을 지나 걸었다. 얼마나 걸었을까. 저 멀리 익숙한 묘 하나가 눈에 들어왔다. 안네와 마르고트의 이름이 적힌 묘. 그곳에 천천히 다가섰다. 참으로 오랜 시간이 걸려 돌고 돈 끝에야 그 앞에 섰다.

이것으로 됐다. 충분하다.

안네의 묘 앞에 선 순간 나도 모르게 중얼거렸다. 그 앞에서 오래 서성이며 많은 생각을 했다. 여행 중 가장 깊어진 순간이었다. 여행에서 중요한 것은 일정의 길고 짧음이 아니다. 얼마나 오래 다녀왔느냐가 아니라 얼마나 깊이 다녀왔는가의 문제가 아닐까. '깊이'는 '길이'가 담보하지 못하는 영역에 있다.

삶도 그렇지 않을까. 한 생의 길고 짧음으로 그 생의 깊이와 의미를 판단할 수 없는 것과 같다. 아무리 길어도 깊이 있게 보지 못하는 여행이 있는가 하면, 아무리 짧아도 깊이 있게 보고 오는 여행이 있다. 얼마 되지 않는 내 짧은 여행의 기록들, 순간들을 돌이켜 보아도 역시 그렇다. 여행이란 게 그런 것 같다. 하루를 보든 열흘을 보든 한 달을 보든 결국 기억에 남는 것은 대부분 찰나의 순간, 찰나의 장면들. 어느 짧은 한순간만으로도 전체를 아우르는 깊은 만족과 의미가 되는 때가 있다. 그리고 이는 여행자가 어디에 관심을 두는가 무엇에 의미를 두는 사람인가에 따라 크게 달라진다.

문득 아침에 제대로 답하지 못했던 페터 아저씨의 질문에 대한 답이 생각났다. 여전히 정답인지는 모르겠다. 하지만 이 여행이 끝나기 전까지는 어쨌든 가장 정답에 가깝지 않을까.

나는 바로 이 풍경들을 보기 위해 떠나왔다.

너도 곧 사라진다고 말해주는 풍경들.

그러니, 조금 더 집중해서 진짜인 것들을 찾아보라고 손짓하는 풍경들. 아무것도 그 무엇도 네 것이 아니니 집착하지 말라고 속삭이는 풍경들. 혹은 그저 말없이 내 눈을 마주 보고 있는 풍경들.

바람이 불었다. 아주 먼 곳에서부터 불어온 바람인 양 벌판 위를 오래 머물며 천천히 지나갔다. 떠나온 후로 계속해서 말을 걸어오는 풍경들이 있었다. 발걸음을 옮기려 할 때마다 내 발을 붙들고 내 마음을 끌어당기는 것들이 있었다.

너도 곧 사라질 거야.

속삭이는 풍경들 사이에서 망연히 오래도록 서 있고 싶었다. 떠나간 친구의 얼굴을 하늘에다 가만가만 그려 보았다.

생사(生死)를 떠나 있는 너에게 궁금한 것이 있다.

결국 우리들 모두는 사라지고 다시 사라질 텐데 왜 이렇게 사는 걸까. 사는 동안에는 알 수 없었던 수많은 의문과 괴로움들에서 이제는 모두 놓여났는지. 이 모든 것의 이유가 비로소 보이고 들리는지.

어느새 너보다 언니가 된 나는 언제쯤 그 답을 알 수 있을까.

관람을 마치고 전시관 내 의자에 앉아 버스 시간을 기다렸다. 그런데 내 앞으로 한 은발의 여성이 다가와 독일어로 말을 걸었다.

아... 저 독일어를 못 하는데요...

아, 그럼 영어는...?

아, 네! 영어는 할 줄 알아요.

혹시 버스 기다려요?

앗! 네!

그럼 혹시 첼레역까지 가나요?

엇, 네!!

나도 거기 가는데 내가 차 태워 줄까요?

앗, 그래 주시면 정말 감사하겠습니다.

그녀의 이름은 카트리나. 오랫동안 교직에 계시다가 은퇴 후 자원봉사로 베르겐-벨젠 수용소에서 중고생 그룹 가이드 투어를 진행 중이라 하셨다. 가끔 이렇게 멀리서 온 방문객들을 위해 카풀을 하신다고. 그도 그럴 것이 버스 배차 간격이 너무 길고 어느 때는 그마저도 일찍 끊겨 곤란한 경우가 많기 때문이라고 하셨다. 그녀는 유창한 영어로 나에 대해 이모저모를 물어보셨다. 일을 그만둔 후 글을 쓰고 있고, 보고 싶은 풍경들을 따라 한국에서 왔다고 하니 페터 아저씨처럼 놀라셨다. 세상에! 멀리서 왔네요. 하지만 직접 보면 그만큼 보람이 크겠죠. 그녀는 베스트 드라이버였다. 수동기어를 쓰는 자동차를 빠르게 몰았는데, 6시 15분에 출발하는 첼레역의 기차를 내가 놓치지 않고 타도록 도와주기 위해서였다. 물론 그 다음 차도 있지만 한 번 놓치면 많이 기다려야 하니까, 하며 웃으셨다.

그 후 그녀는 엄청난 속도로 차를 몰아 열차 도착 5분 전에 나를 첼레역에 내려 주셨다. 혹시 표 끊느라 헤맬까 봐 주차 후 번개같이 뛰어 올라오셨다. 곧 열차가 도착해 더 이상의 긴 이야기는 못 나누고 연락처를 교환한 채 헤어졌다. 마지막에 급히 사진을 찍었는데, 보면 오래오래 생각이 날 것 같다. 돌아가면 꼭 사진을 보내 드려야지.

그날 숙소에 도착하니 저녁 7시가 조금 넘었다. 오늘도 금세 어둠이 내렸다. 하루의 일이 꿈만 같았다. 이런 하루가 내 삶에 허락된 것이 감사했다. 자리에 누워 '그럼에도 불구하고 산다는 것'에 대해 생각해 보았다.

지독히 슬프고 아픈 풍경들 사이에서도 사람들은 어떻게든 살아간다. 전쟁 속에서도 사람들은 살아갔고, 사랑을 했으며 계속해서 삶을 이어나갔다. 그것이 바로 역사. 세상의 모든 역사는 결국 평범한 개인들의 역사다.

이제 이 밤이 지나면 네덜란드 암스테르담으로 떠난다. 십년이 넘는 시간 동안 궁금해하고 그리워만 했던 그곳. 어떤 모습일까. 지금 그곳은.

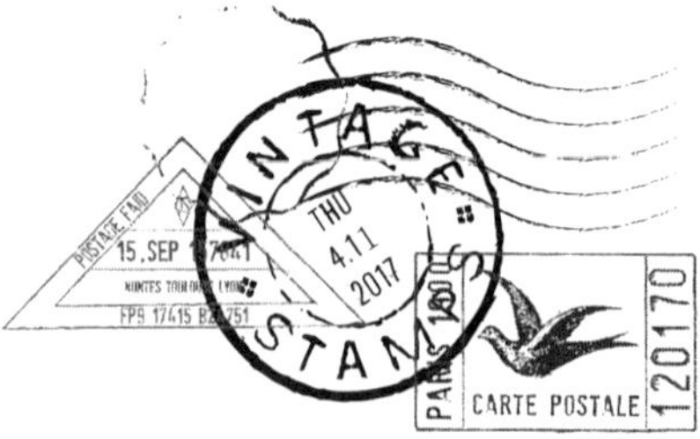

밤, 이국땅 그 울적한 설렘이 주던 정서들

오늘 암스테르담에 왔다.

하노버에서 아침 8시 40분에 출발하는 열차를 타야 해 일찍부터 서둘렀다. 페터 아저씨께는 전날 저녁에 미리 내일 일찍 나갈 거라고 말씀드렸다. 따뜻하게 살펴 주신 두 분께 감사 엽서 한 장을 남겨 두고, 새벽같이 길을 나섰다. 무슨 일이 생길지 모르니 서두르자!

다행히 무사히 하노버 중앙역에 도착! 하노버에 다시 오니 감회가 새로웠다. 내가 거하게 코를 갖다 박은 문은 잘 있나??

그걸 못 찾아보았다. 역 관리인이 보고 뭐라고 생각했을까? 어떤 멍청한 놈이 여기에 얼굴을 박았대? 이러면서 엄청 투덜투덜 닦았을 듯. 기념품 숍에서 독일 전역이 나와 있는 냉장고 자석을 하나 사고, 지난번에 먹은 커피 한 잔과 모짜렐라 바게트 조합이 맛있었던 기억이 나서 아침 겸 하나 사 먹었다. 앉아서 먹을 데가 없어서 가게 근처 전광판 광고 옆에 서서 먹었다. 이런 때면 지나가는 사람들이 다 나를 쳐다보고 가는 것 같아 괜히 주눅이 든다. 흘끔 옆을 보니 나처럼 서서 먹는 나그네가 한 명 더 있어서 그나마 위안이 되었다.

빵을 다 먹고 커피까지 마시고도 시간이 남아서 슬렁슬렁 열차 타는 곳인 13번 플랫폼으로 갔다. 음, 뭔가 오늘은 평탄하구만. 기분 좋게 열차를 기다리는데 출발 시간이 임박해 뭐라 뭐라 방송이 나오기 시작했다. 윽! 그럼 그렇지! 이번에는 또 뭘까? 사람들이 방송을 듣더니 막 짐을 챙기기 시작했다. 급히 옆에 서 있던 한 학생에게 암스테르담 가는 열차 뭔가 바뀌었냐고 물었더니 타는 곳이 12번 플랫폼으로 바뀌었단다. 어쩐지 13번 플랫폼 철로에서 계속 우당탕거리며 공사를 하더라. 그래도 이 정도면 양호하네. 열차를 놓칠세라 빛의 속도로 캐리어를 끌고 간신히 12번 플랫폼에 도착했다. 다행히 열차는 제 시간에 맞추어 출발했다.

그리고 정확히 오후 1시에 네덜란드 암스테르담 중앙역에 도착했다.

밖으로 나오니 너무나 청명한 날씨.

나는 바로 예약해둔 A 호텔(아무래도 '호'와 '텔' 사이에 '스'가 빠진 것 같지만)을 향해 갔다. 숙소 예약할 때 저렴한 데다 조식도 주고 위치도 좋기에 얼씨구나 하고 환불이 불가한 조건으로 덜컥 예약했던 곳. 나중에 이곳이 흡연 친화 호텔이라는 것을 알고 흠칫 놀랐다. 호텔 전체에 담배 연기가 자욱하거나 침대 같은 곳에 진하게 배어 있으면 머리 아플 텐데. 이용 후기에 흡연보다는 계단 이야기가 많았지만 그런 건 안중에도 없었다. 그리고 직접 가 보고서야 가파른 계단에 된통 당했다. 사람들의 입에 많이 오르내리는 건 좋든 나쁘든 아무튼 이유가 있다.

일단 A 호텔을 찾아가는 길은 매우 쉬웠다. 암스테르담 중앙역 맞은편에서 트램을 타고 한 15분 정도 가면 되는 곳에 있다. 정류장이 바로 앞이고 1층에 유명한 슈퍼 체인점이 있어서 아주 편리하다. 하지만 역시 문을 열고 들어가니 오래 묵은 듯한 담뱃재 냄새가 났다. 문도 퇴폐업소 들어가는 것처럼 약간 이상한 곳에 있는데 저곳으로 들어가면 과연 살아나올 수 있는 것인가 이런 생각도 잠시... 일단 2층 리셉션까지 가는 게 문제였다.

계단이 너무 많고!! 좁고!! 가팔라!!!!!!!!!!!!!

캐리어를 이고 간신히 기어(?) 올라가 체크인을 하는데 중년의 남자 직원이 홀로 일을 보고 있었다. 여기 금연룸은 없는 거죠? 했더니 약간 난처한 듯이 일단 방을 좀 냄새 안 나는 곳으로 살펴보겠단다. 그러더니 내가 배정 받은 룸을 보면서 오! 여기 프랑스에서 온 아가씨가 오래 머물렀던 곳인데 담배 안 피웠다고 괜찮다고 한다. 나는 그 방이 꼭대기 방인 줄도 모르고 좋아하면서 고맙다고 연신 인사를 했다. 그리고 기분 좋게 방으로 올라가는 문을 열었는데... 맙소사! 마법의 성으로 이어질 법한 좁고 가파른 계단이 끝도 없이 솟아 있었다.

멍하니 서 있는데 마침 계단을 내려오던 어떤 아저씨 한 분과 마주쳤다. 그가 내 짐을 보더니 들어 줄까요 그랬다. 웬만하면 사양하는데... 그날은 계단을 보고 더럭 겁이 나서 무겁지만 들어줬으면 좋겠다는 눈빛으로 그를 보았다. 그는 오케이 하더니 내 짐을 들고 잠깐 오! 했다. 순간, 좀 후회하셨던 듯...?! 그가 헉헉대며 한 층 올라가서 더 올라가야 하냐고 묻자마자 난 미안한 마음에 그냥 앞뒤 잴 것 없이 여기라고 해 버렸다. 실제로도 거기 어디쯤인 줄 알았고...

거기긴 개뿔!

한 층 더 올라가니 아직 내 방 안 나옴.

한 층 더 올라가도 아직 내 방 안 나옴.

가방 버려 버릴까...

내 가방을 저주하며 거의 기다시피 해서 겨우 올라가니 내 방은 옥상으로 통하는 비상구 바로 옆이었다. 아니, 이런 곳에 왜 방을 만들지? 하지만 불이 나면 옥상으로 가면 되겠군! 하며 최악의 시나리오를 한 번 그려 보고 방으로 들어갔다. 문을 여니!!!!!! 의외로 깔끔했다.

화장실 불을 켜니 미친 듯이 돌아가는 환풍기 소리 때문에 귀청이 떨어져 나가는 것 같고 약간 은은하게 담뱃재 향기가 도는 것과 세면대에서 뜨거운 물이 안 나오는 것만 빼면 괜찮았다... 캐리어를 구석에 세워 두고 우선 침대에 몸을 던졌다. 역시 국경을 넘는 날은 이동만으로도 꽤 지치는구나. 창밖으로 뉘엿하게 해가 비쳤다. 좋구나. 오늘도 언제나처럼 밤이 찾아오겠지. 작고 조용한 꼭대기 방. 이곳에서 보내는 밤은 어떨까.

이국땅에서 보내는 밤은 고국의 일상에서는 느끼기 힘든 이상스런 마음들을 안겨 준다. 설레면서도 조금 울적한 기분이 든다고 할까. 울적한 설렘이 주었던 그 정서들이 내 마음 어딘가에는 쿡쿡 박혀 있을 텐데. 집으로 돌아오는 버스를 탈 때, 한밤중 문을 열고 집 안으로 들어설 때, 어두운 밤에 불을 밝히고 책을 읽을 때, 그만 자려고 일어나 불을 끌 때 문득, 잠시나마 내게 머물렀던 수많은 정서들이, 그때의 마음들이 이제는 어디에 가 있는가 궁금할 때가 있었다.

작은 창밖으로 쉼 없이 피고 지던 밤들과 낮들.

내가 보았던 풍경들은 지금 어디에 가 있을까.

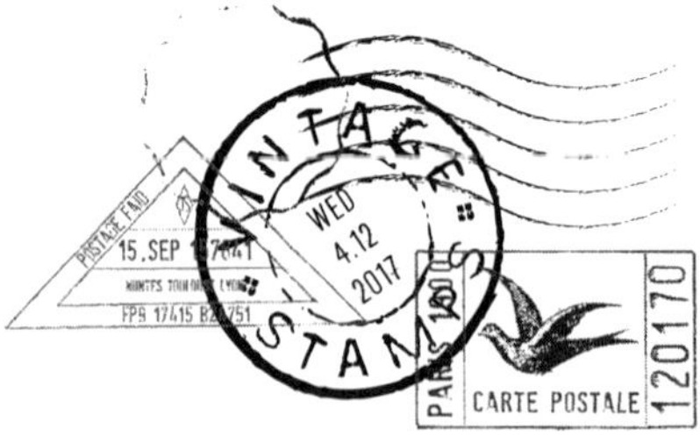

빈센트 반 고흐, 그가 떠난 자리

지금 여기는 암스테르담. 어제 아침까지 독일 하노버에 있었다는 사실이 믿기지 않는다. 어제는 그렇게 맑더니 오늘은 아침부터 비가 내리고 바람이 불었다. 깊고 아득한 대기가 도시 전체를 감싸고 있는 듯 고요하다. 몸을 잔뜩 웅크리고 길을 나섰다. 오늘은 반 고흐 뮤지엄(Van Gogh Museum)에 가 볼 작정이다.

아침 9시부터 입장할 수 있다고 해서 부지런히 가 보니 사람들이 벌써 길게 줄을 서 있다. 다행히 얼마 안 기다리고 들어갈 수 있었다. 입구에 들어서니 반갑게도 한국어 오디오 가이드가 있다!! '싸우스 코리아!!!'하고 너무 크게 소리를 질러 직원이 하하 웃었다. 이럴 때 약간 멋있게 '음!' 정도의 반응으로 끝냈어야 하는데 너무 없어 보였다. 돈 많이 벌면 꼭 한국어 리플릿과 오디오를 전 세계 명소에 뿌리는 데 일조하겠다! ...라고 십 년 전에도 다짐했었는데 말이지. 그래도 다시 한 번 다짐해 본다. 오디오를 들고 바로 관람을 시작했다.

그저 '좋다'라는 표현만으로는 부족할 정도로 아름다운 시간이었다. 제일 이른 시간대에 갔는데도 사람들이 많아서 인파를 피해 가장 높은 3층부터 올라갔다. 1층부터 차례차례 보는 것도 좋지만 거꾸로 내려오며 보니 그것도 나름대로 재미가 있었다. 고흐의 열정과 삶, 눈물과 고통이 담긴 작품들. 그리고 어린 시절부터 이어진 결코 평탄치 않았던 삶의 여정들이 구석구석 테마별로 전시되어 있었다. 고흐는 알까. 생전에는 크게 빛을 보지 못한 자신의 삶과 작품들을 보기 위해 전 세계에서 수많은 사람들이 몰려오고 있다는 사실을. 자신의 삶과 작품이 어떤 사람에게는 큰 영감을 주고 있다는 것을.

그러나 이미 떠난 사람에게 이 모든 것이 어떤 의미가 될 수 있단 말인가. 의미라는 것도, 결국 아직 세상에 남은 자들에게

만 해당하는 것은 아닐까. 계단 가장 높은 곳에 올라 끊임없이 몰려드는 인파를 내려다보며 문득 그런 생각을 했다. 안네도, 고흐도 자신들이 떠나고 난 자리를 기려 매일같이 찾아오는 이 사람들을 보면 어떤 생각을 할까.

태풍처럼 휘몰아치는 파도 그림을 보고 있는데 문득 가슴 한 가운데가 무엇으로 쿡 찌른 듯 뜨거워졌다. 세상에 길이 남을 작품은 절대 '게으름과 공상'만으로는 탄생하지 않는다. 그렇게는 이루어질 수가 없다. 매일의 고뇌와 성실한 작업, 꾸준한 돌봄이 있어야 하는구나. 그게 기본이구나. 그 다음에라야 무엇을 기대할 수 있겠구나. 그마저도 이루어진다고 장담할 수 없다. 그럼에도, 그런 기대 없이도 아무런 기대 없이도 그저 한다는 것. '한다'는 것.

글 쓰는 삶을 살겠다고 다짐하면서도 이런저런 이유로 결국 미루고 마는 나란 사람은 얼마나 나약한가. 마감이 닥쳐서야 몇 자 끼적이고 한없이 빈둥대는 나는, 정말 고흐의 발끝은 커녕 영원히 그의 그림자도 구경하지 못하겠구나. 전시를 보는 내내 그런 생각이 들었다. 성난 파도 앞에서 묵묵히 붓질하며 어떤 바람에도 지지 않는 그의 뒷모습을 그려 보았다. 그런 보이지 않는 시간들마저 가 버리고 이제는 작품만이 남았다. 주인은 떠나고 없는 그곳에 수많은 사람들이 몰려 인산인해를 이루고 있는 풍경을 보며 기분이 이상했다. 언젠가는 지금 이 순간을 공유한 우리들마저 떠나고 새롭게 이 땅에 도착한 사람들로 이곳은 채워지고 또 채워지겠지.

그림들을 뒤로 하고 밖으로 나왔다.

오랫동안 서 있었더니 다리도 아프고 무엇보다 허기가 졌다. 어느새 오후 1시가 훌쩍 넘었다. 뮤지엄을 나와 건물 뒤쪽으로 조금 걸어 들어가니 너른 풀밭이 나왔다. 흐린 날이지만 많은 사람들이 산책 겸 걷고 있었다. 이제 어디로 가지? 곰곰이 생각하며 발걸음을 옮기는데 갑자기 너어어어무 배가 고픈 것이다. 다, 당장 먹을 걸 집어넣어라!! 식당을 찾는데, 뭔가를 먹을 만한 곳들은 마땅치 않았다. 결국 카페 옆에 줄줄이 서 있던 푸드트럭 쪽으로 발걸음을 옮겼다. 푸근한 인상의 아저씨가 핫도그를 팔고 있었다. 주인이 구운 소시지를 빵 안에 끼워 건네주면 양파와 나머지 양념들은 각자 입맛대로 선택해서 직접 넣어 만들면 된다. 좋아! 최고의 핫도그를 만들어 주지! 단 하나도 놓치지 않겠다! 진열된 모든 양념을 잔뜩 넣었다. 양파 듬뿍. 피클 듬뿍. 청양고추처럼 보이는 매콤 양념도 듬뿍. 뭔지 모르겠지만 바삭해 보이는 유부 부스러기 비슷한 것도 듬뿍. 아무튼 듬뿍 듬뿍. 케첩 좌악- 허니 머스터드와 마요네즈도 쭉쭉- 뚱뚱해진 핫도그를 들고 흡족한 미소를 짓는데 아저씨가 씩 웃는다. 아아- 제가 지금 배가 고파서요.

핫도그를 소중히 들고 다시 광장 쪽으로 나와 앉아서 먹을 만한 곳을 찾았다. 마땅한 자리가 없다. 그사이 비가 흩뿌리기 시작했다.

아쉬운 대로 벤치에 앉았다. 비에 약간 젖어 있었지만 그런 대로 괜찮았다. 비둘기 두어 마리가 구구구 달려든다. 잠깐만 기다려 줄래? 일단 나 좀 먹고 줄게. 입을 크게 벌려 첫 입을 떼어 무는데 시장이 반찬이라고 정말 맛있었다. 우물우물 한참을 그렇게 먹고 있으려니 갑자기 마음 한 구석에서 찡- 하고 올라오는 외로움 같은 게 있었다.

나 지금 여기서 뭐하는 거지...

하, 진짜. 너 지금 여기서 뭐 하냐... 비 오고 바람 부는데 아는 사람 하나 없이... 혼자 묻고 혼자 답하며 그 와중에도 열심히 핫도그를 먹었다. 아오. 이 와중에도 맛은 좋네. 왜 이렇게 맛있냐. 뭔진 몰라도 죄다 때려 넣길 잘했네. 춥고 쓸쓸한데 맛은 기똥차다. 지금쯤 다들 뭐할까? 한국은 저녁이려나? 김치찌개 먹고 싶다. 육개장. 닭볶음탕. 아니, 김밥. 떡볶이. 순대. 아, 생각난다. 쩝쩝.

멀-리 사람들이 종종 걸음으로 걷는 양을 보며 열심히 먹었다. 다들 어디를 향해 가고 있을까. 보고 싶은 것을 보고 먹고 싶은 것을 먹고 있는데도 내 마음속의 다른 나는 내가 떠나온 곳을 그리워하고 있는 걸까? 핫도그는 금방 식었다. 비둘기들도 그새 날아가 버렸다. 진작 줄 걸 그랬다. 미안. 남은 빵조각을 한입에 털어 넣고 천천히 일어섰다. 빗줄기가 조금 더 거세진 것 같다. 아무래도 숙소로 돌아가야 할까.

오후 2시가 조금 지난 시각. 고민하다가 몸살기도 있고 체력도 바닥이 나 발걸음을 돌렸다. 아직 바깥이 환했지만 모든 일정을 접고 숙소로 들어왔다. 따뜻한 물로 샤워를 하고 잠깐 눈을 붙였다. 귓가에 천천히 적막이 내려앉았다. 한 삼십 분 잤나? 침대와 마주 보고 난 작은 창 너머로 비 갠 하늘이 보였다. 숙소가 꼭대기 층이라 하늘 보는 맛이 제법 좋다. 엘리베이터가 없고! 계단이 너무 좁고! 가파르고! 그래서 거의 기어서 올라와야 한다는 것만 빼면! 좋다. 내일 체크아웃인데 올라온 건 그렇다 치고 내려가는 건 어떡하지? 뭐, 어떻게든 되겠지. 괴력을 발휘해 보자.

잔잔한 음악을 틀어 놓았다. 비 내리는 조용한 꼭대기 방에 누워 있으니 내가 살던 곳이 아득하게 느껴진다. 서로 다른 시간을 걷는 일은 늘 이렇게 아득한 것 같다.

내일 나는 또 무엇을 보게 될까?

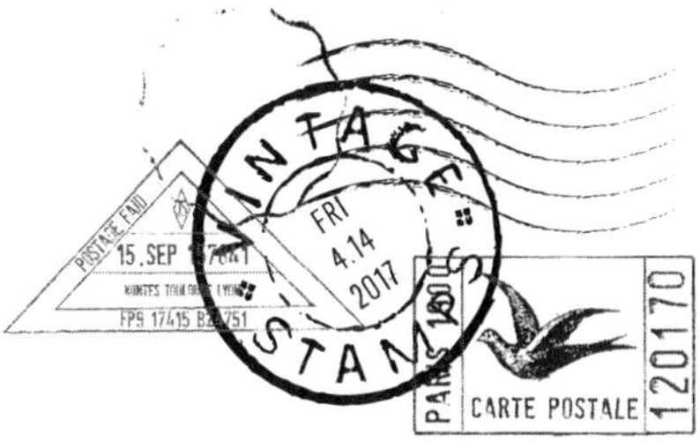

빈 공간 그대로 1944년 8월에 멈추어 있다

아침부터 서둘렀다. 안네 프랑크 하우스에 늦지 않게 도착해야 한다!

11년 전 겨울. 스물셋의 나이로 처음 밟았던 유럽 땅.

친구 선화와 둘이서 32일 동안 7개국을 배낭 하나 달랑 메고 돌았다. 그때 암스테르담을 첫 행선지로 잡았던 것은 안네가 살았던 '안네 프랑크 하우스'를 보고 싶다는 오직 그 이유 하나였다.

그리고 나는 안네 프랑크 하우스에 들어간 지 얼마 안 돼 그곳에 갇히게 된다. 그런 곳에 왜 갇히나 싶겠지만 1) 암스테르담의 건물들은 내부가 좁고 깊숙하고 미로와 같은 곳들이 많고 2) 옆 건물과 다닥다닥 붙은 구조라 자칫 잘못하면 나처럼 옆 건물로 건너가는 문을 열게 된다... 는 무슨!

건물 구조가 아무리 그렇더라도 그 안에 갇히는 건 흔치 않은 일. 결론적으로 엄청난 방향치인 내 탓이 크다. 사람들 따라다니며 잘 보다가 혼자 괜히 남들 안 가는 문을 열고 그대로 들어가 버린 것이다. 문이 열려서 열고 들어가기는 했는데 문제는 다시 나오려니 철커덕 잠긴 문이 다시 열리지 않는 것이다. 한 시간 정도면 다 볼 것이라 예상하고 선화와 안네 프랑크 하우스 앞에서 다시 만나기로 했었는데(선화는 그때 혼자 운하 구경을 갔었다), 내가 건물에 갇히는 바람에 구조(?)될 때까지 시간이 좀 걸렸다. 이미 관람할 수 있는 시간을 꽤 날려 먹은 상황. 울먹한 마음으로 급히 내부를 초치기로 관람하고 밖으로 뛰어나가는데 그동안 선화는 나를 잃어버린 줄 알고 깜짝 놀라 낯선 도시를 헤매고. 멀리서 나를 발견한 선화가 울음을 터뜨리던 장면이 오래된 필름처럼 여전히 마음속에 남아 있다. 나도 덩달아 눈물 바람.

아직 첫 나라이고 모든 게 낯설어 그랬어요.

우리는 그렇게 안네 동상 앞에서 눈물겨운 재회를 하게 되고... 언제 그랬냐는 듯 나는 안네 동상을 껴안고 신나게 브이를 그리며 사진을 찍었다. 당시 나의 이런 꼴값을 안네는 묵묵히 조용히 다 지켜보았겠지. 그렇게 다시 오겠다며 작별 인사를 하고 베를린으로 넘어 갔는데 그새 11년이 흘러 버렸다. 다시 오기가 쉽지 않을 줄은 알았지만 이렇게 오랜 시간을 돌고 돌아 오게 될 줄은 미처 몰랐다.

현재의 안네 프랑크 하우스 속 은신처는 대부분이 빈 공간이다. 개수대 정도만 실제로 남아 있고 안네와 페터의 방은 물론이고 다른 방들도 거의 텅 비어 있었다. 대신 사방의 벽면을 활용해 해당 공간을 설명하는 짤막한 글과 이미지, 도표 등을 전시해 놓았다. 안네의 일기 중 일부 구절을 발췌해 새겨 놓기도 했다. 대부분의 흔적은 사라졌지만 가족들이 함께 쓰던 화장실의 변기는 그대로 남아 있어 보는 내내 마음이 묘했다.

나치는 은신처 식구들을 체포하면서 이곳에 남아 있던 모든 가구들을 싹 가져갔다고 한다. 여기에서 용케 살아남은 것은 안네가 쓰던 일기장들. 예전에 읽은 안네 전기에서 검거될 당시 일기장을 발견한 군인들이 그게 무엇이냐고 묻자 아무것도 아니라며 안네가 이를 바닥에 던져 버렸다고 한 것이 기억난다. 쓸모없는 종이들로 보여야 살아남을 수 있음을 안네는 그 짧은 순간 깨달았던 것일까.

후일 출간할 것을 염두에 두고 그동안 써 온 일기들을 새로운 종이에 곱게 정서하기 시작한 안네. 그런 수많은 날들의 노력과 숨은 이야기들을 거친 바닥에 아무렇게나 던져 버렸을 때의 기분이 어땠을까. 다시는 돌아오지 못할 것임을 알았을까? 그렇게 글들을 쓰레기처럼 버려두고 은신처를 나설 때 안네는 무슨 생각을 했을까.

그 공간에 지금 내가 있다. 무섭도록 텅 빈 공간.

이곳을 개관할 때 관계자들이 유일한 생존자인 아버지 오토 프랑크에게 물었다고 한다. 예전의 모습 그대로 가구들을 들여놓고 식구들의 방도 재현할까요. 그는 원치 않았다고. 텅 빈 공간. 나치가 모든 것을 쓸고 간 공간. 바로 이것이 당시 무슨 일이 있었는지를 보여 주는 그대로이다. 그대로 두었으면 한다.

고개가 끄덕여졌다. 내부에 왜 이렇게 아무것도 없을까 텅 비었을까 궁금했는데 이것이야말로 있는 그대로의 현장이다.

진실이다. 전시된 사진들 중 아버지 오토 프랑크의 모습도 있었다. 바로 안네 프랑크 하우스 개관 직전 텅 빈 은신처를 방문했을 때의 사진이다. 빈 공간을 홀로 거닐며 생각에 잠긴 듯 고개를 쓸쓸히 아래로 숙이고 서 있는 그의 옆모습. 가족을 잃고 친구를 잃고 그러니까 모든 것을 잃고 홀로 살아남았음을 알았을 때 어떤 마음이었을까. 그가 말년에 딸 안네에 대해 인터뷰한 영상도 볼 수 있었다. 그는 말했다. 부모는 자식이 어떤 사람인지 영원히 알 수 없다고. 목소리는 담담했지만 그의 눈은 울고 있는 듯 보였다.

오토 프랑크가 딸 안네와 마르고트를 찾기 위해 신문에 냈던 광고가 생각났다. 독일 베르겐-벨젠 수용소에서 본 그 신문 광고. 내 가족이 아직 살아 있을 것이라는 버리지 못할 희망. 시간과 형태만 달리한 비극은 어쩌면 이렇게 다른 듯 같은 얼굴을 하고 계속해서 발생하는 것일까. 이곳에 머무는 내내 마음이 저 깊은 지구의 핵으로 점점 가라앉는 듯 했다.

숨어 살아도, 박해를 받아도 아이들은 자랐다. 벽에 남은, 마르고트와 안네의 키 눈금에 마음이 울컥했다. 은신처로 들어가는 입구의 책장도 그대로 남아 있었다. 투명 아크릴로 꽁꽁 덮여 있기는 했지만. 안네의 일기에 자주 등장하는 클라이만(Kleiman) 씨를 비롯한 조력자들에 대한 이야기도 있었다. 그들은 2년간 남몰래 은신처 사람들을 도왔다. 그들도 두려웠을 것이다. 그럼에도 자신이 옳다고 생각하는 일을 했다.

짧지 않은 기간 동안 식료품을 조달하고 필요한 물품들을 나누며 전쟁이라는 어려운 상황 속에서도 최선을 다해 은신처 사람들을 지킨 이들. 인류의 지나온 역사 속에서도 이런 빛나는 사람들이 무수히 많았을 것이다. 목숨을 걸고서라도 자신이 옳다고 생각한 바를 지키기 위해 노력한 사람들.

안네는 자신의 꿈을 이루고자 정말 진심으로 희망을 가지고 노력했던 것 같다. 일기 속 구절들에도 그런 절실함이 녹아 있다. 결국 그녀 자신은 일기의 출간을 보지 못했지만, 살아 돌아온 아버지가 딸의 못다 이룬 꿈을 대신해 이루어 주었으니 저 먼 세계에서 그래도 한 번쯤 기쁘게 웃었을까. 어쩌면, 너무 사사로운 속내까지 전부 드러낸 것에 부끄러워하고 있을까? 그러니 죽고 난 후에 이루어지는 그 모든 것들이 과연 무슨 의미란 말인가?

갖은 치하와 영광도 아직 살아남은 자들의 몫인 것만 같아서

아직 남은 자들이 벌이는 위안과 면책의 여러 가지 방법들

ANNE FRANK
1929-1945

중 하나인 것만 같아서

이런 글을 적는 나 역시도 말이다.

나조차도.

살아 있는 한 벗어날 길 없겠다.

이렇듯 시시각각 몰아닥치는 깊은 자괴감 속에서.

밖으로 나왔을 때는 어느새 해가 높이 솟아 있었다. 그냥 나가기가 아쉬워 1층에 마련된 카페에 들어가 커피 한 잔을 시켰다. 카페는 전면이 유리로 되어 있어 바깥으로 길게 선 사람들의 행렬이 보였다. 전시관에 들어갈 시간을 기다리고 있는 사람들. 저 사람들은 이 안에서 무엇을 보고 느낄까. 이 세상이 단 하나의 언어로만 이루어져 있다면 이렇듯 갖은 오해와 차이와 구별과 반목들을 조금은 해소할 수 있을까?

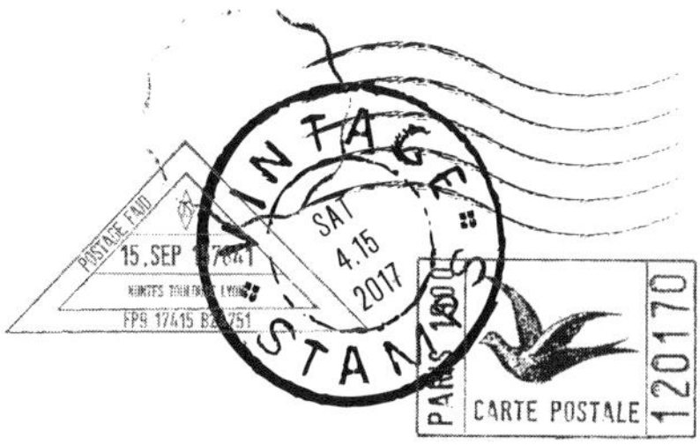

별을 달고도 환하게 웃었던 사람들

암스테르담에서의 마지막 날이 밝았다.

마지막 날이라 그런가 순간순간이 참 애틋하게 느껴졌다. 그냥 돌아가기 아쉬워 전날 들르지 못했던 국립 홀로코스트 기념관(National Holocaust Memorial)으로 발걸음을 옮겼다. 이곳은 한때 네덜란드에서 유명한 극장이었다고 한다. 나치 점령 이후에는 유대인 전용 극장으로 바뀌었고 그 후에 유대인들이 거쳐 가는, 강제 이송의 중간 거처로 사용되었다. 그래서일까. 화려하고 아름다운 외관에도 불구하고 건물 전체는 뭔가 음울하고 어두워 보였다. 들어가니 각 층마다 희생된 사람들을 기리는 전시관들로 구성되어 있었고, 일부 공간에는 유대인 극장으로 활용될 당시의 모습을 보여 주는 사진과 포스터가 전시되어 있었다.

가장 기억에 남은 곳은 '희생된 아이들'을 위한 방. 하나하나 아이들마다 그 이름과 나이, 태어나 자란 곳과 어떤 아이였는지 설명이 되어 있다. 아이들의 사진, 노트, 옷... 어떻게 살고 있었는지 그러니까 어떻게 행복했고 어떻게 잘 자라고 있었는지를 한눈에 볼 수 있었다. 그리고 전쟁 발발 후 강제 이송되면서 어떻게 끌려갔고 어떻게 죽어 갔는지도 볼 수 있었다. 문득 아우슈비츠에서 본 영상실이 떠올랐다. 전쟁 전 행복하게 일상을 살던 사람들의 밝은 모습들. 생각하니 또 눈물이 핑 돈다.

모두가 밝게 웃고 있었는데, 그저 나와 같은 아동기와 청소년기를 지나고 있었을 뿐인데... 그들이 가슴에 달아야 했던 다윗의 별. 그 위에 적힌 'Jood'라는 커다란 글씨는 왜 이리도 아픈가. 한쪽 방에 걸린 사진들에는 다윗의 별을 가슴에 단 사람들이 수줍게 웃고 있었다. 왜 사람들은 이 별을 달고도 이렇듯 웃으며 사진을 찍었을까? 이렇게나 활짝 웃을 수 있는 사람들인데. 그런 사람들인데. 그들의 사진 밑에 적힌 생몰일시에 대

Jood

한 글자는 언제 보아도 마음이 무겁다. 언젠가는 내 이름 석 자 뒤에도 적히겠지. 저 물결 표시 사이의 시간들을 후세대들은 가늠조차 하기 힘들 것이다. 나 역시 그러하듯이.

기념관을 나오는데 한쪽 벽면에 희생자들의 성(姓)이 엔딩 크래딧처럼 올라가고 있었다. 너무나 많아 실감이 나지 않는다. 어떤 영화에 참여한 스태프들의 이름을 보는 듯 멍하니 서 있다가 나왔다.

아무리 여러 번 보고 되새겨도 여전히 실감이 나지 않는다. 모든 타인의 죽음은 그런 것일까. 안타깝고 슬프지만 나는 또 오늘을 살아야 하므로 의도적으로 어느 순간 괴로운 마음을 멈추어 버리는 것일까. 내 안에서는.

숙소로 돌아가는 길.

거리를 걷는데 날씨가 무척 화창했다. 바야흐로 지극한 봄. 이렇듯 화창하고 맑은 날에도 어느 곳에서는 미친 듯한 광풍이 불어닥치며 사람들의 목숨이 낙엽처럼 말라 떨어지고 있을 것이다.

벨기에에 온 이유는 '안 가 봐서'입니다

벨기에 브뤼셀(Brussels)에 왔다. 갑자기? 네. 갑자기요.

벨기에에 온 이유는… '안 가 봐서'이다. 그러다 보니 브뤼셀에 도착하는 순간까지 별다른 계획이 없었다. 아, 하나 있다. 와플! 그래, 와플을 먹자!

도착하자마자 거리로 나섰다. 아침 일찍 움직인 덕에 아직 정오가 채 되지 않았다. 게다가 암스테르담에서 벨기에까지 기차로 두 시간 정도밖에 안 걸렸다. 세상에… 국가 간 이동이 이렇게나 쉽다니. 내가 유럽에서 태어났으면 큰일 날 뻔했다. 수

중의 돈이란 돈은 모두 탕진해 버렸을 거야. 삼면이 바다로 둘러싸인 곳에 태어나게 해 주셔서 감사합니다...

책도 한 번 안 보고 패기 있게 벨기에 브뤼셀에 도착한 후 우선 점심부터 먹었다. 그런데 점심을 먹고 나오니 당장 갈 곳이 없다. 여기 오줌싸개 동상이 유명하다던데 그거 보러 갈까? 애기가 오줌 누는 동상이 왜 유명해졌는지 잘 모르겠지만 이왕 온 거 나도 한번 보기로 했다. 바로 오줌싸개 동상이 있다는 그랑플라스(Grand Place)로 출발. 관광지라 원래 사람들이 많은 건가. 길을 찾고 자시고 할 것도 없이 사람들을 따라가니 금방 커다란 광장이 나왔다. 알고 보니 브뤼셀 중앙역에서 도보로 5분이란다. 뭐지? 엄청 걸은 것 같은데... 광장에 들어서자마자 눈에 띄는 건 고풍스러운 건물들. 그 중에서도 높이 솟은 시청사는 무척이나 아름다웠다. 브뤼셀 시청에서 근무하고 싶다. 엇그제는 안네 프랑크 하우스에서 근무하고 싶었는데 지금 보니 브뤼셀 시청이다. 돌아서는데 이번에는 그 맞은편에 시립 박물관이 서 있다. 어멋! 박물관도 어마어마하게 멋지다. 브뤼셀 박물관에서 근무하... 그만 하자.

광장을 구경하며 걷는데 저 멀리 사람들이 오글오글 모여 있다. 저곳이구나! 오줌싸개 동상!

사람들이 어찌나 빽빽하게 모여 있는지 까치발을 들고 간신히 보았다. 게다가 지금 무슨 공사중인지 동상이 펜스 같은 것으로 둘러싸여 있다. 하하하하하. 나는 이런 거 참 잘 걸려!! 오늘도 역시 그렇구만!! 기똥차다!! 하하하.

간신히 사람들 사이로 비집고 들어가 사진을 찍었다. 오줌싸개 동상은 야구 점퍼를 입고 야구 모자를 쓰고 있었다. 작다고는 들었는데 생각했던 것보다도 더 작다. 쫄쫄쫄 오줌 줄기가 나오는 작은 동상을 보려고 전 세계에서 이 많은 사람들이 오다니! 그래도 사진으로만 보던 것을 직접 보니 신기하다. 브뤼셀에 특별한 행사가 있거나 하면 이를 기념해 동상의 옷을 자주 바꾸어 입힌다는데 이번에는 운동경기가 있나? 개구쟁이 막냇동생 같다, 라고 적고 싶지만 이젠 아들 뻘이겠지. 옷을 그렇게 입혀 놓아 그런지 엄청 장난꾸러기 같아 보인다.

광장을 나오니 다시 한적한 골목골목이 이어진다. 약간 명동거리 같은 느낌의 대로를 걸어 숙소로 돌아가는 길. 그새 배도 좀 꺼졌겠다, 입이 궁금하겠다 당장 와플을 찾아 나섰다. 한 집 걸러 한 집이 다 와플 가게일 줄 알았는데 꼭 그렇지도 않았다.

1€

하긴 우리나라도 가게마다 김치를 팔지는 않지. 한참 걷다가 눈에 띈 와플 가게로 씩씩하게 들어갔다. 커피 한 잔과 초코 와플을 시켰는데, 세상에 와플이 너무 달다. 같이 시킨 커피도 엄청 쓰다. 아니, 벨기에 와플이 최고라던데 왜 이렇지? 우리 입맛에 안 맞는 건가? 대실망. 하지만 실망한 채로 돌아갈 순 없다. 거리로 나와 다시 맛있는 와플을 찾아 나섰다. 걷다 보니 어떤 가게에서는 다양한 와플 모형들을 보기 좋게 진열해 놓고 그 위에 엄청 커다란 오줌싸개 동상을 만들어 세워 놓았다. 진짜보다 이게 더 근사하다. 때로는 가짜가 진짜보다 더 빛나 보이기도 하는 법이다. 그곳에서 와플을 먹을까 하다가 좀 더 걷기로 했다. 아래로 쭉 내려가니 오호? 사람들이 길게 줄 선 곳이 있다.

저기다! 초코 와플 실패를 교훈 삼아 이번에는 플레인 와플을 시켜 보았다. 크고 먹음직스러운 와플. 고소하고 촉촉하다. 별다른 시럽이나 추가 재료를 넣지 않았는데도 맛있다. 진짜 맛있는 음식들은 늘 그랬던 것 같다. 재료 본연의 맛을 살려 순하게 만든.

와플을 먹으며 선선히 걸었다. 짧은 일정으로 와서 그런지 저 멀리 길게 늘어지는 햇빛도 왠지 아쉽게 느껴진다. 독일 그로쓰부르크베델에서도 이런 일요일 오후를 만났었지. 누군가에게는 지는 해조차 아쉽고 특별한 풍경일 테고, 또 다른 누군가에게는 지나가는 일상의 풍경이겠지. 같은 공간에서도 서로 다른 풍경을 보고 서로 다른 시간을 느낀다는 게 흥미롭다. 나도 이따금 서울의 관광 명소를 지날 때가 있다. 주로 지하철 4호선을 많이 타니까 혜화, 명동, 충무로. 가끔 3호선을 타면 종로3가, 안국, 경복궁. 그때마다 종종 마주치는 각국의 여행자들을 보며 저들은 지금 어떤 풍경을 보고 무엇을 느끼고 있을까 궁금했다. 브뤼셀을 지나는 시민들도 나를 보면 그런 생각을 할까.

어느 날엔가 비가 억수같이 쏟아지는 여름이었는데, 명동 한복판에서 우비를 쓰고 커다란 캐리어를 끄는 외국인 가족을 만난 적이 있다. 막 도착했는지 아니면 이제 막 떠나려는지 모르겠지만 힘겹게 빗길을 뚫고 가는 모습이 안타까워 나도 모르게 혀를 찼다. 저런! 하필 이런 날 오셨구나. 맑은 날이면 더 좋았을 텐데. 괜히 더 좋은 날을 보여 드리고 싶은 마음.

그런데 막상 내가 여행자가 되어 길을 나서면 궂은 날이나 맑은 날이나 다 좋은 날이어서 말이다. 내가 한 걱정은 그냥 내 생각일 뿐이었다. 낯선 곳에 도착한 여행자에게는 그 나라와 도시 하나하나의 풍경이 모두 새롭고 신기해 좋았다, 라고 기억되지 않을까. 물론 안 좋은 기억도 생길 수 있겠지만 그래도 떠나 있다는 것 자체가 주는 신비한 힘이 있으니까. 비바람 몰아치고 눈 내리고 폭염에 지쳐도 어느 곳이든 지나고 나면 그랬었지, 하고 추억으로 남을 것이다. 나빴던 기억도 시간에 희석되면 잔잔하게 가라앉아 옅어질 테니까. 비록 완전히 사라지지는 않는다 해도.

그러고 보니 한국으로 돌아갈 날이 얼마 남지 않았다.

이곳의 시간만 유독 빠르게 흐르는 것은 아닐 텐데. 문득 오래 비워 둔 내 방의 풍경이 궁금해졌다. 그대로겠지. 대문을 와락 열고 긴- 정적을 깨고 들어서면 그동안 어디 갔었냐고 반갑게 다가서는 포근한 온기가 있겠지.

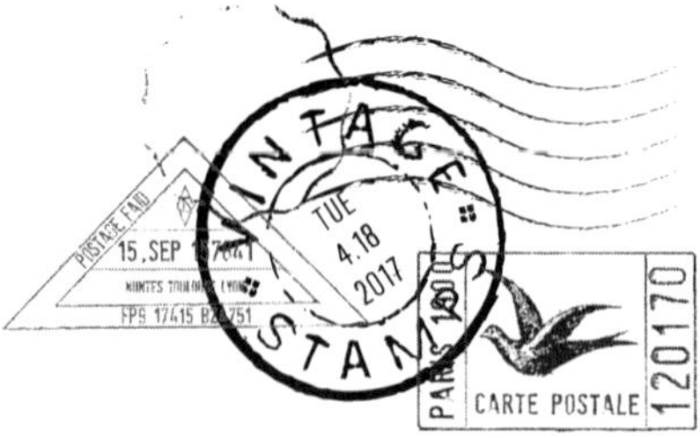

비밀의 화원이었을까 내가 다녀온 그곳은

영국에 온지 이틀째다. 어제 벨기에 브뤼셀에서 유로스타를 타고 런던으로 건너왔다.

떠나오기 전 영국에 가 보고 싶다는 내게 선화가 추천해 준 곳이 있다. 바로 옥스퍼드 대학교. 그 안에 들어가면 요모조모 볼 곳도 많고 좋다고.

그래서 더욱더 꼭 가 봐야지 했던 옥스퍼드. 날씨가 무척 맑았다. 어찌나 화창한지 여름처럼 더웠다. 역에 내려 아이스커피

한 잔으로 목을 축이며 곧 거리 이곳저곳을 열심히 헤매 다니기 시작했다. 그래도 책으로만 보던 곳에 와 있으니 좋았다. 아무 골목이나 걸어도 의젓하게 보이는 고풍스러운 건물들. 길을 다니는 사람들 하나하나가 다 옥스퍼드대 학생인 것처럼 나는 크게 감탄하며 고개를 끄덕였다. 야, 너무 사대주의 같잖니. 아니, 여행자가 감탄 좀 하는 게 뭐 어때서. 내 자신과 마음속으로 이런 말들을 주거니 받거니 하며 열심히 걸음을 옮겼다. 보이는 곳마다 영화 속의 한 장면처럼 그윽하고 근사했다. 그렇게 걷다 보니 어디선가 들어 본 큰 서점이 하나 나왔다. 아주 오래된 서점으로 유명 문인들도 애용했다는 그곳에서 나는 그만 내게 허락된 시간 중 절반을 말끔히 보내 버렸다. 평소에도 책 구경을 제일 좋아했는데, 유서 깊은 서점에 도착하니 금세 푹 빠졌다.

서점에서 넋을 놓고 있었더니 벌써 오후 1시가 훌쩍 넘었다. 다리가 아파 온다. 그래도 여기에서 멈출 순 없지. 서점 이름이 새겨진 냉장고 자석을 기념으로 하나 사서 주머니에 넣고 다시 무작정 길을 걷는다. 그러다 저 멀리 학교 건물 중 하나로 보이는 곳이 있어 쑥 들어갔다. 가까이 가서 보니 트리니티 칼리지(Trinity College)다. 초입 게시판에 재학생들의 연구논문 포스터가 게시되어 있다. 옛날 생각이 새록새록 났다. 나도 큰 종이 한 장에 이런 연구 포스터를 만들어 발표했었다. 지금 생각해 보면 부끄럽기만 한데 그래도 처음으로 내 이름을 걸고 발표한 것이라 애정이 컸다. 큰 애정만큼 잘 보관했으면 좋으련만 그건 지금 어디에 있더라? 이공계 학생들의 연구인지, 모르는 기호들이 가득한 포스터를 한참 들여다보다가 안으로 발걸음을 옮겼다. 그러다 건물 뒤쪽으로 잘못 들어갔는데 아주 넓고 큰 정원으로 이어지는 문이 하나 있었다. 건물 뒤쪽에 이런 곳이 숨어 있다니!

비밀의 화원인가?

들어가도 되나 주춤거리는데 문이 열려 있다! 설마 들어가는 순간 자동으로 닫히거나 그러진 않겠지. 그곳을 무엇이라 표현하면 좋을까. 햇빛이 무수한 조각으로 부서져 내리고 옅은 초록빛 풀들이 빛을 받아 한없이 출렁이는 오후. 아우슈비츠-비르케나우에서 보았던 믿을 수 없이 평화롭고 아름다웠던 어떤 순간이 떠올랐다. 이 정원은 뭘까? 의자를 가져다 놓고 길게 누워 쉬고 있는 사람들이 보였다. 둘은 이야기를 나누고 하나는 선 베드 위에서 해바라기를 하는 중이었다. 나는 풀밭의 가장자리를 따라 걷다가 조금 더 용기를 내 중심으로 중심으로 옮겨 걸었다. 어느새 늦은 오후였다. 오늘따라 햇볕이 여름처럼 뜨겁다. 바람도 한 점 없다.

읔! 배고파.

갑자기 벼락처럼 허기가 몰려왔다. 하필 이런 순간에... 이러다 쓰러지는 거 아닐까. 물론 그럴 리는 없었지만 덥고 목마르고 배고픈데 여기는 어딘지 도무지 모르겠고 그만 막막한 마음이 되어 다시 풀밭 가장자리로 나왔다. 풀밭을 따라 촘촘하게 들어선 나무의 깊은 그늘이 더위를 식히는 데 큰 도움을 주었다. 대충 나가는 문만 확인해 두고 오솔길 비슷한 곳으로 쭉 따라 걸어 들어가니 건물의 완벽한 뒤다. 달의 어두운 뒷면처럼 평소에는 거의 볼 일 없는 어떤 건물의 뒤편.

와, 이런 곳이 있었네. 이름 모를 꽃들이 흐드러지게 피어 있다. 뜨거운 햇살을 온몸으로 받으며 이따금 살짝살짝 흔들리며, 꼿꼿하게 서 있다. 꽃이 바라다 보이는 큰 나무 그늘 아래 의자가 하나 놓여 있어 그곳에 앉았다. 정원사 아저씨가 앉으시는 곳인가. 몇 시간을 걷다가 오랜만에 의자에 앉으니 살 것

같았다. 아직도 내가 다녀온 그곳이 어디인지 잘 모르겠다. 언제나처럼 원래 가려던 곳은 못 가고 그런 곳이 있는지도 몰랐는데 어쩌다가 길을 잘못 들어 알게 된 그곳에서 한참 시간을 그었다. 물 한 통을 다 비우고 우연히 가방 속에 들어 있던 쿠키 한 봉지를 까먹으며 혼자 실실 웃었다. 지금 여기는 어디고 나는 뭘 하고 있나.

대실패.

완벽한 실패.

완전 성공적인 실패.

와, 정말 성공적으로 실패했다. 아니, 이건 그러니까 다시 말하면 나는 실패에 성공한 건가? 오, 그래! 나는 실패에 성공했다. 그럼 성공한 거지 실패한 게 아니군. 휴대폰 메모장에 이런 말들을 끼적이며 나도 모르게 소리 내어 웃었다. 미친 줄 알겠네. 누가 봐도 이방인인데 웬 비밀의 화원 같은 곳에 혼자 들어와서 쿠키나 까먹으면서 웃고 있다니. 지금 이게 꿈인가? 눈앞에 펼쳐진 풍경은 놀랍도록 낯설고 이국적이었다. 컴퓨터 배경화면에서나 보던 건데. 뱃속에 뭐가 좀 들어가니 정신이 또 금세 말짱해졌다. 이렇게 망연히 보내는 시간이 나쁘지 않았다.

그래, 이런 시간을 위해 떠나온 거지. 잘 알 수 없는 길을 걷기 위해서. 여러 번 길을 잃고 헤매는 가운데 문득문득 다가오는 풍경을 위해서.

태주야, 앞으로도 성공적으로 실패하자.

잘 쉬었어요. 고마워요.

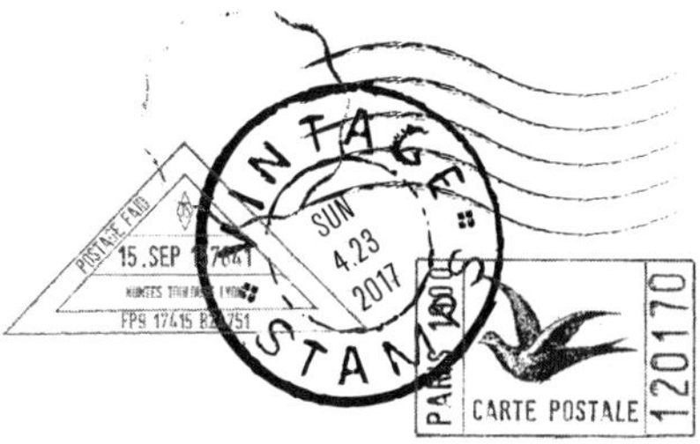

본 적 없는 나라를 그리워한 적이 있다

시간이 빛의 속도로 흐르고 있다.

지금 이곳은 아일랜드 더블린(Dublin). 브뤼셀과 런던을 거쳐 엊그제 더블린으로 건너온 지 사흘째다.

봄인데도 고요하게 가라앉은 대기가 조금은 우울하게 느껴진다. 이곳이 이번 여행의 마지막 도시. 폴란드와 독일, 네덜란드에서 기력의 상당 부분을 소진하고 벨기에와 영국을 거쳐 아일랜드에 도착했을 때 나는 좀 지쳐 있었다. 3주라는 시간 동안 9개 도시를 쏘다니며 이틀에 한 번꼴로 잠자리를 바꾼 덕분이다.

나는 언제고 한 번은 꼭 아일랜드에 가 보겠다고 생각해 왔다. 특별한 이유는 없었다. 하지만 막연한 꿈일수록 이루어지기 어려운 법이다. 아일랜드는 내게 오랫동안 생각만으로도 아득한 먼 나라였다. 그럼에도 그리웠다. 문학과 음악과 역사와 사람과 아직 본 적 없는 풍경들과 그리운 무엇이 있는 곳. 가 본 적도 없는 곳을 그리워한다는 게 이상하지만 아일랜드라는 곳은 내게 그런 느낌이었다.

그렇게 막연한 그리움을 가지고 아일랜드로 왔다. 마침 전 직장 동료인 유선이가 아일랜드에 머물며 공부를 하고 있다. 그녀는 일을 그만두고 자신이 진정으로 원하는 삶을 찾아 아일랜드로 떠나왔다. 그리고 건강하고 행복하게 잘 살고 있다. 한국에서보다 훨씬 편안해 보이는 밝은 얼굴. 마음속에 왜 걱정이 없겠는가마는 자신에게 주어진 새로운 하루하루를 허투루 쓰지 않으려 최선을 다해 살고 있는 그녀. 맥주 한 잔을 앞에 두고 유선이와 오래도록 이야기를 나누었다.

우리 둘 다 아직 무엇인지 모를 그 길을 찾아 어떻게든 가고 있구나. 일단 떠나온 그녀도, 잠시 떠나온 나도 나이가 나이인 만큼 직업과 결혼, 출산과 육아 그리고 남겨진 생의 단계들에서 완전히 자유로운 것은 아니었다. 하지만 아일랜드에 있는 동안은 그런 것들을 잊고 다른 세계에 집중하며 순간을 살자. 언젠가 늦은 밤에 우리 동네로 찾아온 그녀와 놀이터에 앉아 오래도록 이야기를 나눈 적이 있다. 그때도 우리는 순간에 집중하며 살자고 했었지. 떠남이 곧 정답이 될 수는 없지만, 떠남을 통해 적어도 오답 정도는 제거할 수 있지 않을까. 그녀도 나도 오랫동안 착실하게 오답을 제거하는 중이다. 이제 남은 선택지는 몇 개나 될까. 남은 것이 있을까.

우리는 이 시간들을 지나며 정답에 가까워지고 있는 것일까.

아니면, 적어도 완전한 오답을 피할 수 있는 길로는 접어든 것일까.

그러니 무엇이 정답이고 무엇이 오답이란 말인가.

삶이라는 알 수 없는 블랙홀에서-

그러고 보니 영국에서 더블린으로 떠나는 날 아침에도 그런 일이 하나 있었다. 전혀 예상치 못한 곳에서 가장 알 수 없는 방식으로 불현듯 찾아오는, 바로 '그날'.

아— 아— 아아- 아아아- 아아아아!!!

설마하는 마음으로 화장실에 들어갔던 나는 당황과 황당의 콜라보레이션으로 짧은 비명을 내질렀다. 아니?! 분명 3월 말에 잘 끝내고 와서 생리대라고는 하나도 안 챙겨 왔는데 갑자기? 심지어는 팬티 라이너도 없다고요! 생체 리듬이 바뀌어서 그런가? 너무 피곤했나? 아무리 그래도 이건 좀 아니잖아요. 게다가 여긴 영국 런던이란 말이에요. 낯선 호스텔에서 울먹한 마음으로 한참을 서성였다. 급한 대로 근처 마켓으로 생리대를 찾아 달려 나갔다. 엄청난 규모로 가지각색 브랜드들이 진열되어 있어 고르는 데 애를 먹었다. 결국 가장 저렴하고 양이 많은 A 브랜드의 생리대를 샀다. 이왕 이렇게 된 거 나도 좀 좋은 거 비싼 거 써 보자!! 하고 마음먹었지만 정보도 부족하고 일단 급하니까 역시 가장 싼 것으로... 색과 무늬가 알록달록한 게 예쁘다. 음, 일단 겉은 꽤 화려하군. 뜯어보니 한국 제품보다 굉장히 얇다. 좀 뻣뻣한 느낌도 든다. 너무 얇아서 흡수가 잘 되려나 걱정 됐는데 그럭저럭 괜찮았다.

예상치 못했던 일인 데다가 생리를 시작하니 몸도 무겁고 돈도 나가고 괜히 울적해졌다. 뭐 어때! 이런 일도 있고 저런 일도 있는 거지! 언제 또 외국 생리대를 써 보겠어! 긍정의 기운을 가지고 숙소로 돌아왔지만 가을 찬바람이 든 듯 배가 쌀쌀하니 아파서 다시 기력이 다운. 기분이 썩 좋지 않다. 가뜩이나 짐 많은데 이렇게 또 짐이 늘었구나. 어쨌든 잘 지나갔으면 좋겠다.

밤에 침대에 누우면 창 너머로 덜컹덜컹 기차가 지나간다. 저 기차는 어디로 가는 걸까. 나는 또 어디로 가고 있는 걸까.

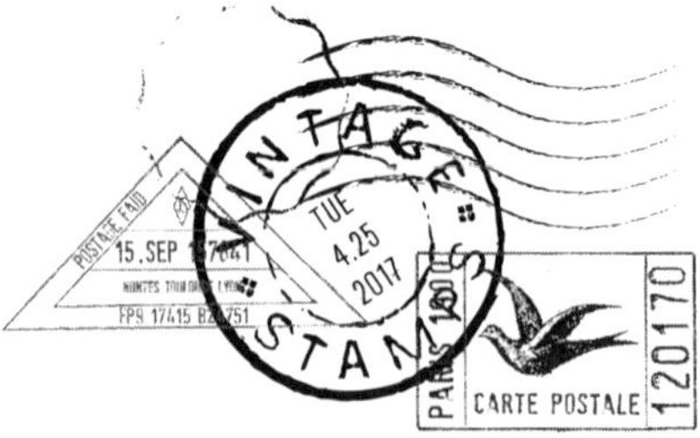

바람이 파도처럼 밀려오고 다시 밀려가고

오후에 달키(Dalkey)에 다녀왔다. 달키는 유선이가 꼭 가 보라고 추천해 준 더블린 인근의 작은 도시. 야트막한 언덕 너머로 바다가 보이는 곳이라 했다. 타라 스트리트역(Tara Street Station)에서 달키로 가는 표를 끊으면 하루 안에 금방 다녀올 수 있다.

달키로 가는 길은 환하고 아름다웠다. 초록빛 시트와 노란 손잡이가 봄별을 꼭 닮은 열차는 나무를 스치며 힘차게 달렸다. 이따금 창밖으로 툭툭 나뭇잎들이 부딪혀 왔다. 달키역은 자그마했다. 봄, 평일, 한낮. 얼마간의 사람들을 토해 놓고 열차는 금세 사라져 갔다. 나도 사람들을 따라 주춤주춤 역 바깥으로 나갔다. 다들 뚜렷한 목적지가 있는 것처럼 바쁘게 걸음을 옮겼다. 그 씩씩한 뒷모습들을 따라 갈팡질팡 걷다가 우뚝 멈춰 섰다.

그새를 못 참고 또 천둥처럼 울려대는 꼬르륵 소리. 달키로 넘어 온다고 점심을 걸렀더니 안 되겠다. 급히 거리로 나와 이리저리 식당을 찾다가 썩 괜찮아 보이는 샐러드 바로 들어갔는데... 여기에서 그만, 평생 잊을 수 없는 만찬을 만났다...!

Steak & Kidney Pie with Salad

오오! 스테이크! 어흐, 배고파... 그래, 마지막 날이니 고기를 먹어 주자. 몸보신 좀 하자. 그런데... 음? 콩팥? 콩팥 파이? 순대 같은 건가? 아, 그냥 스테이크에다가 내장이랑 파이를 같이 준다는 건가...? 좀 이상한 조합이네? 음, 그래! 10유로라니 좀 비싸긴 하지만 저걸 한번 먹어 보자!! 언제 또 아일랜드 스테이크를 먹어 보겠어? 용감하게 주문을 하고 2층으로 올라가니 아무도 없다. 창가 자리에 앉아 멍하니 창밖 풍경을 내다보고 있는데... 얼마나 지났을까. 코 속으로 천천히 스며드는 불길한(?) 향

내가 있었다. 음? 뭐지, 이 냄새는? 내가 시킨 음식을 소중히 들고 오는 직원님. 그는 환하게 웃으며 내 앞에 접시를 내려놓았다. 'Enjoy!'하고 유유히 사라지는 그를 보며 황급히 내 앞에 놓인 접시를 보았다. 앗...!! 뭐지, 이건?! 희한한 냄새가 코를 찌른다. 아니야. 이건 꿈일 거야. 믿고 싶지 않다. 이게 내가 시킨 거라고? 훅- 하고 다시 코를 찔러오는 형용할 수 없는 냄새. 정말일까. 이게 그 Steak & Kidney Pie with Salad가 맞나? 그럼 스테이크는? 왜 스테이크가 없지? 고기 썰 준비하고 있었는데? 울먹한 마음으로 다시 접시를 내려다보았다. 여기엔 나밖에 없으니 잘못 가져다 준 건 아닌 것 같다. 그래... 내가 시킨 게 이거겠지. 하... 위에 햄버거 빵처럼 덮인 게 파이인가? 파이는 파이인데... 사이에 든 이 거무죽죽한 죽 같은 건 뭐지? 포크로 쿡쿡 찔러 보니 진득하게 흘러나오는 액체. 냄새의 정체였다. 위아래로 살짝 덮인 얇은 파이 안에 든 이것이 바로 콩팥?! 그러니까, Kidney가!! 콩팥이!!! 액체처럼 진득하게 녹아 흐르고 있다?!!

허......!!

아니, 스테이크라면서요? 스테이크에 다른 뜻도 있나?? 내가 멍청한 건가?? 아무래도 그런 것 같지만 아니, 그래도 녹인

콩팥이라뇨... 순대로 치면 약간 '간' 같은 걸 뜨겁게 녹여 크로와상 빵 같은 데에다가 넣은 느낌? 으헉, 세상에!! 난 대체 뭘 시킨 거야? 그것도 10유로나 주고! 코를 감싸 쥐고 그놈의 파이를 쿡쿡 찔러 보다가 그래도 용기를 내어 한 귀퉁이를 잘라 먹었는데...!!

윽! 물!! 물!!! 물!!!!!

아...... 망했다. 나는 못 먹겠다. 내 10유로 안녕... 10유로면 치킨도 가능하고... 떡볶이... 순대... 하, 순대 같은 건 줄 알았는데.

결국 옆에 같이 나온 콩과 푸성귀 같은 것들을 조금씩 떼어 먹으며 아일랜드에서의 처음이자 마지막 만찬(?!)을 또다시 성공적인 실패로 마쳤다. 하하하! 정말 장하다! 엊그제 다짐한 것을 이렇게나 바로 실천하다니! 역시 꿈과 목표는 막 적고, 말하고 다니는 게 좋구나! 이번에도 실패하는 데 성공했어! 콩팥 파이라니!! 정말 상상도 못한 일이야. 하하하하하하하!

콩팥 파이 98%를 2층에 남겨 두고 미안해서 엄청 쏜살같이 가게를 뛰쳐나왔다. 직원들은 내 속도 모르고 밝게 웃으며 'Enjoy!'를 또 외쳐 주었다. 크흡... 고마워요... 10유로어치 잘 쉬다 가요... 그대들도 Enjoy...! 흑.

달키에서 마지막으로 바라다 본 풍경은 하늘과 바다.

어느 공원으로 올라가면 야트막한 산이 있고 달키가 한눈에 보인다고 했다. 가다가 길이 안 보이면 그냥 돌아온 심산으로 무작정 또 길을 나섰다. 내 숨소리만 들리는 고요한 오후가 이어졌다. 얼마나 걸었을까. 눈앞에 공원 입구가 보이기 시작했다. 커다란 개 한 마리를 끌고 산책하던 할아버지 한 분이 빙긋 웃어주셨다. 마주 웃으며 저 멀리 산을 바라보는데 날이 믿을 수 없을 정도로 화창하고 아름다웠다. 공원길을 뱅글뱅글 돌아 올라가니 어느 순간 제법 깊고 고요한 산길이 나왔다. 정말 꼭대기로 이어질까. 올라갈수록 바람이 거칠어졌다. 웅웅대는 바람을 귓가에 달고 빠르게 걸었다. 눈앞에 별안간 바다가 나타났다. 그리고 마침내 꼭대기.

먼 곳에서 바람이 파도처럼 밀려왔다. 그게 좋아서 몰아치는 바람 한가운데 오랫동안 서 있었다. 먼 곳에서부터 불어와 나를 스치고 다시 되돌아가는 바람. 그 속에서 스무날 만에 도착한 이곳의 풍경을 가만가만 헤아려 보았다. 무엇으로도 표현할 수 없는 여러 날의 풍경들이 한순간에 몰려왔다가 흔적도 없이 스쳐 지나갔다.

어디인지 모르겠다. 내가 서 있는 곳이 어디인지. 이곳은 나의 삶에서 어느메쯤 되는지 정말 모르겠다. 처음과 마지막의 사이는 점점 줄어들고 있는데 나는 나를 모르고, 내가 선 곳도 모르고. 아는 것이라고는 언젠가 죽을 것이라는 그 사실 하나밖에 없다니. 믿을 수 없이 빛나는 풍경 속에서도 죽음이나 생각하고 있는 내가 싫다. 한없이 평화롭고 환한 풍경 안에서도 곧장 슬퍼지고 마는 우울한 내가 싫다.

하지만 이게 나인 걸 어쩌나. 이게 나인 것을.

이제 슬슬 돌아가야 할 때.

발걸음을 돌려 산을 내려왔다. 천천히 걸으며 스무날들의 풍경을 다시 돌아보았다. 문득 기쁘고 문득 슬펐다. 기쁨 끝에는 꼭 슬픔이 따라왔고 끝내 기쁨을 몰아내고 가슴 깊숙이 자리한 것은 슬픔이었다. 그리고 어느 순간, 아직 나를 미처 떠나지 못한 어떤 슬픔과 괴로움들이 사실은 나를 영원히 떠나지 않을 것임을 깨달았다. 오랫동안 내 안에 머물며 잔잔하게 가라앉았다가 어느 때 어느 순간 불어오는 바람에 다시 성성하게 일어나 내가 아직 살아 있음을 알게 하는 가장 괴롭고 아픈 증거로 쓰일 것임을 알았다.

왜 기쁨과 즐거움이 아닌 슬픔과 고통을 통해 살아 있음을 느끼는 것인가.

이제 내일이면 한국으로 돌아간다. 내일 더블린에서 암스테르담을 거쳐 인천으로 가기 위해 나는 다시 스키폴 공항에서 오랜 시간을 기다려야 한다. 이번 여행을 하면서 가장 크게 배운 것은 기다림이다. 기다리고 또 기다렸다. 그리고 언제 기다렸냐는 듯 기다림이 끝나자마자 시간은 나를 관통해 저 먼 곳으로 물보라처럼 사라져갔다.

꿈을 꾼 것 같다.

많은 시간 동안 나는 내가 어디에 서 있는지, 내가 어디에 서 있어야 할지를 알기 위해 계속해서 떠나왔다. 그렇게 힘들여 도착한 곳은 금세 다시 떠나야 할 곳이 되곤 했는데 왜 그런지 잘 알 수 없었다. 그럼에도 너무나 당연한 듯 다시 또 떠났고 도착했고 얼마간 머물다 다시 떠나곤 했다. 나는 대체 무엇을 하기 위해, 무엇을 찾으려 이 지난한 일들을 반복하고 있는 걸까. 계속할 수도 그만둘 수도 없는 가운데 시간은 잘도 흘러 나를 서른 너머의 봄으로 데려다 놓았다. 달키라는 낯선 곳, 이름 모를 산등성이에서 나는 바닷가를 내려다보며 문득 중얼거렸다.

모두 사라질 건데 그럼 우리들은 왜 살고 있는 걸까.

나는 오랫동안 아무 말도 못했다. 휘휘 주변을 둘러보니 이 세상의 것 같지 않은 풍경이 불쑥 다가와 있다. 미친 듯이 바람이 불어 풀들이 땅 위에서 불꽃처럼 튀었다. 저 멀리 구름 사이를 뚫고 햇빛 한줄기가 쏟아졌다. 마치 단 한 사람을 위해 스포트라이트를 쏘는 것처럼 정직한 빛줄기 하나가 땅에 우뚝 꽂혔다. 그곳에는 아무도 없는데요. 아니다. 어쩌면 내 눈에만 안 보이는 것일 수도 있겠다. 거짓말처럼 그 순간 그곳에는 나 말고 아무도 없었다. 바람이 거세게 귓전을 때려 정신이 사나웠지만 얼마간 더 버텨 보았다.

조금은 가볍게, 가끔 무거워져도 다시 한 번 가볍게, 사는 날까지는 어떻게든 다 같이 살아서 이 시간들을 지나가자고. 서로를 기다려 주며 더 오래될 때까지 이 기다림을 함께 하자고.

누구에게랄 것도 없이 어쩌면 아직 오지 않은, 더 오래된 나에게 이미 지나간 내가 그런 말들을 해 보는 것이었다.

VINTAGE STAMPS

00-4

죽기 전까지 자라고 있겠다

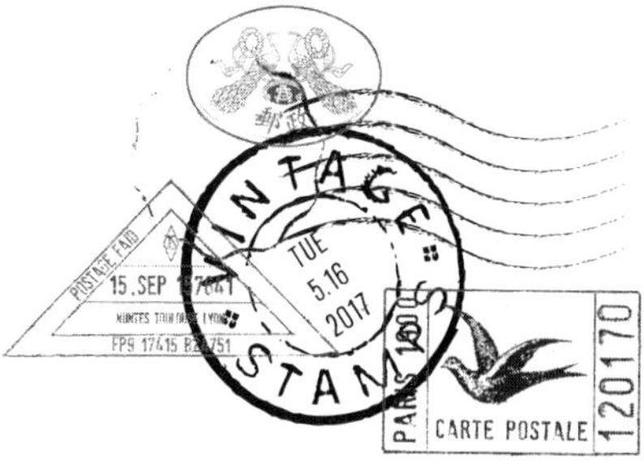

발걸음을 멈추고 난 자리에 어느덧 깊은 봄

지난달 27일에 귀국해 근 2주간은 좀 망연한 가운데 바람처럼 흘려보냈다. 오랫동안 돌보지 않아 썰렁한 집안에 훈기랄까 어떤 기운들을 불어넣고, 만나지 못해 그리웠던 얼굴들을 보고, 임박한 가정의 달에 나름 사람 도리도 해 보고. 그러는 사이 계절은 점점 짙어져 5월의 심장을 깊숙이 지나고 있다.

일을 그만두고 여행을 하면서 이런 질문을 많이 받았다.

요즘 어때?

행복해?

좋아?

힘들지는 않아?

사실 여행을 하는 동안 매일이 즐겁고 매일이 기쁘지는 않았다. 일상이 대체로 그렇듯. 화창하게 갠 날을 보고 나왔는데 갑자기 우박이 쏟아진다거나, 길을 잃고 헤매다가 점심을 쫄쫄 굶고 전시관 관람 시간마저 놓쳐 버렸다던가, 도저히 내 깜냥으로는 못다 할 무엇을 하겠다고 덤빈 것 같은 마음이 일 때는 잠도 오지 않았다. 그렇다고 뭐 대단한 일을 하고 있는 것도 아니면서 어느 순간에는 문득문득 내가, 지금, 여기서, 무엇을, 하고 있는 걸까. 이렇게 살아도 되나. 앞으로는 어떡하나. 생계는, 40대는, 50대는... 스타카토로 뚝뚝 끊어지는 질문에 대답조차 못한 순간들도 많았다.

하지만 그런 모든 어려운 순간들에 깊이 빠지지 않고 어쨌든 외면하고 넘어서게끔 만드는 단 하나의 이유가 있었는데 그것은 바로 '살아 있다'라는, 표현할 길 없는 현실. 그 현실이 주는 묵직한 감정 때문이었다.

살아 있다.

나는 살아 있다.

나는 아직 살아 있다.

살아서, 보고 있다, 먹고 있다, 느끼고 있다,

살아 있다, 라니.

일단 감사합니다.

근데 어쩌면 좋지.

산처럼 무겁고 괴로운 이 사실을

대체 어쩌면 좋지.

아우슈비츠에서, 작센하우젠에서, 베르겐-벨젠에서 저들은 죽었는데 나는 살아 있고, 내 친구는 죽었는데 나는 살아 있고, 살아서 이런 걸 보고 이런 걸 먹는다고 생각하면 여전히 마음이 칼에 찔린 듯 아팠다. 그리고 밑도 끝도 없이 외로워졌다.

아직 살아 있는 자들을 두고 훌쩍 떠나 버린 생명들이 갑자기 미워지기도 했고, 이렇게 생사라는 것을 두어 원하건 원하지 않건 어느 순간 태어나 어느 순간 죽어야 하는 명(命)들을 만든 무언가가, 그 조화가 괴롭고 슬프게 느껴졌다. 설명할 수 없는 슬픔과 분노가 때 아닌 우박처럼 쏟아져 마음을 두들기고 지나간 순간에는 아무것도 하기가 싫었는데, 여행을 하는 동안에도 종종 그런 순간들이 찾아왔다.

그럴 땐 그냥 대충. 대충 그 시간을 흘려보냈다. 그늘 아래 아무 곳에나 주저앉아 물끄러미 사람들이 오가는 양을 보았다. 물을 마시고 커피를 마시고 술을 마셨다. 아무 말이나 중얼거렸다. 오가는 사람들의 언어와 내 언어가 섞이지 않아서, 서로의 말을 몰라서 좋았다.

그리고 살아 있어서 볼 수 없는 것들에 대해 생각했다. '살아 있어서 볼 수 없는 것'들을 생각하다 보면 '살아 있어서 볼 수 있는 것'들을 흔히 놓치고- 여행을 하는 동안 이 둘을 동시에 생각할 수 있는 순간들이 자주 주어진 것은 여행이 남긴 가장 큰 선물이었다.

끊임없이 끝을 그리다가도 강렬하게 살고 싶어 하는 나를 본다. 살아 있어 괴롭고 기쁜 나를 보며 낯익은 나를, 낯선 나를, 좋은 나를, 싫은 나를, 기쁜 나를, 슬픈 나를, 괴롭고 외로운 나를, 무겁고 어두운 나를, 그럼에도 호언장담하며 웃어 버리는 나를, 가만가만 지켜본다. 아무래도 이번 생은 온전한 정신으로 살기는 그른 것 같다.

더블린 공항에서 기억나는 이가 있다. 그날도 긴 기다림이 예정되어 있어 조금은 지친 마음으로 암스테르담행 비행기 타러 가는 길에 공항 내 카페에서 커피 한 잔을 시켰다. 당연히 있을 줄 알고 '아이스 아메리카노 플리즈' 했는데 주문을 받던 그녀가 고개를 갸웃한다. 아이스 아메리카노? 예스! 잠깐 내 눈을 바라보던 그녀가 갑자기 한국말로 말을 건다.

혹시 한국인이세요?

어억, 넵!

얼핏 차가워 보이던 인상의 그녀가 살짝 미소를 짓는다. 나도 덩달아 마주 웃었다. 가슴 한가운데가 갑자기 뜨거워졌다. 뜨거운 게 위로 올라가 눈시울이라도 건드릴까 봐 얼른 큼큼 헛기침을 해 보았다.

여기에는 아이스 아메리카노는 없는데...

아... 그렇군요...

제가 얼음 넣고 비슷하게 만들어 드릴 수는 있는데... 만들어 드릴까요?

앗!! 네, 그래 주시면 정말 감사하겠습니다!

그녀가 핑글 돌아서더니 블랙커피를 내리고 물을 붓고 얼음을 추가한다. 그리고 다른 손님들에게 그랬던 것처럼 어떤 초콜릿을 먹겠냐고 했다. 초콜릿이 유명한 카페인지 커피 한 잔을 시키면 조그만 봉지에 초콜릿 하나를 넣어 선물처럼 안겨주는 곳이었다.

아, 그럼 저는 이걸로...

진열대에 아름답게 들어찬 초콜릿들 중 아무거나 하나를 가리켰다. 그녀가 고개를 끄덕이더니 재빠르게 내가 가리킨 초콜릿을 하나 넣고 더 빠른 손놀림으로 척척 두 개를 더 넣었다.

헉! 정말 감사합니다.

그녀는 다시 살짝 미소 짓고는 고개를 끄덕였다. 커피와 세 개의 초콜릿이 담긴 봉지를 들고 돌아섰다. 웬만큼 멀어졌을 때 한 번 뒤돌아보았다. 여전히 커피 주문을 받고 초콜릿을 집어 건네고 있는 그녀. 그녀가 어떤 길을 걸어온 끝에 더블린에 있고 나와 만날 수 있었는지 모르지만 그 짧은 순간이 무척 고마웠다. 더블린 공항 로비에 앉아 초콜릿 하나를 먹고 나머지

는 암스테르담에서 인천행 비행기를 기다리며 천천히 먹었다.

덕분에 기운이 났어요. 다음 비행기를 기다리던 그 긴 시간 동안 참 달콤했어요. 이름도, 나이도, 그곳에 있는 이유도 모르지만 앞으로 그대가 걸어갈 모든 순간들에 기쁨과 환한 빛이 함께했으면 좋겠습니다.

여행이 끝난 후, 짧게 짧게 스쳐 지나간 수많은 나를 헤아리며 내가 다시 '하나'가 되기를 기다린다. 일상을 벗어나 있는 동안 불쑥불쑥 튀어나왔던, 익히 알고 있던 나와 전혀 몰랐던 내가 화해하고 익숙해지기를 기다리며 뒹구는 시간들이 있다.

앞으로 얼마나 더 많은 다툼과 화해 끝에 다다라서야 이번 여행이 끝났음을 드디어 끝나고 말았음을 알게 될까.

끝이 있으나 그 끝을 모른 채 떠나온 오래된 여행이
오래되고 오래되어 길조차 희미해질 때
우리들 모두는 무엇을 바라 걷고 또 걸어야 할까.

정화야.

너는 알까.

우리들 모두는 무엇을 바라 걷고 또 걷고 있는지.

끝을 모른 채 떠나온 여행이 끝난 후에는 무엇이 있는지.

그곳은 어때.

안녕하니.

여기는 깊고도 깊은 봄.

너 없이

우리만 있는 봄이다.

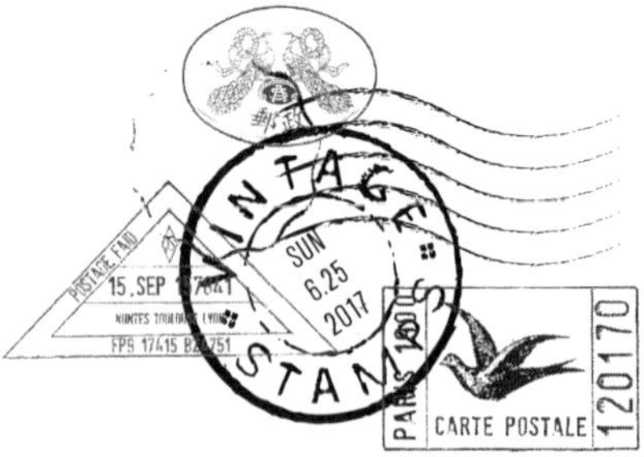

빚의 끝을 그리다가 먹먹해진 밤에는

내일이면 다시 대출금을 갚고 관리비를 내고 독촉장처럼 날아오는 이런저런 청구서들에 해당하는 돈을 꽂아줘야 한다. 그저 조금 더 밝고 따뜻한 곳에 살고 싶었던 나는, 원룸 생활을 벗어나고자 모 은행의 30년 장기 대출 제도의 힘을 빌렸다. 그리고 2년째 매달 돌아오는 대출금 납부 일자 26일을 조금은 두렵고 막막한 마음으로 맞고 있다. 남은 28년도 그래야 할까? 농담으로 예순 둘에야 자유인이 될 수 있겠다고 했지만 정말 그러면 어쩌지? 내가 살아온 인생만큼 빚 아래서 살아야 한다니. 그 전에 다 갚을 수 있을까? 하지만 어떻게?

한 달에 한 번 개미 눈물만큼 줄어드는 빚의 끝을 그려보다가 그때까지 살아 있기나 할까 먹먹해지는 밤이면 자박자박 눈길을 걸어가는 발자국 소리, 밤바람 속에 섞이어 들리는 풀벌레 소리 그런 것들을 떠올려 본다. 앞으로도 꾸준히 돈을 갚고 돈을 벌어야 한다는 엄중한 현실에는 변함이 없지만 그래도 잠시나마, 꽉 붙들려 있던 무엇에서 풀려나는 느낌이다. 언제쯤이면 To have가 아니라 To be의 삶 속으로 좀 더 전진해 들어갈 수 있을까.

그러고 보니 지난주에는 몇 년 만에 건강검진을 했다. 강의를 맡은 학교에 채용검사서를 제출할 일이 있어 진행한 것이지만 최근의 내 상태를 아는 데 꽤 도움이 됐다. 우선 시력이 크게 나빠졌다. 스마트폰 때문일까. 한시라도 더 빨리 더 오래 더 자주 세상에 닿아 있기 위해 내 안에 있는 소중한 무언가를 크게 해치고 있다는 느낌이 든다. 잠들기 전 어둠 속에서 스마트폰을 보고 있노라면 머지않아 이 순간들을 아주 후회하게 될 것이라는 그런 예감이 문득문득 찾아온다.

그런데 더 큰 문제는, 치과 진료에서 나타났다. 몇 년이나 되었을까. 기억이 잘 안 날 정도로 오랫동안 치과에 가지 않았더니 이런저런 치료를 합해 180만원이나 내라 한다. 깜짝 놀라 일단 알았다고 하고 어렸을 때 다니던 병원에 다시 예약을 잡았다.

역시나 치료가 필요하단다. 얼마가 나올지는 아직 모르겠지만 그래도 비용을 줄일 수 있을 것 같다. 왜 빈한한 시절에 더 많은 것들이 몰려오는 걸까.

요즘 뭐든지 열심히 하려고 하는 중인데, 안 되겠다. 더 열심히 해야겠다. 열심히 살아야 하는 이유들로 삶을 꽉꽉 채워나가자(라는 강박은 몇 번째 병일까). 얼마간의 빚은 삶을 더 열심히 살게 하는 원동력이 된다던데 정말 그런 걸까. 적어도 대출금이 빠져 나가는 매달 26일을 전후해서 한 번씩 정신이 번쩍 드는 걸 보면 그런 것 같기도 하다.

아니, 근데요. 사실 전 그런 거 없이도 열심히 잘 살 수 있는데요. 쩝. 빚이 가져다주는 효용이란 것도 알고 보면 누군가가 심어 놓은 강박 아닌가요?

그런 걸 심을 줄 아는 당신은, 누구십니까?

아무튼 그래서 내일이 또 26일이므로, 다시 힘을 내 본다. 열심히 살아야 하는 이유도 찾아본다. 그리고 작은 것들에, 지나치기 쉬운 풍경들에 마음을 두어 본다.

이십 대에는 뭔가 크고, 거대하고, 무거운 그런 것들에 마음이 쏠려 작고 사소한 것들을 많이 잊고 살았는데 서른을 넘고 중반을 향해 가니 새삼 달리 보이는 것들이 많다. 아직 멀고도 멀었지만. 이제사 겨우 서른 해 남짓을 살았을 뿐이지만. 그런데도 헤아릴 수 없는 풍경들이 마음에 남아 하루에도 여러 번 마음이 뜨겁다가 차갑다가 하는데 육십을 넘고 칠십을 넘고 그 너머까지 살면 어떤 마음이 될까.

그런 게 궁금해 엄마께 예순 넘어 보이는 세상은 어떠하시냐 여쭈니 아무 것도 아닌 것도 많고, 아무 것도 아닌 게 아닌 것도 많다고 하셨다. 선문답 같다.

아무 것도 아닌 것은 무엇이며
아무 것도 아닌 것이 아닌 것은 또 무엇일까.
내가 엄마 나이가 되면 알 수 있을까. 그리고 그때가 되면 이 놈의 빚도 다 갚을 수 있을까.

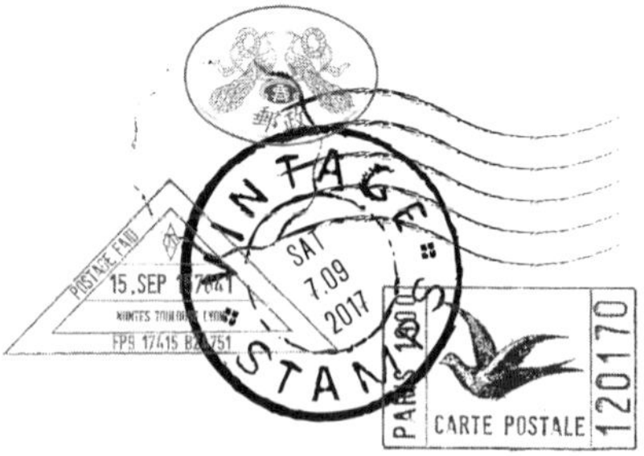

번듯한 선풍기 그 하나를 주시려고

엊그제 부모님이 집에 다녀가셨다.

벌건 평일 대낮에 대충 아무 옷이나 꿰어 입고 이런저런 생각들을 끼적이고 있는데, 갑자기 올라오셨다. 언제 한번 들고 온다, 들고 온다 하시더니 기어코 들고 오셨다. 비 오고, 바람 불고, 축축한 날씨에 선풍기를 낑낑 대며. 번듯한 선풍기. 그 하나를 주시려고.

나는 비염 때문에 선풍기도, 에어컨도 싫어하는데. 가져 오셔도 별로 안 쓸 것 같다고 누차 말씀 드렸는데.

이거 봐라, 이건 리모컨도 있는 거다.

어쩌다 집에 오시면 '응응, 그래.' 한 두어 마디나 하실까. 아빠께서 내 앉은뱅이책상 앞에 쭈그리고 앉아 리모컨을 몸소 눌러 보이신다. 와, 리모컨이 있네요?

그래, 이거 좋은 거다. 우리가 산 거야. 눌러 봐라.

일부러 힘차게 빡빡 눌러 보였다. 선풍기 날개가 명랑하게도 돌아간다. 씽씽 신나게, 신나게.

자, 이제 멈춰 봐라.

빡 누르니 기똥차게 멈춘다. 아빠께서 하얀 이를 드러내며 웃으셨다. 내 손에서 리모컨을 가져가시더니 선풍기 목에 달린 작은 케이스에 넣으신다.

안 쓸 때는 여기 넣는 거야. 괜히 아무 데나 둬서 잃어버리지 말고.

아아- 고개를 끄덕이며 리모컨을 괜히 한 번 뺐다가 다시 넣었다. 아빠께서 다시 하얀 이를 드러내며 웃으셨다.

이거 우리가 산 거야.

우리 부모님은 여느 부모님들이 그러시듯 뭔가를 잘 안 사신다. 시골에 내려가시고서는 더욱 그랬다. 옆집 누구네가 안 쓰는 뭐를 주고, 뒷집 누구네가 버리려는 걸 아 우리 쓴다고 가지고 오시고, 다시 저 앞집 누구네가 내다 놓은 걸 이 아까운 걸 하며 싣고 오신다. 아마, 선풍기도 그래서 두 개가 되었겠지. 하나는 두 분이 쓰려고 사시고, 하나는 어디 누구네가 주셨겠지. 그리고 두 분이 쓰려고 사신 '리모컨 달린 번듯한 선풍기'가 나한테 온 거겠지.

밥솥도, 전자레인지도 그랬다. 내가 뭐 고장 났다고 하면 좋은 거, 새 거 들고 오시고 고장 난 거, 헌 거 들고 가신다. 신 김치도, 질기고 매운 양배추도, 싹 난 양파도, 반쯤 썩어가는 고구마도 혀를 차며 다시 새 김치로, 고소한 양배추로, 싱싱한 양파로, 햇고구마로 바꾸어 놓으신다.

지금 내 앞에는 리모컨 달린 선풍기가 있다. 아침이나 저녁이나 끄떡없다는 듯, 꼿꼿하게 서서 나를 정면으로 응시한다. 리모컨이 달린 선풍기라 몇 만 원 더 비쌌겠지. 아빠께서 길게 누워 편하게 조작하려고 사셨는지도 몰라. 아침이나 저녁이나 나는 더위도 안 타고, 비나 좀 내리고 밤이 찾아오면 그러면 이 여름 아무런 바람 없이도 잘 지날 수 있는데.

시골에 있는 선풍기는 리모컨이 없어서 걸어가 끄고, 기어가 끄고, 발로도 끄고. 두 분의 소중한 무언가를 내가 자꾸 염치도 없이 들고 와 제대로 쓰지도 못하는 것 같아서 이런 날 밤에는 그냥 좀 눈물이 난다. 우리 부모님이 이런 사람들이라서 내 마음속에는 자꾸만 어떤 바람이 불어오는지도 몰라.

어떤 바람이.

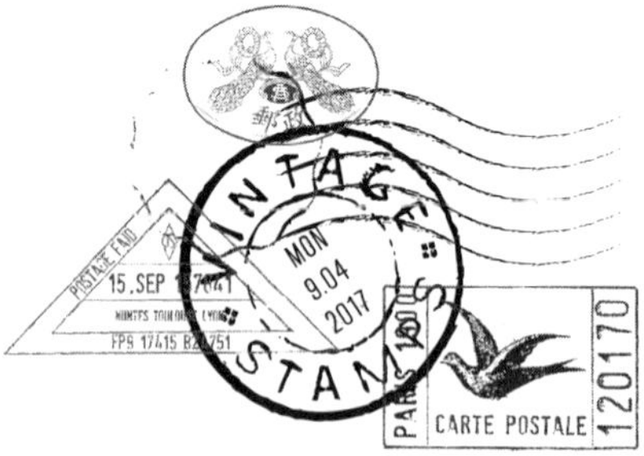

불신, 불평, 불안 3종 세트에 결국 면 생리대 주문

생리대 유해성 논란이 일면서 이른바 생리대 파동이 있었다. 직접적으로 거론된 제품을 쓰지는 않았지만 유해한(제품이라고 보도된) 생리대 리스트에 내가 자주 사용해 온 제품도 올라 있었다. 경과를 좀 더 지켜봐야겠지만 생필품인 만큼 제법 신경이 쓰인다. 아마도 시간이 지나면서 다른 모든 뉴스들처럼 금세 조용히 묻힐 가능성이 높지만.

이 일이 있고 나서 사람들의 경험담 같은 것들이 인터넷상에 자주 올라왔다. 꼭 그것 때문만은 아니겠지만, 나도 모 생리대를 쓰면서 요 몇 달 유독 생리 기간이 짧아져서 왜 그런지 궁금했다. 짧게는 일주일에서 길게는 열흘까지도 이어지던 게 4일에서 5일 정도로 줄어들다니. 좀 이상했었다. 설마, 영국에서도 그래서였나? 갑자기 시작하는 바람에 얼마나 놀랐던지. 그러고 보니 유럽 생리대, 괜찮았는데. 빽빽하게 든 중형 패키지 하나가 얼마였더라. 얇았지만 품질도 괜찮고 편했는데. 가성비가 훌륭했다. 그때 좀 더 사올 걸 그랬나? 그러니 이럴 줄 누가 알았나. 딱 꼬집어 생리대 때문이라고는 할 수 없겠지만 그래도 내가 벌써 몇 달째 사용해 오던 제품이 환불 조치 대상이라니 기분이 좋지 않았다. 좀 울적하기도 하다.

웬만한 다른 물품들이야 최대한 안 쓰고 안 사면 그만이지만 치약이나 생리대 같은 생필품에서 유해성 논란이 불거지면 어느 때는 좀 비애감 같은 것도 느껴진다. 울며 겨자 먹기로 어쨌든 구입할 수밖에 없으니. 자연주의를 표방한 제품들이나 순면 제품을 쓰면 될 것 아닌가 생각할 수도 있지만, 그게 또 의외로 비싸서 대번에 경제적 논리가 개입할 수밖에는 없는 것. 물론, 간식이나 군것질을 줄이면 되지만 그게 그렇게 호환이 잘 안 되더이다. 전 엥겔지수가 상위 5프로에는 들 만큼 식비 비중이 높아서요... 쓰고 보니 나의 비애감은 생리대 때문이 아니라 식

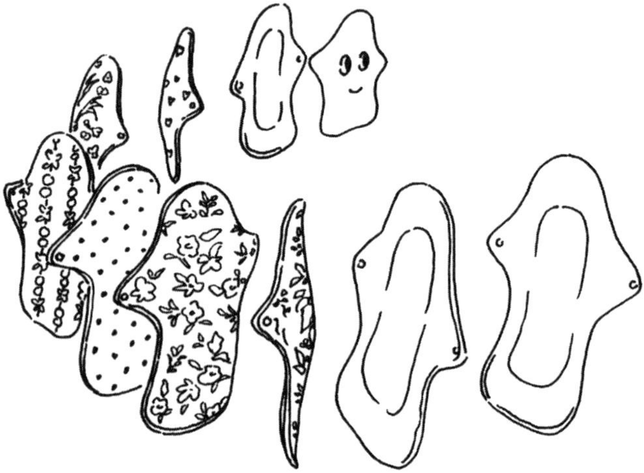

비 때문에 오는 것 같기도 하고...

아무튼 여러 가지 고민 끝에 그동안 추천만 받고 막상 써 볼 엄두는 못 냈던 면 생리대를 주문했다. 이미 써 본 친구들이 적극 추천했는데 직접 세탁을 하고 관리하는 것도 엄두가 안 나고 외려 불편하지 않을까 구매를 망설여 왔다. 하여튼 소 잃고 외양간 고치는 데는 선수라 이번 생리대 파동을 보고 더럭 겁이 나 뒤늦게나마 면 생리대파에 합류하기로 했다. 불신과 불평, 불안 3종 세트가 귀차니즘도 이기게 하는구나. 추천 받은 모 사 홈페이지로 들어가니 다양한 패키지들로 구성되어 요모조모 자신에게 맞게 골라 쓰기 좋았다. 마침 나 같은 면 생리대 초보자들을 위한 스타터 세트가 1+1 이벤트를 하고 있었다. 고심 끝에 주문 완료! 가격은 9만 원 대로 생각보다는 비쌌지만 1+1 제품이고 구성도 알차고 한 번 쓰고 버리는 게 아니니까 눈 딱 감고 질렀다. 그런데...!!

윽! 주문 폭주로 9월 이후 주문자는 올 연말에나 받을 수 있다고.

대충 헤아려 보니 빠르면 12월 즈음 늦으면 내년 1월까지도 기다려야 할 것 같다. 오 마이 갓! 마음 같아서는 당장 쓰고 싶지만 얼마간은 또 이리저리 고민하고 비교해 가면서 그나마 괜찮아 보이는 생리대를 구매하러 다녀야겠다. 아무래도 건강과 직결되다 보니 진실 여부를 떠나 두려움이 커지는 것은 사실이다. 하, 그래도 얼마나 많은 사람들이 한꺼번에 주문을 했기에 단 며칠 차이로 배송이 이렇게나 큰 차이가 나는 걸까? 홈페이지에 다시 들어가 자세히 공지를 읽어보니 100% 수작업으로 진행해 그렇단다. 아, 그렇군. 그렇다면 기다려야지.

이번 기회에 내 몸을 위해 좀 불편하고 귀찮더라도 깔끔하고 소중하게 잘 사용해 봐야겠다. 후기들을 읽어 보니 면 생리대를 사용하고 나서 생리통이 없어졌다고들 하던데 나한테는 어떤 변화가 생길지 궁금하다.

그리고 생리대 파동이 잘 마무리 되어 면 생리대이든 아니든 다시 건강하고 편리하게 생활할 수 있었으면 좋겠다. 그놈의 '그날'이 와도 말이다.

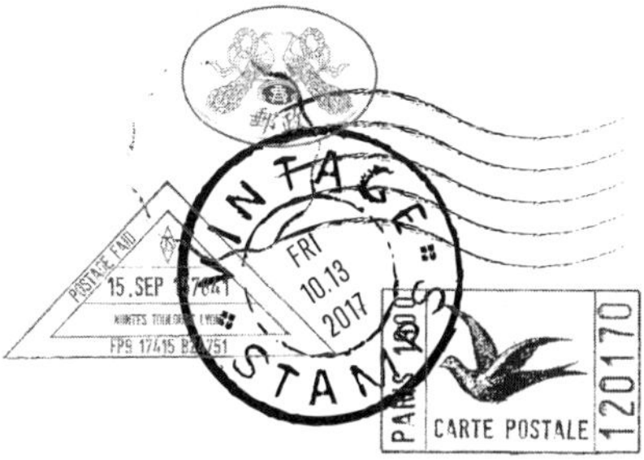

불빛 한 점에 기대어 네 생각

9일은 한글날이었어.

우리들은 사상 최대로 긴 추석 연휴를 보냈단다. 그 연휴의 끝자락에 만나 오랜만에 모임을 가졌어. 같은 책을 읽고 차를 마시고 밥을 먹었지. 언제나처럼. 쉬는 날이라 그런가 사람들이 많더라고. 아, 물론 책에 대한 이야기도 했어. 진짜야. 지수가 발제였거든. 너도 알지? 지수 꼼꼼한 거. 그 어느 때보다 활발한 토론이 이어졌다구! 그래, 우리는 많이 웃고 많이 떠들었어.

네가 있었으면- 우린 좀 더 많이 웃었을까.

밥을 먹고 거리로 나왔는데 어딜 가나 북적였어. 복잡한 거리에선 주로 사람들의 등을 보게 되는데 참 이상하지? 사람들의 뒷모습만큼 많은 이야기를 하고 있는 풍경도 없을 거야. 저 사람은 어디로 갈까. 걸음이 가벼운 것을 보니 기분 좋은 곳에 가는가 보다. 저이는 왜 저리도 쓸쓸한 등을 가졌을까. 옷이 무거운 걸까. 우울한 일이 있나. 그냥 내 마음이 그런 걸까.

함께 걷는 중간에도 눈으로는 그런 풍경을 살피며 부지런히 걸었지. 그래, 오늘은 부지런히 걸었어. 하늘이 참 좋더라고. 사계절은 공평히 세 달씩을 나누어 가졌지만 봄과 가을은 유독 짧게 느껴지잖아. 그런 조마조마함이 있어. 이 계절에는.

그런 하루를 보내고 돌아와 다시 나흘을 보냈네.

오늘은 뭐했니? 나는 그냥 집에 있었어. 일을 그만 두고 이따금 들어오는 강의와 원고 작업으로 생계를 잇고 있는데 그러다 보니 시간이 많이 남더라고. 뭔가 의미 있는 일을 하고 싶은데 마음만 오래도록 부풀고 몸이 잘 안 따라주네. 책 읽고 동네 산책하고 집에 돌아와 커피 한 잔 하고 집안을 좀 돌보고 나니 이 시간이야. 문득 네게 두런두런 말을 건네 본다.

날이 많이 추워졌어. 따뜻하게 잘 지내고 있니? 끼니는 제때 챙겨 먹고? 나야말로 그래야 하는데 그게 잘 안 돼. 요리에 큰

취미가 없어서 그런가? 그래도 요즘에는 하루 한 끼는 밥을 제대로 잘 챙겨 먹으려고 해. 잘 안 되지만 이제는 이렇게 대충 먹고 다니면 안 된다고 하더라고. 확실히 그런 것 같아. 벌써 서른 중반을 넘고 있으니. 이 시간들을 다 어디로 보냈는지. 그러고 보니 어느새 한 해의 막바지야. 그곳에서도 시간이 이렇게 빠르게 가니?

네가 없는 시간 동안 우리에게 남은 이야기들을 어서 네게 해 줄 수 있기를 무척 기다리고 있어. 이제 기다리는 데는 도가 텄거든. 기다리고 또 기다리면서 하나하나 기록할 거야. 너를 다시 만나는 날 전해줄 수 있도록 아무리 사소한 일이라도 또박또박 써 놓을게.

아가는 잘 크고 있대.

너무 걱정 말고. 언제나 그랬듯 밝게 웃으며 따뜻한 시간 보내고 있기를.

벌써 네가 떠난 지 일 년이 되었구나. 작년처럼 오늘도 하늘이 푸르고 바람이 선선하고 아름답더라. 이제 우리는 서른다섯 번째 해를 기다리고 있어.

함께 기다리자.

언제나처럼.

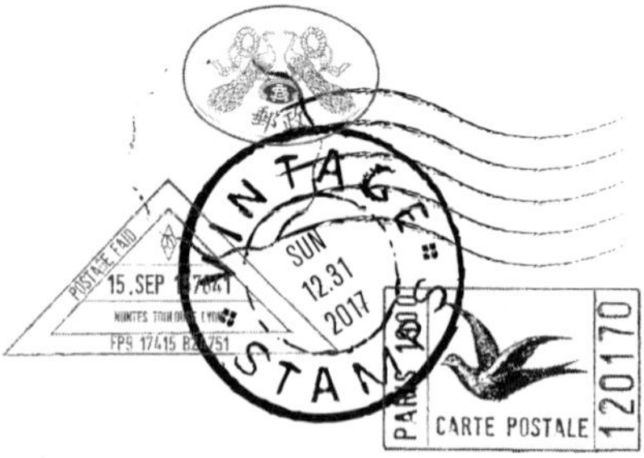

밤은 앞으로도 운명처럼 다가오고

올해도 어김없이 마지막 날이 찾아왔다.

365개의 낮과 밤을 짚어 도착한 1년 후 마지막 날에 나는 또 어떤 글을 쓰고 있을까.

그날의 풍경을 아무리 그려 보아도 알 수가 없다. 아직 산 자들은 살아 있어서 산 동안에는 결코 알 수 없는 것들을 직면하며 살 수밖에는 없다. 알 수 없어서 쓸쓸하고 외롭다. 무엇이든 지나고 있는 도중이란 늘 이렇게 쓸쓸하고 아슬아슬하고 위태로워야 하는 것인지. 분명 아무 일도 일어나지 않는 고요한 밤인데 다시 또 눈물이 날 듯 슬퍼지고 만다.

아무 일도 일어나지 않는 순간에 문득 슬퍼지고 마는 것은 내 오랜 병이다. 아깝게 세상을 뜬 모든 목숨들에 빚진 채로, 떠난 이들이 붙들고 싶어 했던 수많은 순간들을 탕진하고 불태우며 아무렇게나 살고 있다는 생각이 들 때마다 괴로움이 커진다. 그럴 때마다 세상을 끝까지 살아내는 일이 산처럼 무겁고 버겁게 느껴진다. 깊은 죄책감을, 오랜 병증을 살아가는 동안 조금은 내려놓을 수 있을까.

올해는 정화가 떠난 지 1년 되는 해였다.

나는 하던 일을 그만두고 여러 날, 여러 땅을 방황한 끝에 이 순간에 도착했다. 이미 오래전에 사라져 더 이상 존재하지 않는 어떤 사람들의 삶을 보고 싶어서였다. 그들이 전쟁 통에 남긴 수많은 상흔들은 여전히 이곳에 남아 삶과 죽음 사이를 감히 넘나들려는 '산 자'들을 반겼다. 그들은 입을 모아 말했다.

오늘은 나지만 내일은 너다.
내일은 너지만 그 다음은 또 다른 너다.

태어난 시대도, 인종도, 이름도 달랐지만 그들은 모두 나였다. 나는 계속해서 나에게 말했다. 운 좋게 물리적인 전쟁을 피할 수 있었던 나의 세대는, 명확한 이유를 알기 힘든 불안과 괴로움으로 또 다른 형태의 전쟁 속에서 계속해서 싸우고 있다. 누구와 싸우는지, 왜 싸우는지 이 하루도 무사히 살아남을 수 있을지 없을지 아무것도 모른 채로 그렇게 알 수 없는 매일의 삶을 어떻게든 이어가고 있다. 나뿐만이 아니라 모든 세대가, 모든 삶들이.

눈앞을 스쳐간 수많은 사람들과 풍경들 중 어떤 것은 금세 사라졌고, 또 어떤 것은 오래도록 남아 가슴 깊은 곳으로 나도 모르는 새 천천히 스며들었다. 오랜 시간을 걷고 여러 번 길을 잃으면서도 내가 왜 이런 시간을 지나고 있는지 몰랐다. 길 위에서 나는 자주 슬프고 자주 울었다. 동시에 그만큼의 몫으로 자주 웃고 자주 떠들며 기뻐했다. 그럴 때마다 정화가 떠올랐다. 이렇게 울고 웃는 것조차 나만의 몫인가 싶어 괴로울 땐 그녀가 남기고 간 몇 줄의 글을 꺼내 보았다.

재작년 봄. 아마도 내가 미네소타 학회에 다녀와서 느낀 절망과 한탄을 너스레처럼 털어놓고 난 직후였을 것이다. 우리는 공부가 자신에게 주는 의미에 대해 써 온 글을 낭독했다. 친구의 목소리로 들었던 그 음절들을 나는 먼 이국땅에서 읊조리듯 대신해 읽었다. 암스테르담 비에 젖은 벤치에서, 옥스퍼드 비밀의 화원에서, 아일랜드 달키의 카페 테라스에서. 문득 찾아든 쓸쓸함에 외로움이 차오를 때마다 친구의 글을 읽었다.

"...생각해 보면 내 삶에서 성장의 욕구, 더 나은 내가 되고 싶은 욕구는 언제나 충만했고 그것이 어떤 유형의 공부 형태로든 내 삶에 다가와 나는 공부를 좋아하는, 공부를 사랑하는 인간이 되어버렸음을 알겠다. 공부에 중독되는 것은 꽤 살 만한 일이라 생각한다."

내 나라 말을 나만 아는 그곳에서 가만가만한 목소리로 정화의 글을 읽을 때, 내 영혼도 쉬는 느낌이었다. 그러고 있노라면 신기하게도 마음속에 휘몰아쳤던 어두운 감정들이 사라지고 슬픔이나 외로움마저 저 깊은 곳으로 잠잠하게 가라앉았다. 그녀의 글은 여전히 따뜻했다.

그리고 다시 몇 해 전 봄. 우리들은 '죽음'을 다룬 책을 함께 읽었다. 환한 낮에 새삼스레 죽음을 입에 올리는 것이 이상하고 조심스러워서 자주 겸연쩍게 웃었던 기억이 난다. 내가 발제자였고, 우리들은 농담 반 진담 반처럼 각자 자신의 미래 묘비명을 써 볼까 했다. 저마다 고심 끝에 자신의 비에 새겨질 마지막 말들을 남겼다. 그때 내가 쓴 나의 묘비명은 이것이었다.

'살아 있었던 모든 순간들에 깊이 감사드립니다'

그리고 그때 정화는 이렇게 썼다.

'나는 죽기 전까지 자라고 있었다'

죽기 전까지 자라고 있었던 사람. 그 문장을 떠올릴 때마다 마음 한구석이 아프다. 공부를 좋아하고 배움을 사랑했던 내 친구가 지금 살고 있는 그곳은 어떤 나라일까. 아직 이 세상에 남은 나는 그곳의 지명도, 위치도 몰라 그저 마음으로만 묻고 또 묻는다.

여전히 공부를 좋아하는지. 배움을 삶으로 여기며 자라고 있는지. 우리는 다시 어떤 사람들이 되어 만날는지. 내가 이곳을 떠나 그곳에 닿을 수 있다면 서로 알아볼 수 있을까. 그날은 언제일까. 얼마나 더 지나야 우리들은 서로를 다시 만날 수 있을까. 그러니 내가 알고 있는 건 무엇일까. 너는 알고 있을까. 우리들이 다시 만날 날을.

다시 새해다.

밤은 앞으로도 운명처럼 다가오고 달력의 숫자는 계속해서 커질 것이다.

삶이라는 전쟁이 계속되는 한, 우리들 모두는 시간에 사로잡힌 포로다. 시간이 겨눈 과녁이다. 언젠가는 우리를 관통한 시간이 우리를 죽이고 우리를 사라지게 할 것이다. 그러니까, 삶이라는 전장(戰場)에서 살아남을 자는 결국 없다.

그러나, 그럼에도 불구하고 시간을 넘어 영원이 된 사람들이 있었다. 시간이 쏜 총알을 온몸으로 받고도 끝내 살아남은 자들이 있었다. 안네가 그랬고, 고흐가 그랬다. 역사에 남지는 않았으나 노란 별을 달고도 환하게 웃었던 어떤 사람들의 눈빛이 그랬다. 그리고 정화도.

정화가 마주했던 정화의 전쟁을 나는 몰랐다. 같은 전장에 있다고 생각했는데 아니었다. 나는 언제든 그녀를 도와 그녀 대신 혹은 그녀와 함께 어떤 괴로움을, 두려움을, 상처를 나눌 수 있다고 생각했는데 그건 나의 오판이고 자만이었다. 누구도 한 사람이 건너고 있는 시간을 완벽히 알 수 없다. 누구도 한 사람의 전쟁을 대신할 수 없다. 나는 그걸 너무 늦게 알았다. 그럼에도 할 수만 있다면 끝까지, 시간을 되돌려서라도 그녀의 전쟁에 뛰어들고 싶었다.

그것은 이제 불가능한 꿈이다. 정화뿐만 아니라 여행 중 만난 풍경들 대부분이 그랬다. 후회해도 소용없는, 지나간 꿈이고 바람이었다. 불가능해서 영원으로 남을 수 있었던 걸까.

앞으로 내가 마주할 수많은 삶의 장면들 중 어떤 것이 남고 어떤 것이 사라질지 현재의 나는 알 수가 없다. 지금 남은 것이 5년 후, 10년 후에도 남아 있으리라는 보장 역시 없다. 아무것도 알 수가 없다. 그럼에도 우리는 그런 채로 계속해서 살아가야만 한다. 끝 날이 올 때까지는 어쨌든 살아야 한다. 툭하면 눈물이 나고, 무기력에 휩싸이고, 길을 잃고 호언장담 끝에 실소가 터져도 어쨌든 가야 한다. 이제는 사라진 삶과 풍경들을 아직 기억하는 자들이, 기억하려는 자들이 사라지지 않는 것. 어떻게든 하루를 살아내는 것. 그래서 그 기억을 전하고 다시 전한 후에야 사라지는 것. 아니, 이런 이유 없이도, 이유를 몰라도 어쨌든 마지막 순간이 올 때까지는 삶을 놓지 않고 계속해서 가는 것. 함부로 사라지지 않는 것. 그것이 정화와 사라진 사람들이 남긴 나의 몫이고, 내가 직면해 있는 나의 전쟁이다.

올 초 여행을 시작하면서 스스로에게 던진 질문이 있다. '끝까지 살 수 있으려면 나는 무엇을 해야 하는가'였다. 여전히 모르겠다. 하루하루를 어떻게 살아야 할지도, 어떻게 죽어야 할지도. 그렇기 때문에 오늘도 나는 답을 찾고 있다. 하지만 친구를 보내고 여러 날 길 위를 걸으며 새삼 깨달은 것이 하나 있다면, 지금 이 순간이 내 앞에 오기까지 내가 한 것은 아무것도 없다는 사실이다. 오롯이 내가 해낸 것이라고 여긴 것들조차 나만의 것이 아니었음을 조금씩 깨닫고 있다. 이것이 지금의 내가 아는 전부다. 내가 삶에서 만난 모든 순간들 중 당연한 것은 아무것도 없다.

나의 여러 산 날 동안 함께 살아주고, 살아가고 있는 세상의 모든 사람과 그 삶들에 감사하다. 여전히 살아 서로의 곁에 머물 수 있어 기쁘다. 행복하다. 그리고 우리의 마음속에서 함께 살고 있는 정화가 어느 겨울, 스치듯 우리에게 남겼던 말을 가슴에 품고 살아가겠다.

"오늘을 당연하게 생각하지 말아요, 여러분."

아무것도 당연하게 여기지 않겠다. 마지막 순간이 올 때까지, 우리를 살아 있게 할 배움과 절망을 끝까지 안고 가겠다. 나의 빛나는 친구가 그랬듯 나도 죽기 전까지 자라고 있겠다.

ARBEIT MACHT FRE

그녀를 처음 본 것은 한 문학 강좌를 통해서였다.

생각과 달리 고루한 수업에 실망감만 잔뜩 안고 있을 때, 함께 수업을 들었던 그녀를 만났고 한눈에 반했다.

'참, 탐나는 사람이다.'

내가 느낀 그녀의 첫인상이었다.

나는 태주 씨를 보면 농담처럼 7, 80년대 사람 같다며 놀린다. 그도 그럴 듯 '요즘 사람' 같지 않은 어른스러운 말투와 행동들이 인상 깊었기 때문이다.

또 그녀에게는 특이한 버릇이 하나 있다. 바로 늘 입에 '미안합니다, 죄송합니다, 고맙습니다.'라는 말을 달고 산다는 것이다. 세상에 뭐가 그리 미안하고 죄송한 게 많은지. 오죽하면 그녀의 글을 편집할 때 우선적으로 한 일이 '미안하고, 죄송하고, 고마운 말들을 삭제하기'였을까.

그렇게 그녀가 고마워하고 죄송해할 때마다 나는 웃음이 나면서도 마음 한편이 쓰리다.

어느 순간부터 '착한 사람'이 싫어졌다. 아니, 불편해졌다. 약간 못되고 흠이 많은 사람들이 편해졌다. 아마 세월이 갈수록 스스로 허물이 많아지기 때문이 아닐까 싶다. 내 허물을 쉽게 들키지 않을 수 있는, 들켜도 덜 부끄러울 수 있는 적당히 못된 사람들이 좋다.

하지만 태주 씨를 볼 때는 아, 이런 사람도 변치 않고 살아갈 수 있는 세상이었으면 하고 염원하게 된다. 늘 뜬구름처럼 공허한 문제를 두고 머리를 싸매고, 어떻게 하면 세상에 해를 끼치지 않으며 살아갈 수 있는지 헤아리고 또 헤아리는, 요즘 세상에 천에 하나 도움 될 것 같지 않은 그런 고민들만 죄다 끌어다가 꼭 풀어야 할 숙제처럼, 숙명처럼 눈앞에 내려놓고 끙끙 앓는 사람.

그렇게 그녀는 참 실속 없는, 그녀의 표현을 빌리자면 그야말로 ㅂ 중의 ㅂ이다.

가끔 그런 그녀를 지켜볼 때면 걱정이 많아진다. 이 각박한 세상을 살아가기에 태주 씨는 약지 못한 사람이라, 그래서 나는 늘 그녀가 조금 더 약아지기를, 그래서 덜 미안해하고 덜 죄송해하기를 바란다.

아니, 그녀가 조금 미안해하고 조금만 고마워해도 될 만큼, 넉넉한 세상이 되기를 기도한다.

이 책은 내가 아는 태주 씨를 거울처럼 닮은 이야기이다. 그녀가 품은 고민이 곧 같은 세대의 여성으로서 느끼는 나의 고민이기도 하기에 그녀의 글을, 그녀의 인생을 응원하게 된다.

태주 씨가 그녀만의 '전쟁'에서 살아남기를, 또한 이 글을 읽는 모두가 각자의 '전쟁'에서 무사히 살아남아 아주 작은 승리라도 경험하기를, ㅂ라 본다.

_편집자 정미진

세상의 모든
ㅂ들을 위하여

초판1쇄 인쇄일 2018년 5월 08일
초판3쇄 발행일 2022년 1월 31일

글 엄태주
일러스트 황미옥
펴낸곳 atnoon books
펴낸이 방준배
편집 정미진
디자인 권으뜸
등록 2013년 08월 27일 제 2013-000257호
주소 서울시 마포구 연남로 30

홈페이지 www.atnoonbooks.net
트위터 atnoonbooks
인스타그램 atnoonbooks
유튜브 yt.vu/+atnoonbooks
연락처 atnoonbooks@naver.com

ISBN 979-11-88594-04-7 03810
이 책의 글과 그림의 일부 또는 전부를 재사용하려면 반드시 저작권자의 동의를 얻어야 합니다.
ⓒ 2018 엄태주

이 도서의 국립중앙도서관 출판시도서목록(CIP)은 서지정보유통지원시스템 홈페이지(http://seoji.nl.go.kr)와 국가자료공동목록시스템(http://www.nl.go.kr/kolisnet)에서 이용하실 수 있습니다.(CIP제어번호: CIP2018013989)

정가 13800원